马坊书

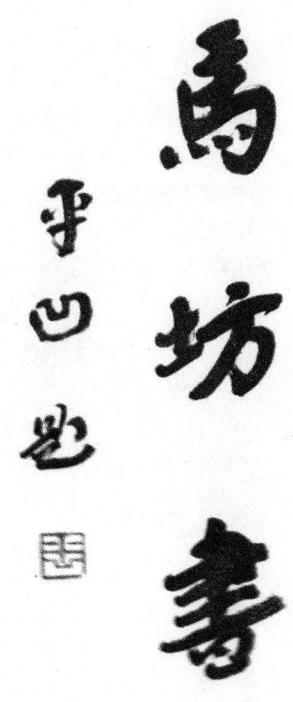

耿 翔 著

陕西出版传媒集团
太白文艺出版社

图书在版编目(CIP)数据

马坊书/耿翔著. —西安:太白文艺出版社,2013.10

ISBN 978-7-5513-0619-5

Ⅰ.①马… Ⅱ.①耿… Ⅲ.①随笔-作品集-中国-当代 Ⅳ.①I267.1

中国版本图书馆 CIP 数据核字(2013)第 245786 号

马坊书

作　　者	耿　翔
责任编辑	韩霁虹　闫　瑛　彭　雯
封面设计	钱克方
版式设计	前　程
出版发行	陕西出版传媒集团
	太白文艺出版社
	(西安北大街 147 号　710003)
	E-mail:tbyx802@163.com
	tbwyzbb@163.com
经　　销	陕西新华发行集团有限责任公司
印　　刷	陕西博文印务有限责任公司
开　　本	787 毫米×1092 毫米　1/16
字　　数	225 千字
印　　张	16
版　　次	2014 年 1 月第 1 版第 1 次印刷
书　　号	ISBN 978-7-5513-0619-5
定　　价	30.00 元

版权所有　翻印必究
如有印装质量问题,可寄印刷厂质量科对换
邮政编码　710086

我那时不懂得，对于所有生命的死亡，如果你看见了，都得有个仪式。就像对这些虫子，要是能做出某个哀悼的手势，我想，这些虫子在简单的一生中，会因此获得一些尊严。

1

> 这些马的呼吸/贴着,一些草木透明
> 的根茎/我在乡下度过的那些日子,还这
> 么细密地/通着大地的呼吸?只有马/能
> 帮我回忆出,一座乡村/围绕着粮食响动
> 的/那些声音。它们的亲切/我已经说不
> 出来,只有在马的/呼吸里聆听。

对于我,马坊不只是一个乡的名字。

我所有与它有关的记忆,都藏在一些人的眼睛里。只是他们,在这个地方活得太疲劳了,等不住我回到他们身边的消息,就带着我的那些记忆,到生命应该去的地方去了。

这是我一直埋在心上的痛。

我便这样安慰自己:在马坊这块属于草根的乡野上,只要还能记住一些草木的样子,就说明亲人在心中还占据着一些地方,自己在乡下度过的那些日子,还能经过草木,这么细密地通着大地的呼吸。因此,什么时候回去,都会赶在乡亲们之前,先被草木温暖地认出来。

我记着许多草木的样子。从这里出了长安,沿着那条向西的丝绸之路,很古典地经过茂陵、昭陵和乾陵,往北飘进更古典、在《诗经》里被叫作豳风之地的马坊。在这一路上,我不只认识许多的草木,还惦记着一匹栗色的马,曾经多少次看过我的眼神。

那眼神应该与父亲有关。那年月，父亲不但在村里种着小麦、玉米、高粱、谷子这些养活我们的庄稼，还用镰刀割回弥漫着中药味的青草，饲养村里的牲口。那匹栗色的马，每天因了父亲给它的青草，像与我有了分不开的亲近。我也意识到，父亲确实是像养活我一样，内心幸福地养活着那匹马。

我对马的欣赏，就像对父亲的欣赏。在许多时候，目光沿着马鬃滑落，一直滑落到它毛色最光亮的脖子上。那一刻，我想起从母亲嘴里听来的织物的名字，比如丝绸。真正的丝绸，那时从来没有用手摸过。于是，心里生出一种青春少年的急切：一定要享受一下抚摸丝绸的感觉。我的手在乡野最富有的阳光和风的怂恿下，突然向马的脖子伸去，一种栗色的光滑，模糊地告诉我丝绸到底像什么。等我抬起头，碰到马在似解与非解之间回头注视的眼神，我才稚嫩地发现，在大地上生长的最美丽的眼睛，绝不为人类所独享。

那匹栗色的马的眼睛，一定是神给予的。

在这些血性刚烈之马的身上，千山万水都在其中涌动，而眼睛里，竟储满这么多的温柔、阴郁和善性。我说不清这是为什么。若干年后，我才理解一匹在乡野里和乡亲们一样生死疲劳的马，在它的眼里，苦难是尘埃，幸福也是尘埃，只要知道把一身的力量献出来，然后记着给它恢复力量的青草就行了。

但那时，我只迷恋马的眼睛的美丽，甚至在后来的日常生活中，冷不防遇到一些人美丽的眼睛，总以为是那匹栗色的马，在人群中又看见我了。

这次回到马坊，一半因为亲人，一半也因为马。我明白，那匹栗色的马再命长，它的形体，早应该在马坊消逝了。但我还想在乡土上，找到它的一些痕迹。我是这样想的，如果这些乡土能保留这匹马的一些痕迹，我父亲一生喂养马的辛劳，也就会被保留一些。如果是这样，有关乡村生活的细节，就会被我慢慢地，从一些想象不到的事物里找出来，并且带着马的呼吸，间或还带着我父亲的呼吸呢。

这些都说不来，只要心追着神迹到了，我相信大地会把一切隐现。

我出了县城，就不停地翻着深沟。县城的名字叫永寿，这是中国最吉祥的县名,也是我和父亲牵着那匹栗色的马,往村上驮过东西的地方。这回,我不想带任何东西回村,只想从村子里带走些什么。我已经听人说过,那匹栗色的马死时,村子里正落着那年的第一场雪。它曾那么强烈地回过头,完整地看完它生下的栗色的马,又生下一匹栗色的马的过程,才走出马圈,姿势优美地倒在雪地里。

村上人没有急于埋葬它,更没人敢剥下它的皮,分食一点马肉。而是停下手中的所有活路,不分男女老幼,像对待村上最有名望的长者一样,守在马的遗体周围,看着雪花一片片地把它覆盖起来。

村里人都说,那是老天对它的一场雪葬。

我相信这个美丽的过程。

等到翻上马坊沟,一路在心里折腾着记忆的我,奇妙地在身体里感觉到,有了马的一些呼吸。它隐隐地,像从所有草木结籽的内心,给我传递这里的信息。我走下车,想让风野野地吹吹我,也决定弃车走回村里去,让脚步安稳地踏在乡野上,让泥土里的所有气息,就这样穿过鞋底,穿过脚心,径直钻入我的内心。我可以激动,但不能张狂,因为这些年,我与这里熟悉父亲和那匹栗色的马的风物,照面的机会太少了。我不知道在乡村,这些风物身上的野性,还保留了多少,更不知道那匹栗色的马,是否会把农业劳动中最精细、最质朴、最动人的声音,保存在它的呼吸里。

我的心开始有力地跳动了。我想,我围绕着马坊,具体说围绕着这一片乡野上的草木、粮食、一匹栗色的马,还有父亲一样的亲人们,就是要让离散很久的心,很庄严地跳动回来。

走过一座土桥,我远远地看见一匹马,在一块熟悉的土地上抬起了头。

我不知道它这么执意地抬头,是不是因为从我身上嗅到了什么气味。

但我猜出,它一定是那匹栗色的马的后裔,它能够用那双遗传得更美丽的眼睛,迅速地把我与这片乡野联系起来。

它一定会的。

它稍后仰天长啸的一声,我是用心接住的。

2

> 如果没有这些鸟声／沿一树绒线花，很善意地／滴落在雪白的窗纸上，我不会醒来／不会在太阳出山之前，不把天人合一的／故乡，小心地放在枕上／这样也好，有鸟声惦记着／也就知道在心上，如何丈量／和故乡的距离。

我是被鸟声叫醒的。一睁眼，看见更多的鸟声，被晨光从浓稠的树叶里筛下来，大面积落在我的脸上和心上。

真想伸手抓一把，放到眼前仔细认一认：这都是些什么样的鸟声？

昨天，我打开老家锁了好多年的木门，和从邻村赶来的姐姐，收拾着父母住了一世的屋子。在姐姐伸手将要打开门锁时，我要过钥匙说，这是父母一生出进次数最多的门，它被关得太久了，我对它也太疏忽了，这些年躲在城里，几乎把老家遗忘了，就让我替父母开一回门吧。其实，我是想在这把黄铜锁子上，最先摸出父母的一些气息，在长安生活久了，生命中很需要某些东西的滋润。我也看到了，在这座无人居住的院子里，一切在寂静的阳光下，都发出一抹陈年的旧色，包括父亲手植的桐树、椿树、楸树，特别是那棵遮蔽了大半个院子的土槐，也不像他健在时那样绿汪汪的。看来看去，还真是这把锁，让一块黄灿灿的铜在院子里亮着，并且在眼前亮出一些生气，不让我们进门时太伤感。

铜锁被清亮地打开了,阳光也清亮地照进来了。

如果可能,父母的魂也应该清亮地跟进来了。

因为任何时候,这都是他们的屋子。

姐姐一边收拾着炕上的杂物,一边说着些家里的往事。我细心地擦着放在案上的几个瓦罐,直到擦出当年的亮色来。姐姐说:你才住几天,这些盛面的瓦罐不用收拾。一个什么时候想父母了,就放下手里的农活,跑到他们的坟头哭几声的姐姐,不知道我怀念父母的方式,就是想在他们用过的旧物上,找到一些生活的痕迹,更不理解我带上几件旧物,就像把父母带到身边。

我尊重姐姐,或许,她的怀念更真实一些,离父母的需要更近一些。

入夜了,我躺在父母睡过的炕上,恍惚觉得躺在他们的怀里。这是好多年没有过的感觉,总以为这辈子与故乡淡漠了。其实一切,都没有远走,都在我的身上顽强地潜藏着,都等着被雨水一样的东西来浇灌。这样,我就可以放下生死疲劳,开始从自己身上,把属于故乡的那一部分,从长安的忧郁中剥离出来。

夜色在屋外是苍茫的,灯光在屋内是凄迷的。

此刻,一个村子里的人,都在单纯的睡眠中依靠呼吸,恢复着身体里的力量,幸福与不幸,在暗夜的土地上,变得如此简单。

只有我一个人不能不思不念,不敢轻易把心放在夜的臂弯里。

院子里栖居着很多鸟,天不亮就会叫起来。但这么些年,我就爱四处寻听鸟的鸣唱,早年在这些声音里长大,真盼它们现在就叫呢。我知道,这是一村人的鸟声,是他们在大地上用更多的树木、青草、庄稼等绿色换来的。我家院子里的鸟声,应该比其他人家还多,因为父亲在这里种满了树木。

心里想听鸟声,就觉得故乡之夜出奇的静,静到万物的呼吸都微弱了。但夜的羽翼,仍在空气里鼓荡着,把许多在白天里根本听不到看不见的游丝一样的东西,带到我的幻象里。我以为,宇宙间最隐秘的声音,是神教导万物如何在大地上带着善意生长。万物能在夜色里没有欲望地站着,突然一前一后地息声,开始虔诚地接受什么。

这些自然的生命链条,在这里依然保持着它的完整和庄严,并且和我记忆中的基本一致。这让我一直猜想:在这片土地上,为什么能变的都变了,而不能变的就是不变?就像老家在外形上,几乎没有一处不和前几十年彻底决裂,我所熟悉的街道、场院、房屋,没有了一点老模样,但从这里飘出的生活的样子,还是一眼能认得出来的。就像在街头见到一个人,不管他穿什么衣,着什么装,干什么活,一搭话,开口就是马坊味,人老多少辈就是变不了。

守着的这个地方,不会死,就叫马坊。

守着这个地方的人,死了也是马坊人。

我也想知道,故乡在这个时候,会不会把我也当成它的一棵树木、一棵青草和一棵庄稼,继续传播它的爱意?事实上,躺在弥漫着父母气息的故乡,我永远是它身上掉下来的一部分。记着村里人说,父亲是水命,所有草木落在他的手上,不但不会死去,一定会活得很好。我相信这话是真的,他们一生与草木相伴,许多自然的物语,也只有他们能够听得到。确实,父亲在爱护庄稼之外,就最爱护草木了。凡是村子里能生长的树木,我家院子里都有。不说农家普遍实用的树木,那些在灾荒年月里显得有些奢侈的绒线树、香椿树、石榴树,也是我童年看惯了的风景。今夜,父亲的影子,有可能就从这些树上走下来,在梦中继续抚摸他栽种的另一棵树。

贴着父母的气息躺下,我想不到入眠后会这么愉快。会把我带到乡村精神的层面上,从父母的简朴生活中,思考远比乡村重大的问题。就像小时候,在村里遭遇多大的委屈,只要回到家里,都能被一一化解。我不能断言我会遇到什么困难,我很相信一点,这个存在得简朴的乡村,是我一生的护身符。我想说,想一想农村,想一想农业,想一想农民,我们困顿于城市的心情,会生出一些责任来,也会由此好起来。

这时被鸟声突然叫醒,心里一时有一些空落,但丝毫没有责备鸟声的意思。看见晨曦,看见炊烟,总之,看到一丝一缕很动人的生活图景,我只有祈祷:让我醒来吧,不能老把故乡放在梦里。

我听真切了,这是众神之鸟的合唱。

把它们分开来看,每一只都很普通,都是些绕树三匝、围屋低飞的鸟儿,身上都是些庄稼地里的气象,眼里都是些庄稼地里的目光,嘴里都是些庄稼地里的声音。但它们集体出没在乡野上,并且天长地久地在这里存在,就不能不用众神之鸟来想象它们。

更感念它们这么集中地在我家院子里叫。

这叫声里,一定捎带着父母的一些叮咛。

抬头看见那棵俊秀的绒线树上,有一只冲着我欲飞的画眉。

我不通鸟语,不知道把我的心情如何准确地告诉它。

这不要紧。只要感激地记住:回到马坊的第一个早晨,是被鸟声叫醒的,就知道我和故乡的距离,在长久的离散之后,又一次被鸟声缝合了。

3

> 我没有理由,不归认这座/淳朴的村庄,也没有太多的时间/在这里折磨阳光和泥土。一切都不留情面/埋没着我的过去,只要有心/一棵庄稼,会把许多东西/重新递到手上。我说过/我在马坊,摸过马的脖子/真像摸着一块缎子。

农具的眼睛。这是谁发现的?

这些触及乡村生活的语言,我用眼睛喜欢着。我也由此怀疑,自己在马坊生活了那么多年,把生命中一段最苦涩的日子,不计得失地埋藏在庄稼地里,苦也苦过,乐也乐过,但在我要叙述它时,怎么就没有这样的发现呢?

我不知道去问谁。我却从此记住了:

一个人能懂得借用农具的眼睛,有可能帮助他从细节上看乡村。

就让我借用犁,这种对土地翻耕得最深刻的农具的眼睛,重新阅读一回马坊,看看在哪些地方,还能让我重获对于乡土的感动。犁这种在乡村属于太平风物的农具,在汉画像石上很常见,在《王祯农书》里有过诗意的描述。播种时节,它永远在土地的心脏里穿梭,土地温润的气息,使它铁质的铧尖,成了游走在泥土里的最明亮的镜子,反射出扶犁者满怀的心情,也反射出一个季节的光芒。农闲时节,它被高高地挂在房檐下,纯木的颜色,纯铁的颜色,在阳光和阴影里,布满了农业的细节。

没错,我要借用的,就是看穿泥土的犁的眼睛。

一个上午,我都在乡间走着。阳光从乡亲们很熟悉的衣服上掉下来,友善而温暖。无须放眼望去,人的身影就在跟前的庄稼地里,像剪纸一样晃动着。这时,如果我真是一张木犁,我最清楚犁铧从哪里插入,我会学着犁的样子,把土地的角角落落翻耕到。泥土的淳朴,种子的淳朴,一村人的淳朴,犁用温情的木头和锋利的铁,每天从日出领略到日落。

乡间的淳朴,像扶犁者把血汗渗进木纹里,那是渗进事情里的一种淳朴。有一年,我的一位亲戚因出身在全乡被挂牌游街,在我们村游完街,已到午时。母亲知道后,端了一大碗热面,送到关他的空院子里。他十分疲劳了,脖子上的木牌也不敢卸下,靠在墙角似睡非睡着,只有冬日的太阳把一丝暖意小心地放在他的身上。被母亲摇醒后,他抖索着接过碗,低头吃着。母亲也没有多少话,只是一次次地用手摸着那木牌和挂木牌的铁丝。那些天,母亲一停下手里的活,就念叨那木牌有多重,那铁丝有多细,后悔没有再送一碗饭去。因为在下午的游街中,有人因受不了折磨和饥饿,死在路上。年幼的我知道母亲的心里不好受,但理解不了,那是一个时代集体的痛,一位靠织布种地过日子的乡村女人,也要用破碎的心来承受。

这种本能的承受方式是否太敦厚太淳朴了?

但不敦厚不淳朴又能怎样?

问问草木:它们在土地上如何抵抗风暴?

在我的记忆中,那匹栗色的马就是父亲前世的转生,我对它的崇拜,就像是对一村人的崇拜。作为一位乡野男孩,我有太多的时间,在这里折磨阳光和泥土;也有太多的野性,在这里折磨庄稼和牲口。虽然那些小时候的粗野,早已被乡村用淳朴原谅了,但我仍需要承认,我糟蹋过庄稼,我鞭打过牛羊,我捕杀过飞鸟,但从未抽过这匹栗色的马一鞭子。与所有爱马的人不一样,我最爱马那很有力量的脖子。在我的经验中,父亲的脖子和马的脖子一样,是最有力量的部分。父亲把那么重的担子,放在肩上走几里路,脖子依然是昂挺的。甚或因自己家的老园子被别人强占,连一条走人走牲口的老车道都被圈进去,而堵住数家人的水路时,父亲抗争了。一群老实生活的农民的命运,攥在另一群狂妄混世的农民手里,结果只能是制造愚昧。在村里斗争父亲时,面对一群背枪的人,他也不曾低过头。那些夜晚,我摸过躺下的父亲的脖子,那是一种赛过土地的粗糙。我以为他身上惊人的力量,就藏在这些粗糙里。谁知摸过之后,又是多么的不同,真像摸着一块缎子。

我说过,父亲是被村上斗争过的人。因了这些,我在怀想这里的一切时,不免有一丝挥不去的憎意。但我长大后,父亲没有一次诉说过他的冤屈,更没有嘱我要用文字记下什么。真的,他从不仇恨这个村子,照样在这里种他的庄稼。晚年,他把一村的路面护理得树木成荫,鸟声一片。这样的淳朴,我理解是付出比屈辱还大的代价的,但父亲的一生,决不付出屈辱。

淳朴是一个村子的事情,一村人的淳朴,就是这个村子的村风。

清楚这一点,我也就没有理由不归认这座淳朴的村庄。尽管在这片土地上埋没着我的过去,让生活中的许多细节,变得一下子没有了。但我相信,泥土的高尚,在于只要我有心,就会把许多贵重的东西重新递到我手上。

这算不算对淳朴的一种反思?

一个上午在阳光下的触动,我想起当年死活要离开村子的情景。

父母是劝不住我的。尽管我走时,父亲还能在土地上支撑,母亲已是多年的病身了。在村人眼里,我像是有追求的人,其实,我的所有挣扎,在当时是一种逃避。逃避贫穷,逃避愚昧,逃避屈辱,甚至也逃避得不到的爱情。可以说,我是在一村人的淳朴中,带着他们身上的力量出走的。

这情景,不仅被乡亲们不记仇恨地记着,也被阳光不记仇恨地记着。

我又想起犁。它用比人更深刻的眼睛,见证过我所叙述的一切。

一声响鞭。我看见在不远处的方田里,一位壮实的人正在扶犁翻耕着麦茬地。我不是被泥土的腥香所诱惑,是他手里的犁,把我吸引过去的。这一刻,站在父母曾经待过的土地上,我没有过多的想法,只想扶犁走一走。让他们从泥土里也走出来看一看,我是他们的儿子。

我的骨子里,也应该长满淳朴。

4

> 其实苜蓿花／不只单一地，在这片乡野上／为女子们怒放。像我一样／也想把根留下，只掐取生命中鲜嫩的部分／让城里人，从几片绿透的叶子上／就能认识一片草根的／乡野，它有多动人。

要说乡村的太平风物，苜蓿应该算一种。

我写故乡，就是从苜蓿身上开始的。在外面上了三年学，想不到又回永寿教书，看来，那些一直折磨我内心的草根性，今生是彻底斩不断了。故乡对于我，自然隐藏着生命中的全部秘密，一定要放在心中最温暖的地方，用一生的时间去解读。

这个过程，注定在路上。

在路上，我发现苜蓿，春天多夹在小麦或油菜中间，夏天多夹在玉米或谷子中间，秋天多夹在荞麦或豆子中间。周围的风物随季节一直在变换着出场，只有苜蓿自己，数年间都站在同一块土地上，一副独守自己的样子，看上去也快乐，也伤感。那时，我在县城教书，总觉得土地就在身边，苜蓿就在身边，亲人也就在身边，随时想起什么，走过去看看就是了，生活中很少思念和伤感。不像现在，客居长安，应该离近的人和事，都像在天上人间，恍若隔世。对于和自己的少年时代有着千丝万缕的牵挂的苜蓿，也只有在记忆中相怜了。

我写苜蓿,是在秋末清爽的县城里,在苜蓿使出剩余的力量,生长着一年的最后叶片时,想起有许多心语,这么多年藏下来,是要找机会倾诉给淡紫色的苜蓿花的。我以为,乡村生活的直白和含蓄、温暖和枯涩、永恒和消亡,都在一块苜蓿地里看得到。这么柔软的植物,这么细碎的花叶,会让泥土在一年之中,几次爆发出生殖的力量,乡村精神的贫穷和富有,因苜蓿的遍地生长而显得伸手可摸。小时候,一片紧挨着村庄的苜蓿地,就是我们生活的大部分。你想象不出,乡村会有那么多的时间和风物,伴随着我们成长。在苜蓿长势最旺的季节,从每天的半下午开始,我们把自己放逐到苜蓿地里,在遍地的虫鸣声中,追着几只吃草的羊羔,像追着乡野上的云朵,任由苜蓿用绿色和紫色,像母亲们浆洗土布一样,把我们周身浆洗成苜蓿地的颜色。直到大地上的雾气升起来,我们才从苜蓿的直白、温暖和永恒里,退出遍体草香的身子。

回家的路上,我们挣扎着想把眼睛放在苜蓿的花瓣上。我知道,这里是蜜蜂最爱歇翅的地方,也是村里的女子们掐菜时最容易留下手里余香的地方。

我还发现,在那些年月,村上那群穿着蓝色碎花土布衣裳的女子,走在苜蓿地里最好看。用美学的眼光判断,那应该是乡村的时装表演,T形台就是柔软的苜蓿地,模特就是村里的女子们,时装就是她们贴身的土布衣裳。这些在今天看来,很像人和自然共同完成的一场时装秀,其实就是那时朴素的日常生活,我们在其中很平静地享用着,不会有过多的激动。因为在乡村,一切带给我们的好处,都不会超过粮食。每一种粮食在农村,都像我们的祖先一样,是有明确的神位的。当然,苜蓿在我们这里,既是一种青草,也是一种粮食。

它的双重身份,从乡亲们心里,多获得了一分尊重。

我的父亲说过,苜蓿是牲口上好的食物,农忙时吃苜蓿,牲口一定有力气,农闲时吃苜蓿,牲口一定会长膘。苜蓿喂养出来的牲口,毛色一定是光滑油亮的,摸上去绝对有缎子的感觉。夏天的时候,他要等到太阳收敛了很多光芒,变得柔和一些时,再去割一担叶子不打蔫的苜蓿回来,让牲口吃出一口的鲜嫩和清香来。他的经验是,鲜嫩的苜蓿在铡刀底下,发出的声音也是脆亮的,铡完苜蓿的刀口上,也有一股清香亮闪闪的。由于喜爱那匹栗色的马,不论春夏秋冬,都有鲜苜蓿或干苜蓿让不同的香味从它的槽头上传出来。确实,在父亲饲养牲口的那段日子里,那匹栗色的马离苜蓿最近,沾了它的光,我也离苜蓿最近。看父亲割苜蓿,看父亲铡苜蓿,看父亲拌苜蓿,再看栗色的马吃苜蓿,几乎成了我乡村生活记忆的所有细节。因此,我那些写苜蓿的诗篇里,都离不开马或羊羔,它们对乡村的重要性是人代替不了的。我不会忽视它们,因为在苜蓿的滋养下,它们把最好的力气,放在上帝和我们一起劳动着收获粮食的过程中。

  这是父亲的苜蓿,也是马的苜蓿。而母亲的苜蓿,则离人更近一些。

  在她不会拥有的太多的想象里,苜蓿花,就是这里的女儿花。她用剪刀剪过它,用绣花针绣过它,它贴在我家的窗户上,是能引来蝴蝶的窗花,而穿在我的身上,却是能引来一村人目光的花甲甲。最初,我是从母亲的手艺里认识到,苜蓿花在这片乡野上只为女子们怒放,为她们的喜怒哀乐,为她们的婚嫁生育。从苜蓿几片绿透的叶子上,我能认识一片草根的乡野有多动人。我在诗篇里呼吁过苜蓿花,带着这里的女子们,一定要面向天空,一起盛开,一起点燃这片被淡紫色守护着的乡野。

  在母亲的精神里,苜蓿一直被认为是圣草。

  她活着的时候,我家的粮囤里,总积攒着几袋干苜蓿。这是她在每年的夏天里,把吃剩下的苜蓿菜,在太阳下晒干、揉碎,然后装好,以防备春荒的。她知道,在缺粮的时候,一把苜蓿,完全可以代替粮食救下一条生命。记得每次跟她下田劳动时,只要路过苜蓿地,她都会多望上几眼,甚至把手放在苜蓿上,抚摸一阵子。现在回想起来,母亲的这些动作,是一个心怀感恩的人对庄稼的一种本能反应,其实没有多少情绪色彩。但她在阳光下做出来,我在现在回忆,心里还是不能平静。

  那些认识母亲的苜蓿,也有一些伤心么?

我对苜蓿心怀感激，反复在一座县城里写诗吟诵它，还在于那时在乡村，要得到一把苜蓿并非易事。乡村的淳朴，或者是乡村的贫穷，种一块苜蓿，为的是解决牲口的饥饿。农业在大地上的神圣，人不是唯一的，在那个简约的年代，牲口就是农业中一种直接超越人力的神灵。为了保护它，人只有在贫穷的草木中，选择了献出苜蓿。

我不清楚现在苜蓿在牲口的饲养中是否还像当年一样重要。但苜蓿的身影，早已逃离牲口的目光，穿梭在长安的菜市上。在这个地方看见我写过的苜蓿，感情还是很复杂的。不想父亲，不想母亲，不想那匹栗色的马，就是想一想那块生长它的土地，也有一些被挥霍的难过。

我放下手中一些琐碎的日子，要回到乡野上。

我写过的那些苜蓿花，也要回到乡野上。

我知道，一块插花在庄稼中间的苜蓿地，在偌大的乡野上，是要辨认一个村子时，必须死死记住的方向。

对于马坊，这块苜蓿地，是生长太平风物的。

5

> 我对大地,如果还心存/一些敬畏,那
> 应该是这座山/沿着父母们的目光,把农事
> 里面的庄严/很早就教给我。那时/我没有
> 在土地上,见过这么多的/丰收的果实,还
> 有马匹/驮来一个村庄里的/幸福生活。

只要我抬头,五峰山就在眼睛里。

关于这座山,我要以朝圣者的心态去写它。尽管它是一座土山,山腰上的村庄、人畜、谷禾遍地皆是,世俗生活的气息,会沿着与塬峁相接的山底,一直升腾到山顶。但只要你稍微挪动一下视线,看一看西南方向的乾陵,再想一想它背后的昭陵,一种被帝国气象拥抱的感觉,会在心里翻涌。

这是我后来对这座山的认识。

事实上,五峰山作为一座山,真是占尽了风光。在关中平原由西向东,扇形排开的几百里长的空间里,十六座唐陵,尤以昭陵和乾陵最为天下所瞩目,而在我小时候风景一样天天看得见的五峰山,就坐落在它们之间。

试问浩浩八百里关中,有哪一座山有这样被帝陵左拥右抱的福分?

五峰山拥有了,五峰山在我心中,也就很神圣。

当年在马坊,乡亲们怎么看待这座山,我也就怎么看待。他们说这山是由五个峰组成的,我就伸手看看自己的五根指头,然后一座山头一座山头地数。他们说这里飞出过五只凤凰,我就想象着凤凰的模样。总之,五峰山,

五凤山，都是我呼唤过的名字。

有五峰山的因缘，我知道自己小时候，是一位爱看山的孩子。坐在老家的山梁上，我会忘掉手里所有如拾柴、挖药、挑草的活路，把目光从一些人宽大的背影上移过来，像在乡场上反复看一部老电影一样，在五峰山宽大的银幕上，寻找我感兴趣的每一个熟悉的画面。老实说，我不知道我坐在多么远的地方，就是想看看人在五峰山上是怎么走动的。我看不到，只看到成片的村庄和树木，连炊烟在哪一座屋顶上升起来，都看得清清楚楚，但一头牲口跑动的样子，就是看不到。我似懂非懂地想，人在这个世界上，生来就是被万物隐藏的。白天，庄稼把我们藏在泥土里，夜晚，灯火把我们藏在屋子里。只有自己知道自己某一刻是在大地的哪一个角落里，为生活挣扎着。

我不敢说，一直在心里是否还装着这座山。那个年代，五峰山立在我们的生活里，用它身上一堆云的亮度和走向，预报着一个乡间的天气。特别是在收种季节，一村人早上出门，晚上进门，都要仔仔细细地看一看五峰山，对着它的气色判断天气，以便安排活路。村里人说：五峰山早霞，全天守家。村里人说：五峰山黑脸，风雨不远。村里人还说：五峰山戴帽，农民睡觉。年幼的我，不仅把这些农谚当儿歌一样记住，还老把五峰山和说这些话的人往神秘里想。以为五峰山在他们心里，安装着什么神奇的东西，随时会把天上关于刮风、下雨、出太阳这样重大的事情，给民间通知下来。

这些关于五峰山的民间版本，多数是村里一个叫旺旺的放羊人口授的。有一年冬天，我顶替父亲和他在村西的洞子沟里放过一个月的羊。雪在身边落着，羊在身边走着，他在放羊的沟坡里，时不时要吃一锅旱烟。他吃烟的精神，绝对高涨和饱满，几分钟内，吃得烟火出声，吃得脸色通红，吃得心肺透畅，吃得天底下，只有吃烟这一种受活了。

烟吃到起劲儿处，围绕着五峰山的话就会多起来。

他爱用五只凤凰说这座山。他说，如果这里有六只凤凰，唐太宗保证会选它做陵墓。你数一数，五只凤凰配李世民的六匹骏马，不是还少一只凤凰吗？五峰山没有做成唐朝的陵园，就成了老百姓的山，那山上的柴火长得比村里的树木还高,那里面的飞禽走兽跟这沟坡上的羊一样多。年轻时,他在那里砍过柴,也打过猎,一心想着能见到凤凰的影子。为此,一年有大半的时间,他都在五峰山的皱褶里度过,应该有过许多快乐和悲伤的遭遇,只是把它深深地埋在心里,不愿意讲出来。他爱说五峰山,或许是对这些经历的一次次变异的叙述。他说,后来武则天看上了五峰山,在它的西南方向上修了高大的姑婆陵,为的就是死后能听到凤凰的叫声。

我以为他讲的都是真的。

后来才知道,他是按照自己的想法在编故事呢。他活着的时候,我只要回到村上,都要去看他。提起他讲的五峰山的事,他不好意思地笑笑,说看见我当年身单力薄,在雪地里穿得又那么少,瞎说些故事,让我笑出声,身子能暖和些。这更牵动了我的心,想用一生的时间记住这座山和这个人。只是现在不知道,已经在地下躺了好些年的他,是否也听到了凤凰的鸣叫声?

他说的姑婆陵,就是乾陵,在马坊的乡村里,人们都是这么叫的。

从此,我只要走到田野里,在挖草的间隙,找一块高高的土坡坐下来,一边看看五峰山,一边看看乾陵。长大后,我对大地如果还心存一些敬畏,那也应该是这座山。沿着乡亲们的目光,把农事里外的庄严,很早就教给我了。那时,我没有在土地上见过这么多的丰收果实,还有马匹,在今天驮来一个村庄里的幸福生活,但内心的快乐,在再贫穷的日子里,依然是存在的。

由于五峰山位于村子的东面,一年四季,太阳从那里出来,月亮从那里出来,风云从那里出来,雨雪从那里出来,以致得出这样的结论:这块土地上的一切,都是五峰山给予的。这些小时候的生活印象,至今还涂抹不去。只要回到这里,一切都还像当年一样,在田园里有节奏地进行着。

真的,这次回到老家,我回到了马的呼吸里,回到了鸟的叫声里,回到了苜蓿的怒放里,回到了一村人的淳朴里。对于缓解身心淤积的疲劳,这些很重要。但更重要的是,我沿着五峰山,或一些人宽大的背影,看见了凤凰。

五峰山,我想跪下来说出这句话。

6

> 或许,风和人一样/一直都在乡村里赶路/它走过时,最爱贴着地面/这样很好抚摸庄稼。有时却比飞鸟还高/像在天空里,为大地讨要些雨水/我感动,风还会把父母的声音/从泥土里带出来,这种时候/往往赶在小麦起身。

在抵达故乡的路上,不要问我风为什么呼啸。

我只能告诉你,一个记忆中没有风的人,是没有故乡的人。特别是在马坊,在黄土堆积出的这块很少大难、也很少大乐的田园里,风的灵性的手里,就握着我们生活的所有方向。那些在这里生活到一定年龄的人,他们不会再用耳朵笨拙地听风了。他们每天走出家门,只要抬头望望天,就知道还在天边的风会吹来一个什么样的天气和心情。

黄土地里风头硬。这感觉是真实的。

在这里生活着的人,脸上像抹了一层胭脂,一个个红扑扑的,也好看也不好看。当年,我就是带着这样一张脸,走进长安城的。曾经为这样的脸苦恼过,也因此记恨那些吹红我们脸颊的风,想把它和故乡一块儿扔掉。如今,那一层胭脂算是褪掉了,但一脸的灰黄,反倒像长安帝国没落后剩余的气色。想了许久,还是觉着被乡野上的风用很长时间吹过的那张脸好看。

就这样,在抵达故乡的路上,突然想着风为什么呼啸。

我也问自己,对于日出而作、日落而息的乡野,这是一个问题吗?记得小时候,风很像一根浪漫的鞭子,在故乡的大小田埂上,抽着我们疯癫的身影。我们野草一样疯长的头发,一直为风飘扬着。这还不够,一律敞开衣领,让风在我们的皮肤上滑出声音。而对风的多疑,让我觉得那些在田野上能吹动庄稼,在坡地里能吹动树木,在屋顶上能吹动瓦片的东西,根本就不是风。风是往人的前胸和后背上吹的,它轻吹一次,要让劳动者记住劳动的快乐;它猛吹一次,要让劳动者记住劳动的庄严。我更确信,那些吹在父亲背脊上的风,才是大地上真正的风。

父亲在一天很少间歇的劳动中,除过荷锄挥镰的动作,再就是爱解开衣领或扣上衣领。那是他对风的感应,他要让风在不影响劳动的过程中,一边带走身上的疲劳,一边恢复身上的力量。我看得最动心的,是父亲背着一大捆高粱,逆风走路的样子。那时的父亲和风迎面挤在羊肠小道上,风想穿过父亲和他背上的高粱捆,父亲想穿过风在狭路上的凌厉。而风的凌厉,像在父亲的背上,点着了那捆本来就燃烧着的高粱。只是以前,它们分片在田野上燃烧着,现在,这种属于庄稼的成熟的燃烧,就被风集中在父亲的背上了。

我说过,父亲是在很长的一段时间里,靠卖柴供我上学的。如果风有记性,柴草有记性,他们对父亲的背脊的理解,一定会比我深刻得多。因为在父亲的背脊上,我只趴过很短的时间,就让给风和柴草了。那时候,好像一个村子里的风,都在父亲的背上吹着,因为每天,他要从村西或村南的沟里,背着一捆山一样大的柴捆走回来。我坐在沟畔上等候时注意过,某一瞬间,像风从沟坡里把一捆柴的梢头吹上来。起初,人的身影是看不见的,只能随着柴捆的不断升高,才会逐步露出人的头、人的脸、人的腰、人的腿,直至看到脚步的迈动,人和柴捆,算是从沟里完整地爬上来了。现在想起来,父亲从沟里完成的这些背柴爬坡的劳动过程,对于一座在世俗生活中显得有些单调的村子,无疑像一种仪式,每天由他一个人进行着。我是唯一的观看者,我对这个过程的悲壮感,当时是意识不到的,只想父亲的背脊曾经是我的路,也是柴草和风的路。

风为什么呼啸？我想当年在风中飞扬的马匹，也不一定知道。

风为什么呼啸？最好让风，用一颗种子破土的秘密描述自己。

如果有一些乡村生活经验，就知道，风必须用一生的强劲为万物催生。因此，风在乡村不能太散漫，更不能太悠闲，大多是呼啸着走过的。这是生存的需要。比如我们冬天就剪好枝，开春又施了肥的果树，看着花苞一天比一天鼓起来了就是不绽放，急得我们天天往果树枝上瞅。好了，夜里一阵呼啸的风过后，清晨打开窗户，就有零星的花朵站在枝头上了。接下来风也知道，它不能再呼啸了，必须歇上一阵子，等所有的花朵绽放完了，再从残红里，把带绒的坐果吹出来。比如按节气，过几天就要开镰收麦了，偏偏天上的雨水多，麦粒都熟得红丁丁的，叶子就是迟迟不变黄，在麦穗下青菜一样绿着，急得镰刀不知从哪片麦田里下手。好了，夜里一阵呼啸的风过后，清晨打开窗户，黄得透明的麦子，把一个村庄都照亮了。

这样催生的风，每年在乡村里有好几场，每次几乎是一路呼啸着来的。它就是吹在一位病人的身上，也不会有多余的忧伤，倒会让他觉出，风和人一样，一直都在乡村里赶路。

真的，乡村生活的实质就是赶路。人赶人的路，牲口赶牲口的路，庄稼赶庄稼的路，风赶风的路。马坊的经历告诉我，在这里赶路的风，它走过时最爱贴着地面，这样很好抚摸庄稼。过去，我们看见得最多的风，就是庄稼有节奏地摆动。其实，那是风按照不同庄稼的生命节律，在它们身上抚摸。这是上帝安排的风的劳动，庄稼正是在这样的劳动里，赶着季节成熟的。乡村里有一句话：孩子在风地里长得快。看来，我们不只是吃粮食长大的，在一切都十分简朴的乡村里，我们生长得这么结实，皮肤、眼睛光亮得像那匹栗色的马，风的吹拂，原来是很重要的。这也是我们不同于城里人在乡村得以成长的一些秘密。

有时候，我看见风在马坊，飞得比鸟还高，甚至在空地里，立起来旋转，把一些庄稼落下的残枝败叶，能呼啦啦旋到天上去。我以为是村子里哪个人做了不善的事，风要来惩罚他了。等哗啦啦落下一场大雨后，我才恍然明白,风呼啸着旋到天上去,是要为大地讨些雨水回来的。

　　让我感动的是,风还会把父母的声音,从泥土里带出来。这是我十几年没有听到的声音了。十几年前,它在我身体的每一寸皮肤里日夜游走着,那是一种无微不至的呵护,我皮肤上的每一个毛孔都感觉得到。自从父母在村北的那块地里相继躺下在风里守了一世的身子后,他们的声音,也就跟着消逝了。我没有想到,后来还会听到它,而且是在小麦起身的时候,像在我家的地头上听到的。我无颜回答他们什么,他们一生热爱粮食的心理我知道,他们在小麦开始成熟的节骨眼上,用心给我托梦。只是我离庄稼的距离太远了,已经没有可能再回到马坊承受他们的嘱咐。

　　等我从梦中醒来时,窗外确实有风呼啸着。

　　就在抵达马坊的那一刻,我对风终于有了这样的理解:风是故乡的呼吸。带着这样的理解回村,我觉得还不够,有必要做一些解释——

　　在这么大的乡野上,要想看到更好的日子,风只有呼啸着。

7

> 这些我一眼望见的／大地上的旧欢，不管果园连天／要把你逼到，塬畔或沟坡的哪一个角落／一身金黄，映照在我身上／依然是生活的尊严。我在这里／得到过谷子和阳光／最好的照耀，像我从父母身上／得到过生命。

以我在过去的生活中与庄稼缔结下的私人情感来说，要推选一种代表这里的粮食，会首先推选谷子。

这是我的真心选择。

尽管在马坊，我收种得最多的庄稼不是谷子，我食用得最多的粮食也不是谷子，但要代表这块温暖的土地，推选一种在贫穷或富裕的年月里，都闪烁出我们心里的金光，只有这些在父母身边，一生灿烂着、感动着乡村的谷子，最有身份和资格承担了。

我在这里拥有过的田园生活，付出还是享受并不重要。只要我对于谷子的那些感受，还在心里存在着，就比什么都好。

落生在遍地谷子的泥土上，最初照耀我们生命的，总是一把黄灿灿的小米。这是乡野的恩赐，我们的生长、我们的身份，以及我们的荣耀，一直与从谷子里脱胎出来的小米有关。真的，母亲落在我身上的每一个动作或语言，我都当作是成长中最重要的细节，深刻地记载在心里，视为一生中用特别朴素的方式，积攒下她的生命。我从她平常的讲述里知道，离开她的乳汁，我的薄嫩的嘴唇，第一次触到的是小米熬出的米香。我的胃里，第一次混合着母乳盛下的粮食是谷子。也是谷子，第一次把粮食的力量，通过一滴黏稠黄亮的米香，传递到我身体的每一个部位。因此，谷子对于我，总像一种上帝的粮食，通体散发着一种神秘的光芒。我也喜欢农业中以谷子命名的谷神，我知道它是五谷的整体象征，但要提起它，我肯定在五谷遍地的大地上，首先想到的是一穗穗沉甸甸的谷子。

谷子在我心里，是五谷之首，也是大地的至尊。

我在这里闻的最直接的香味，是谷子周身散发的米香。它使我贫穷的少年时光，有了一丝从庄稼身上得到的快乐。尽管如此，我还是不想站在泥土里，面对一群生活简朴的乡亲们，粉饰他们身边的一切物事。我更愿意用一把艰辛的米，来承认或称呼这些乡野上的谷子。

在乡野上长大，我知道大地的色彩是五颜六色的，但烙在一个人记忆中的色彩，或许是单色的。我的记忆中，大地的颜色就是谷子的颜色，就是我身体的颜色。谷子的成长，也就和我的成长一样，始终充满着艰辛。

我叫它马坊的艰辛。这样，艰辛像有了可以触摸的感觉。

跟随一年的谷雨节气，我的眼睛、手臂和心理，都开始向谷子靠近。这时候，应该有一场绵密的雨水，落在大地动情的身子上，这是谷子很久就有的期待，也是播种者全身心的期待。我也手捧一把谷子，在父亲刻满坚定的背影里，沉稳地走在耙磨好的土地上，也等待着一场雨水的迅速落下，我手里的种子，就会加上一些温暖的阳光，被干脆利落地撒进泥土里。然而，黄土的偏远和贫瘠，使这里稀有的雨水，在经过立春、雨水、惊蛰、春分、清明等一系列节气的催促之后，到了谷雨时节，还不肯从天空动身，使得降落到土地上为一种很罕见的事情。谷子呵，我们只能把你撒在这样旱象普遍的土地里，和其他庄稼一起，接受干旱的考验。后来，雨水的降落似乎不重要了，重要的是谷禾长出来了。一颗多么细小的谷粒，小到麻雀的眼睛都有它的好几倍，正是它顶破干土，披着一身浅绿的色彩，开始在我们的锄头底下，无数遍地被整容，直到从某一天起，它从顶部分蘖出金黄的穗子。这个漫长的过程，加深着谷子在我手上的分量，逼我一刻不停地掂量着它，直至谷叶金黄、谷秆金黄、谷穗金黄，我们放下锄头，不无庄严地执起镰刀，像从自己的身体里，收获着季节的艰辛。

谷子由遍地的金黄，突然演变成成堆的金黄，堆在温暖的打谷场上。

接下来，是母亲们围坐在一起，手握一片纯铁的镰刃，把谷穗从谷秆里搴出来。随着日光的移动，谷穗、谷草和谷秆，变幻着她们身边的风景。那些天，一座村庄里，到处都弥漫着谷子的气息。这些金黄得赛过阳光的气息，在母亲掀开木门的瞬间，就被带进家里来了。惊动的，不仅是吃谷子长大的我，就连那些盛谷子的泥烧的瓦罐、草编的粮囤，也意识到离装新谷子的时间不远了。由于劳动着的母亲的缘故，在乡村搴谷子的日子里，我整天跟着她，在谷子的气息里，理解着谷子，理解着在乡村生活中的诸多重要的角色。

母亲教我搴谷穗时，我知道谷子碾成的小米是一种暖性带油脂的食物，在北方寒冷的冬天里，它会用想象不到的热量，帮助人们抵御身上寒冷，还会滋润我们的皮肤，使得灰头土脸的庄稼人，脸上有一些金子一样的亮色。如果说北方的冬天，还有一些温暖，那就是小米的温暖。

母亲教我采谷草时，我知道这些金黄的叶子会被细心地捆成一小把一小把，藏在我家最干净的地方。我们一年洗碗刷锅用的东西，就是一把金黄的谷草。从它柔韧的叶筋里散发出来的谷香，使我们手里的粗瓷大碗，一年四季都有谷子细腻的味道。

母亲教我捆谷秆时，我知道这些东西是不能当柴火烧的，那样日子就太奢侈了。它是牲口们越冬时最好的饲料，要小心地保存起来，绝不能被雨雪随意打湿。那些脱尽谷粒的穗头，铺在冬天的土炕上，像把阳光铺在身下，暖意会持续到春天的来临。我家房顶上的天窗、房檐下的马眼，也是父亲用谷子的穗头堵塞起来的。冬天躺在炕上，看着新换的穗头，就像夏天的温暖依然附着在谷子的枝叶上。

我这样把谷子或小米放在生活的细节上，不厌其烦地叙述着，因为我发现我和故乡的肤色，原来就是谷子或小米的肤色。我想这是艰辛的小米，用一部时间简史喂养出来的故乡和我的肤色。这里有泥土的气息，有雨水的气息，也有一个人用她的手温，抚摸出来的气息。我应该祈祷大地，要给谷子在马坊留下一块生长的地方。

我的祈祷不是多余的。

在曾经谷香遍地的马坊，谷子已被连天的果园逼到塬畔或沟坡的角落里了。面对这种新生活的景象，我应该高兴，但谷子在我们身上映照出的生活的尊严，更应该得到保护。这些年在长安，故乡在我的生活中，还能保持一份应有的自尊，就是因为我在这里得到过谷子和阳光最好的照耀。它的重要，就像我从父母身上，得到过生命。

我说马坊，我记着从你身上得到的温暖，就是谷子的温暖。

我喜欢谷雨这个节气。因为艰辛的小米，又要被重新播种了。

8

> 不要问:谁家的马匹/这么风光?因为整个故乡/都在油菜地里开花,都像被上帝/有意放在一幅盛世的画框里。如果可能/我愿用遍地的油菜花/衬托天空中幸福的云朵/裁剪一件时装,让故乡/穿着它上马。

我靠近故乡的心,在这样的画面里突然醒过来:

一匹栗色的马,它站在油菜地里,它被扑面而来的金黄贴身包围着。它只有把头举向天空,否则它的呼吸会被浓重的花粉呛住。它意识不到由于油菜花的大面积渲染,它不用奔腾,这无边的金黄自己会在它的蹄下绽放、翻卷和滚动,像它把一个乡间带进大地上最高贵的色彩里。

我想象着马站在油菜地里像什么。

我想用英雄这个词称呼它。

其实,马只是本能地在吃草。只是它吃草的地方和时间,太能勾起我心中对这里的某些神秘感了。我一直以为,油菜花是黄土地上的花神。只有它在一年一次的花期里,能彻底改变土地的颜色,让我们被黄土的单调折磨得失去光亮的眼睛,重新恢复对色彩的感觉。那些天,所有从油菜地旁边走过的人,不再灰头土脸,一身的新鲜和光亮,就像在大地的宫殿里进出。那些天,太阳被遗忘在天空里,因为有油菜花的照耀就足够了,从不挥霍什么的大地,不需要这些多余的光芒。

　　我执意称油菜花为马坊的乡花,我想在这里生活着的人,如果对日子还存有一些浪漫的想法和活法,是会同意这种说法的。你在这里的四季找一找,有哪一种庄稼的花,无论从色泽还是从气势上,会压过油菜花的烂漫呢?小麦的花细碎易落,很难超越麦子周身的绿色;玉米的缨子红是红,也只是斜挂在腰身上;荞麦的花能让一坡粉扑扑的,终究却高不出地面多少;高粱的花擎得最高,但成色还是显得太深重压抑了。至于糜子的花、谷子的花、豆子的花,很少被人提起过,以为它们在土地上不曾开过花。

　　也只有油菜花,会开得大地通体透亮。

　　应该说在乡间,我们对油菜心存的敬意,要比其他植物多一些。我是在物质极其匮乏的年代,在马坊度过饥渴的青春期的。那时候,我们照顾病人的饭,就是往汤里能多滴几滴油花,有了它,病人的体力似乎会恢复得快一些,脸上的气色也会让我们心里好受一些。我从母亲生病的日子里,心疼地发现油菜在乡村的这些好处,从此,就把它看得很神圣,从不敢糟践它的一枝一叶。一年的大半心思,是盼着油菜能蓬蓬勃勃地生长、开花、结籽,直到在村上的油坊里,变成黄亮黄亮的菜油拿回家。我想有了它,母亲的病体就有恢复起来的希望了。

　　至于像现在这样,把一匹栗色的马也收进视野里,如此浪漫地欣赏油菜花,在那么贫贱的岁月里,怎敢滋生这样的心情?

　　但我清楚,跟着眼前这匹马,油菜几十年间在马坊开花的路线,应该在大地上找得到,甚至从泥土里也能闻出来。我还不到开始淡忘旧事的年龄,我应该熟悉,农事中这么盛大的场面,最初是从哪里开始的。

　　只要看一眼马坊的地形,稍知农事的人,都会判断出不仅是油菜,所有庄稼的成熟,都是从一个叫郭家咀的地方开始的。这是马坊海拔最低的地方,也是太阳每天最先照耀到的地方。油菜开花的时候,郭家咀突然亮出一片黄色,我们在远处的村子里全看到了,且掐着指头数:再过几天就能开到我们村子了。

伸出的指头还没缩回来,村前的那片地里就有花苞绽放了。

我可以自行绘制一份油菜在马坊开花的地图:

从郭家咀蔓延开来的花朵,先把郭家咀这个母村染黄,接着染黄它的子村门家。再蔓延二三里地,就到了我的本村,也是这里最大的村子耿家。从一条狭窄的地方,蓦地来到一个大堡子,油菜真是放开手脚地开花了。那种阵势,像是谁给土地穿上了黄金甲。出了我们的村子,油菜花一路继续向北,把马坊、东张、桥张、西张这些村子的土地染黄,一路从仇家的村西,斜穿过几条沟,蔓延到延府、宋家、罗家,一路向东,再穿过几条沟,蔓延过来家、何家、木张、刘家、高家、养马庄,集体在东西走向的斜梁上,开出最后一道金黄,油菜花在马坊的花事,就算盛大谢幕了。但它在大地上一直北移的脚步没有停下来,只是眼前这片浓郁的槐树林,在孕育槐花的过程中,让它在马坊的蔓延就此绾上一个金黄的结。

挨着村庄开花的油菜,也挨着村庄,在黄土里提炼金子的颜色。

这种活在时间里的农事,就是我在这里得到过的一份幸福。

今天,我在它依然盛大的场面上,不再祈求油菜花用亮色抹去贫困、疾病这些曾经让我在心里生冷的汉字,而是在它的金黄里,尽量体验小康生活映照在大地上的光彩。而我能在这样的背景上,一眼看见一匹栗色的马,这是久负盛情的岁月,馈赠给我的一幅指点着什么的画面,它有如农业中的圣经,我一定会珍藏好,在今后的岁月里细心品读。

只是不要问:谁家的马匹这么风光?

因为整个故乡,都在油菜地里开花,都像被上帝有意放在一幅盛世的画框里。如果可能,我愿用遍地的油菜花,衬着天空中幸福的云朵,裁剪一件时装,让故乡穿着它上马。

这是父母以上的祖先们,没有在这里看到的。

如果可能,我也要找到一匹最出色的马,骑着它在开满油菜花的故乡飞奔,然后直呼油菜花:马坊的乡花。

9

> 他反问我：这一带饲养的/栗色的
> 马,有几匹是病死的/它们一生的精神,
> 全靠着吃下去的青草里/有很多中草药。
> 我也突然想起/小时候,手指被镰刀割破
> 了/是他用野刺蓟的叶汁/为我清爽地止
> 血。美丽的蒲公英/走出歌声,也是一
> 味/朴素的中草药。

从村里走过时,有一个人的脚步是不出声的,但我知道他走过来了,还知道他在村口的一棵大树下,站着跟许多人说了一些话。然后,背着荆条编的笼子和铁打的镢头,悄无声息地下到村南边的沟里去了。

我是从他身上浓重的药味里熟知这一切的。

他叫药四。因为一直在村子周围的沟里采药,又在族里同辈人中排行老四,村人就这么简单地喊他。他也更简单地回答一声,但传过来的草药的味道要比他的声音重多了。村里一些对草药敏感的人,有事没事叫他一声,就是想在生活单调的地方,闻闻那药味,也算一种不俗不雅的享受。

药四最初并不懂中药,更不知道有一本书叫《本草纲目》,他采药的目的很简单,就像别人家里养一些鸡或兔子一样,为了换点零用钱。药四采药的那些年,乡村的生活节奏很缓慢,内容很传统,现在回过头来看,那样的生活方式也很抒情,真有一些诗意在里边。农闲时节,村里绝对没有药四的影

子,等大家看见他时,一个采药季节就到末尾了,各种散乱在沟坡上的草药,几乎全集中到药四家的院子里。等这些草药在太阳下慢慢脱去水分,逐渐干起来时;等一股很好闻的药香,又从他家飘出来时,人们才想起了药四,才噢地一声感叹:沟坡里的药又被他采了一遍。

就在大家感叹的过程中,药四拉着一架子车新药走了过来。

在村里通往县城的一条土路上,顿时掠过一丝轻微的药香。

望着药四走远的影子,有人说他在塌老洼里看见过药四,赤着脊背挖甜草;有人说他在营里沟垴看见过药四,悬在崖下采黄芪;有人说他在响石潭边看见过药四,蘸着河水吃馒头。放羊的旺旺也说,今年南沟里的草药,他的一大群羊吃的,还没有药四一个人采的多。确实,一个采药季节下来,一个村子里的沟坡,被药四像考古一样地寻找了一遍。

我跟着药四采过好多回药,感觉所有的草药都像长在他的眼里或手上。在那么密实的草坡上,枝叶怎样细小的草药,他一眼就能认出来。药四教我采的草药中,我最爱怜柴胡。多么娇小的叶子,多么笔直的叶纹,挤在众草的堆里,一身厚实的绿,告诉我下边的根,一定有指头那么粗,且红艳艳的。有一面我很熟悉的坡上,好像专门生长柴胡,记得一块一块地往过挖,总以为把这里的柴胡采完了。谁知到了秋天,一坡开着黄色小米花的,还是柴胡。药四笑着说,药是采不完的,就像地里生长庄稼一样,沟坡里永远生长草药。人要吃饭,也要吃药,土地很神,在长出庄稼的同时,也长出这些草药来。我也说过,我对土地最初的敬畏,是跟着父母劳动时,从很多庄稼身上认识到的,而对土地最深的敬畏,是跟着药四采药时,从满坡草药的药味里闻到的。是这些散漫在山坡上的草药,让我很早就想着它们与众多生命的缘分。这是土地的智慧,还是祖先的智慧,用不着谁回答,但草药自己刻在我心里的形象,是众神之手齐心送到乡间的一些灵异之物。

采药让药四的日子一直都比其他人好过一些。但不知从哪一年起,竟让药四的日子很遭罪。只要村里开社员大会,都要把他拉出来批一批。他的荆条编的笼子和铁打的馒头,不能再和草药接触了,被强迫糊上白纸,用黑字写上他的名字,站在一村人的面前,被反复批斗着。常年在沟里一个人劳动惯了,人多的地方药四很少去,现在又要回到他们中间,还要接受批斗,这很让药四难受。而村里人说不出对他有什么恨,只当看了一回热闹。

　　这些我都记着。以为药四这辈子再不会与草药有牵挂了。这些散漫在沟坡上的草药,也只能冬天里死去,春天里再活过来,给村子里徒添些寂寞的药味。

　　谁知药四这人,真像遍地草药一样,性温、味甘、微苦,自己活血止痛,自己解郁行气,不仅得空继续采药,还买了一本《本草纲目》,每天晚上趴在一盏煤油灯下,翻看上几页。这些村里人都不知道,只以为他是个草根命的人,不与草药打交道,浑身都会难受。

　　我之所以知道,是后来在外面上了学,回村看他时发现的。那天,依然很文弱的他,给我讲了许多听起来新鲜的话。他说,咱村的地里不光长庄稼,有药性的植物也很丰富,《本草纲目》中大部分草药都能找得到。先人说地气养人,我看这地气一大半就是草药的药味。他突然反问我:这一带饲养的栗色的马,有几匹是病死的?它们一生的精神,全靠着吃下去的青草里有很多的中草药。我也突然想起小时候,手指被镰刀割破了,是他用野刺蓟的叶汁,为我清爽地止血。

　　田野上那些美丽的蒲公英,走出歌声,也是一味朴素的中草药。

　　我说过,药四是一位生性文弱的人,邻村的一只狗,也会挡住他的去路,因此从不和村里人起些争吵的事。放羊的旺旺却说,药四在村人堆里骂过他,还骂得不依不饶。有一回村人闲聊,难得挤进来的药四看见旺旺在地上玩丢方。药四说旺旺手里捏的不是羊粪豆,是六味地黄丸,旺旺打气说你吃一口。药四笑了,说这是你放的羊拉下的,你先吃。旺旺要打药四,药四解释说,你的羊在沟坡上吃的多是草药,又在沟底里喝泉水,你说这羊粪豆是什么?村人噢一声,觉着新鲜。只是药四激动了,说我看羊吃的比你还好呢,这句话真的惹怒了旺旺。但我明白药四说这些话的全部善意。

　　我一直想花上一些时间,陪伴一生性情温良地活在中草药里的他,在栗色的马匹吃过草的地方,继续寻找这些在泥土里藏着的遍地药香。我还没有来得及成行,就从马坊传来他不幸的消息:一次采药中,他不慎跌下深崖,呻吟了几天,就没有命了。他最后的交代是:坟头上什么柏树、松树、迎春花都不要种,种上柴胡、黄芪、甜草等中草药就行了。

我不知道他现在是否躺在这些草药的怀抱里!

但我知道,他有一本田野采药笔记,嘱咐他的后人交给我。

等这些沾满药味的纸片到了我的手上,我一定会精心整理,并题上这样的书名:《遍地药香》。

10

>　　这是我的田野考察/它没有结论,只有一些/传递乡土,或一群人日常呼吸的细节/有关马坊,我只能从大地/最直接的繁殖中读起。一生握在乡亲们/粗糙的手里,是农具黑亮的眼睛/它告诉我,风雨的方向/节令的方向,是农业走动着的/大方向。

　　我是从一些庄稼的根部,或田野里一块旧年的残碑上,拂去尘埃,细读一部马坊书的。

　　其实,马坊无书。

　　真是这样。要说这块土地一直还活着的话,那是活在一群劳动者中间。在他们很世俗,也很高贵,很原生态的生活中间,依靠一些不太富裕的雨水、草木和粮食,过着简朴的日子。我想,由我生活的那些年往上看,天空、土地和人群,在这里恐怕都是这么一个样子,不会有多大的变化。

　　而这个样子,或许是真正的乡土马坊,但它很少走进文字里。更不会整体性地,带着它的一切,走进一部书里去。

　　但我肯定这个一直只与农业有关的地方,曾经与朝廷有关,与战争有关,与祭祀有关,也与养殖有关。在我找不到直接的文字来佐证这些感觉的时候,是周围的地名激灵了我的想象。我说过,马坊是永寿的一个乡,出了县城,在向西北通往这里的路上,有一个地名叫御驾宫,附近也有地名叫等驾坡。中国的地名,就是永远刻在大地上的历史,只要与皇家有些微的牵扯,一般都要在地名上流传下来。有了这些地名,应该说皇帝的影子,起码隔着一条沟映照过这里。古代人把战争放在马背上,这里不是草原,而有马坊、养马庄这样的村庄存在,本身就是一种明喻,还需要今天考证吗?我们村子的东边,有一块地名叫张家庙,它建于何代、毁于何年,谁也说不清楚,传说毁于一场火灾,但它的宏伟壮观,非一般乡村庙宇可比。因为在这片废墟上,土质永远是黑色的,砖瓦的碎片不仅裸满地表,往土里掘几米深,碎片依然密布。这片土地从不需要施肥,庄稼长得比任何地里都好。废墟上灰烬的肥力挥发了多少代人都没有衰竭,可见那场大火烧毁的,绝非一般庙宇。

我家的祖坟紧邻着这里,我对这片土地的敬畏,是时间抹不去的。

在土地上生活久了,我想到用碑打磨的乡土,才是经典的乡土,才能让田野在日光流年的苍茫中,保留住岁月的风水或风声。有时一个人蹲在地里想:如果有一块在熟秋的午时被晒得暖洋洋的碑,站在地头多好,它像看见庄稼丰收的人,一身的硬正,必然让阳光垂直地降落。由此想起关中,皇家的碑石,几乎占尽了所有的山峰,平原上也不时有一通站在阳光里,闪出一个朝代的威仪。我们对这一片山河的感觉,有多少不是从这些莽莽苍苍的碑上得来的。

我想着,马坊也有它的碑吗?

看来地面上是贫瘠的。曾经有过几通很有些气势的碑,立在东张的一片墓园里。碑是立在墓门的前面,东西排列,有四五通,上面雕刻是很复杂的。后来,我第一次去西安时,在关中沿途看见过这样的墓碑,且是在一些巨大的陵墓前。围绕墓园,有一些被称为铁梨的树,虬曲的枝杈上挂着金橘一样的果子,是一个乡间里最出色的景致。现在想起来,马坊唯一的一些称得上石刻、园艺的东西,就集中在这座墓地上。但它在20世纪70年代初,是经我们一群中学生的手,在劳动中被彻底毁掉的。遗憾的是,它在我的记忆里,只是一些碑的形体,至于上面都刻了些什么,一点印象也没有。真的,我们毁掉了我们不知道的东西,它对于这块看起来很简单的土地,应该是有一些意义的。这样的事情,在那个年月是经常发生的,谁也不曾因此内疚过。

后来,再在地面上没有发现过比这些更大的碑石。

也不敢想象在它的地下,是否还被时间埋藏着什么。

十几年后,我和同学结伴,回常宁中学看望老师,车过东张村,我很想张望一下那片墓园。结果,在我记忆的方位上,哪有什么墓园可言,连土地都没有了,被一排一排向北扩张的村舍占据了。我只能叹息着猜想:那么大的一片墓园,不知成了谁家房屋的基础,永远不会被发掘了。

这个村子,唯有的一点地下文化资源,就这样被彻底湮灭了。

在文字和碑石里,找不到一个更久远的马坊,我就转过身子,在大地上的所有风物里寻找。寻找需要一种心情,也需要一个过程。我由草木的荣枯、庄稼的熟落、人畜的生死,蓦然意识到大地是不需要碑石的,人为地把它负载在大地的身上,是一种多余,也像一个补丁。那么民间化的马坊,也绝对不需要我在它的身边,背对着天空这么寻找。

马坊,不就是马坊的碑吗?

这块土地,其实是不需要草木、庄稼和人畜以外的任何附加物的,它只按季节,留下一年之中所有与人有关的事物的影子,包括天上的云彩、风雨、霜雪,以及飞鸟的声音,都能在泥土里找得到。如果硬要用碑来叙述马坊,应该有春、夏、秋、冬四通大碑。再分细点,就有立春、雨水、惊蛰、春分、清明、谷雨、立夏、小满、芒种、夏至、小暑、大暑、立秋、处暑、白露、秋分、寒露、霜降、立冬、小雪、大雪、冬至、小寒、大寒二十四通农事碑。再想一想蕴涵在其中的民间风俗,我想称它为二十四通礼魂碑,更离泥土的情感、人的情感近一些。不管叫什么碑,分布在这里的大小事物,会按规律出现在不同的碑上,但人群,永远把自己的喜怒哀乐,刻写在所有的碑上。这也启发我,什么季节回到马坊,看一看田野里的物事,就会看到父母的影子。

但有几件事,没有用石头立碑记载,我在心里还是挺遗憾的。70年代,人们饿着肚子,挣命在乡上修了木张水库、延府水库、高刘水库,许多人为此没了性命,那是很悲壮的事情,但没有一通像样的碑,能把这些记载给后代。我想起闪耀在历史天空中的"汉三颂",即汉中石门的《石门颂》碑、略阳灵崖寺的《甫阁颂》碑、成县天井山的《西狭颂》碑,记载的就是当时开凿褒斜古道、甫阁栈道、西狭古道的事。几千年过去了,那些修筑在大地上的工程,有些连遗迹都很难找到了,但被碑记载的修建过程,因了书法和碑的分量,却成了历史的绝响。有一年,我路过木张水库,一片破败的样子,当年的气象,在水库周围再也找不到了。

　　但文字呢?碑石呢?

　　一切就这样被忽略了。

　　在没有碑石的田野上,我的考察也会没有结论,只有一些传递乡土,或一群人日常呼吸的细节。而我要的就是这些。因此,有关马坊,我只能从大地最直接的繁殖中读起。我在大地这通不会腐朽的碑上,读到这样的文字:一生握在乡亲们粗糙的手里,是农具黑亮的眼睛。它告诉我,风雨的方向,节令的方向,是农业走动着的大方向。

　　碑上马坊,从你这里归来,我在碑石如林的长安,不再轻易读碑了。

11

　　落在母亲手里,蓝花土布/一尺一尺
地流动着,很像阳光/在我开始拔高的身
体上,一尺一尺地生长/我能准确地听
见,剪刀从土布上走过时/会留下什么样
的声音。心存对冷暖的/那些敏感,正从
一块/蓝花土布上,传递出母亲/与棉花
生死相依的气息。

　　对于土布的感觉,不是从心理上,而是从身体上早已滑落了。

　　很多年不在乡下生活,已经彻底淡忘了皮肤贴着土布,该是一种怎样的享受!更不敢想土布在与皮肤的触摸中,虽然开始有些粗糙,但最终会从棉花的秉性里,带给我们的那种温暖。

　　我是穿土布长大的。

　　在我身体成长的简史中,感恩地记着几种粮食、几样野菜和几棵果树,再就是几件土布做的衣裳。而在这些属于贫穷人家的物质中,几件土布衣裳,给了我一定的体面,使我在青春期来临之前,一直快活地走动在乡野上。因此,一提起故乡的土布,我就想象那些玄妙的织机声,怎样穿透着乡村的夜色,怎样穿梭出日子的黑白,怎样穿越一位少年的想象。而母亲,准会在这个时候,隐去一头白发,隐去一脸皱纹,隐去一身枯瘦,回到她年轻的日子里,给我们织染土布,给我们裁剪衣裳。

那时的乡村，应该活在一群会用手工织出土布的女人的尊严里。

我不知道今天在马坊，还有多少女人会织土布。记着只要遇到下雨天，只要在夜幕的遮蔽里，总会有几声织布声，从你想象不到的一座院落里，突然传出来。这是乡村看似简单的生活，曾经带给我的一些经验：要判断一个村子是否活着，最好的办法，是寻找它有没有一些声音的存在。这些声音，自然包括人的声音、牲口的声音、草木的声音和物件的声音，而织布声，则是马坊刻意留给我的，一种古物件的声音。

其实，从一块棉花到一块土布，再到我们身上的一件衣裳，这个过程是很漫长和艰辛的。一料庄稼的成熟，也就几个月时间，麦子的成熟期最长，经过秋播、冬埋、春发，到了夏天，把一片黄灿灿的穗子递给镰刀，一种粮食的身世，又一次被大地完成了。而一块土布呢？我记着母亲先是用好长的时间一斤一两地积攒棉花，由棉花到棉线，又要经过纺车一夜一夜地摇动。那些纺好的线，像一家人过日子时的大部分喜悦，被小心地包在一个包袱里。我经常看见母亲选在阳光灿烂的时候，一个人静悄悄地打开包袱，在太阳下反复地比对每把线的成色、粗细和韧性，哪些是经线，哪些是纬线，分得一清二楚。浆线的过程、打筒的过程、经布的过程，在织布这个手工工艺中，这些很讲精细的程序，确实是一种原生态的乡土文化，如果把它按工序写出来，就是一部讲述织布的乡土读物。如果把织布机子、纺车、缯绳、绞棍、育筒、木梭这些与织布有关的物件，从一个偏僻的村子里取出来，再看看打造这些物件的木匠，我不知道该说些什么。而母亲每花两三年的时间织出来的一匹土布，我不敢说它一定就像云锦，但一卷新布抱在母亲的怀里，我还是尽量往浪漫里想象。现在记忆起来，我后来对诗的许多感觉，或许在那时，就被母亲无意地织在她的土布里。

也许，母亲织的土布有多长，我对乡土的感觉就有多长。

事实上，许多织布的细节，比如拐线、纶绳、浆线，我都作为母亲的帮手参与过。特别是浆线，让我欣赏了乡土生活既朴素，又很神秘的另一面。这些乡村女人，在用粮食喂养每一个生命的过程中，又智慧地发现了它们在织布中,会把柔软的棉线根根浆得硬铮铮地,便于手工操作。说真的,我在各种面食中,享用得最多的是麦子的味道。但在炽热的阳光下,把鼻子贴近正在浆洗的细线上,麦子挥发在棉花上的气味,却是如此诱人,甚至很多年后,要回忆乡村的气味,我会脱口而出:是麦子在棉花上浆洗纱线的气味。

村里人说,母亲的手底下会出活,包括她手织的土布。

忙完织布机上的活,那双很会裁剪的手,又要忙碌我们的衣裳了。

这样的日子,在我心里充满了幻想:土布、剪子、母亲的手,三种不同的物象,都在母亲的目光下,变幻出一件件用来遮蔽我们身体的衣裳。现在,如果我说她那时就像裁剪着云朵,就像缝补着马坊的一块土地,也不会有人说我这是矫情。但母亲那时最真实的心态,是让我们穿得体面一点,用这些她还能织出来的土布,以弥补日子的艰辛和一家人的贫穷。

看着她飞针走线的样子,心还没有长到能用善良、柔情观看世界的我,直接觉得阳光有多细密,这时母亲的心就有多细密。她知道父亲一生是下苦的人,常年把柴捆背在身上,要不是那一层衣裳,脊梁上都会磨出茧子来。因此,要把织得粗厚的布留给父亲,要一律染成黑色的,要裁剪得宽大一些,这样结实的衣裳耐磨也耐脏。乡村人穿衣,也有乡村人的审美标准,就是方便劳动。至于身体本身,那时的生活状况还顾不了多少,只要一年四时觉着不饥、不冷,就是大地上最幸福的人了。可以说,我的父母一辈,就是为此劳累困顿了一生。直到裹着一身土布,回到泥土里去。

对于我的衣裳,就要讲究一些。选织得最细的布,怕磨伤了我的皮肤似的,剪最贴身的样式,让我穿得有精神一些。我从小时候穿过的衣裳里,看出一位乡村女人心里如果还有一些艺术的质感的话,虽然嘴里说不出来,大多都通过剪子和针线,全表现在孩子的衣裳上了。因此,母亲缝衣的许多场景,我走到任何陌生的地方,都要熟悉地带在记忆里。首先是一块蓝花土布,落在母亲的手里,一尺一尺地流动着,很像阳光,在我开始拔高的身体上,一尺一尺地生长。我能准确地听见,剪刀从土布上走过时,会留下什么样的声音。心存对冷暖的那些敏感,正从一块蓝花土布上,传递出母亲与棉花生死相依的气息。这肯定是我后来的感觉,假如当时能体察出的话,我会把母亲给我做过的大大小小的衣裳,一件不缺地保留下来。

那些土布衣服上面,存在着那个年代里,阳光的气息,泥土的气息,更多的是母亲的气息。作为一件单纯的衣裳,它真实地记录着母亲给予我的那份爱,像棉花一样,像土布一样,透明在那个年代的阳光下。

可惜的是,我在这个世界上,不再拥有这些衣裳了

我想,如果还有一件的话,今天吹过乡野的风,会绕过母亲留下的一些织布用的物件,从那件土布衣裳细密的针脚里,帮我吹出她的一些秀发。

要是我早年贴身穿过的那一件呢?

12

> 不能说，一九五八年/马坊是否丰收？我从母亲的身体上/确实掠夺走了，她精神里剩余的金黄/一生在乡村，热爱命运的女人/收割完最后一垄麦子，也把我/收割在她的衣襟里/这年五月，一个村庄的肤色/不像麦子剥去麦芒的肤色/不像我剥去胎衣的肤色。

这是我出生的年月。

不管这一年，对马坊这片很少有些声色的土地，意味着怎样的进化，但一对中年夫妇的命运，被一个迟到的人改变了。尽管这一年的中国，在许多人的肌体里埋下悲剧性的种子，使他们后来活得都很苦。

这对中年夫妇，就是我的父亲和母亲。

这个迟到的人，自然就是我。

如果上苍暗示，由于我的到来，一户人家会忘掉日子的贫穷，而开始有精神地生活，我会在胚胎里，就开始缩短一个生命所需要的时间，加快或省略成熟的一些过程，提早来到他们身边。遗憾的是，他们可以创造生命，但不掌握生命的密码。我也一样，可以在任何时候或任何地方出生，以至成长，但不由自己决定。

其实，这一年他们活得很苦，我的无意识的到来，加重着他们在生活中的苦难。母亲一生都爱这样叙述:麦子快要黄了,儿子快要出生了,我快要活不过来了。每次叙述的开头是悲惨的,但结尾还是幸福的。因为在她用尽一生的时间都不可能走出去的马坊,必须有一个为她送终的儿子。这是土地写给庄稼人一贯的遗嘱,她只能听从这样的口唤。

我不敢问母亲:1958 年,马坊是否丰收?

我隐隐约约地记着,她说过我在她的身体里,是一种喜悦,一种恐慌,也是一种负担。她凭着女人对于生育的本能,感觉我会是一个男孩,但这种感觉,已让她几次失望了。还有,一个村子的人,都在田野里热火朝天着,她不能因为我就要降生,而离开农业这个大集体。她必须到田野上去,必须把一个孕妇残余的力气,拿出来献给人民的公社。因为在当时,只要一个人的身子能挺得住,就要奉献,绝对不会想象,这是一个统一的集体,对于每一个个体的专制,甚或认为人活在这块土地上,要追求集体的幸福,就应该是这个样子。

我后来的内疚是,我不应该在母亲最困难的时候,躺在她的身体里加重这种困难。我在十个月漫长的时间里,从她贫穷的身体上,确实掠夺走了她的一切,包括精神里剩余的金黄。因为一生在乡村,热爱命运的母亲,收割完最后一垄麦子,也把我收割在她的衣襟里。这年五月,一个村庄的肤色,不像麦子剥去麦芒的肤色,不像我剥去胎衣的肤色。由于有了我,母亲觉着这一年是她活得最幸福的一年,一些缺吃少穿的事,她能应付得了,至于更大的问题,在一个乡村女人眼里,都比儿子小得多。在此后的三年里,母亲和我们,在马坊这块一直不算贫瘠的土地上,遭遇了罕见的灾荒,差点从饥饿里走不出来。

母亲有时也怨我:这是一个什么命的孩子,出生就带着年馑。

是呵,我在收麦子的日子里出生,却没有带来一把像样的麦子。

更为困难的是,在我出生月余后,远在外县的羊毛湾水库急着上劳力,父亲和饥饿的村民们,像一群羊一样,被驱赶着离开村子。没有人照顾,母亲只有下到地上,在身体没有恢复过来时,就开始在屋里接触水火,在屋外迎风生活,落下一身的月子病。可以说,我的出生,为母亲在精神上带来喜悦,也为母亲在身体上带来灾难。在她晚年,每遇头疼、肩膀疼、手腕疼,都像在我身体的某个部位抽骨连筋地疼。甚至母亲在那年冬天的去世,也是由于老病头疼的发作,由早上到子夜,随着一场纷纷扬扬的大雪走了。

我也不敢问母亲:1958年,是否有过幸福?

回答是肯定的。因为她从上苍手里,要到了儿子。

所以母亲在世时,并不在意这一年有多苦。这是真的。一个依靠土地、粮食和儿子的农民,她的精神层面里,很少有超出这些东西的存在。况且时间已经在她本来就很平坦的心上,把一切生活的起伏,都完全打磨平了,包括那些埋在心里的仇恨,都不再有心思去记忆了。而事实上,她的心里能装得下很多的苦难,却从不装一件仇恨。她的一生,没有仇恨过谁。

要说她还在意什么的话,就是那一年,家里凡是铁质的东西,都被拿去炼钢铁了,包括吃饭用的铁锅。她怎么也想不通,一个朝代,能不让人们在家里做饭?特别是庄稼人,白天在田野里劳动,晚上在屋子里睡觉,一天三顿饭,不在自己家里做着吃,这可是开天辟地的事,是神的安排。当然,如果不是我的出生,她或许认为这样也热闹。她以为,农家过日子,屋子里只有烟熏火燎,才有生活的气息。特别在一个女人的月子里,家里不动烟火,也听不见锅碗碰撞的声音,她真害怕,这样冷清的日子,会伤着孩子。真的,她一直为我长得单薄、身子不结实而忧愁。母亲认为,长得结实的人,既要吃饭,也要吃铁,我出生后所缺的,就是这两样东西。特别是铁,吃饭的铁锅都没有了,在那样的年月里,人又能从哪里补铁呢?

这件事,不只在一个时期里折磨着我们。也在一生中,折磨着我的母亲。我在长身体时,没有很好地得到生命需要的养料,她以为这是她的错。在后半生中,她像赎罪似的,拼命为一家人积攒粮食,特别是麦收时节,她用一双小脚,能跑到几十里外的后山去捡麦穗。母亲捡麦穗的身影,一直是我记忆她时的最佳切入点。长大后,第一次看到米勒的画,我是掉了眼泪的。我以为米勒的一生,是在代替我们这样的人为所有的母亲造像。我还以为

《拾穗者》中那位弯腰的女人,就是我的母亲,她那时就穿着那样粗重的土布衣裳,在遍地麦子的田野上,每天从日出走到日落。

因此,母亲身体的每一个部位,不用画家着色,都有麦子虚幻的金黄。

随着这样的金黄,一年一度的消逝,土地从形体上开始消瘦,而我的母亲,是从精神上开始消瘦。写到这里,我的伸向马坊的笔,突然在墨水里和我一起哽咽。因为谁都知道,她们体内的铁,从底层被冶炼完了。

这一年,在带给母亲喜悦的同时,把一身的痛楚,很不讲情理地,带给一位很普通的乡村女人。

而乡村精神,在我一直很消瘦的身体里,更像1958年的痛楚,静悄悄地和麦子,也和母亲的目光,一起残留下来。

在随时光流逝的过程中,有一天我终于感觉到,要很好地理解母亲,理解乡村精神,必须回到1958年。

这一年,不只是一个生命的出发点。更是母亲,作为一位女人的受难之年。

13

> 我不会怀疑/她身上还有牵挂。一个村子的/苍茫,在她藏下所有旧事的/蓝花土布衣襟里,不回头也能翻出一些印象/跟着她,我像一匹栗色的马/把一片不记仇恨的乡野,一米不剩地/踩踏过一遍。她用宽厚/不停打动土地的时候/总先打动着我。

我的前面不是庄稼,也不是牛羊,是一个永远走在我前面的、会回头的女人。我叫了她不足三十年母亲。那是在世间的幸福与痛苦的日子里,我幸福或痛苦地叫着她。

如今,她从这些幸福或痛苦中冰凉地退场了。

我也只能在自己心里,一个人冰凉地叫下去。

只是她在那么厚的乡土上,留给我的那些生活场景,不因她的退场而消逝。相反,它们从马坊的众多事物里飘浮出来,替我在接近故乡的每一次,都要生动地演绎母亲的过去。但我还是要伤感地说,我在三十岁之后所想见的母亲,都是她走在我的前面,并且不回一次头,给我的永远是一个背影。

按照简单地生活在马坊的人对生命的认识,所有从土地上逝去的人,都不会回头看他身后的人,特别是那些最想看见的亲人。这些暗含在生命里的隐秘,我是说不清楚的,有时只能这样想:如果那些一代一代逝去的人,都在土地上不停地回头,我们行走着的前面,还不满是祖先的眼睛?我们说土地是温暖的,首先是从庄稼上感觉,更多更深刻的,恐怕还是从祖先的背影上感觉。

这样安慰后,我突然意识到这是有关生命的一种哲学。

它被一群庄稼人,像种庄稼一样地种在土地上。

我也学诗人艾青问自己:我的眼里为什么常常噙满泪水?我不会有简单的回答,正像我至今不敢给母亲的坟头立一块碑一样,因为我应该在心上镌刻给母亲的碑文,不会被简单地抒写出来。

一个人的心,一生只疼一次,这是物理意义上的疼。而另一种超越肉体的疼,会是伴随一生的事。我对母亲的所有记忆,也就是她一直在精神上为我心疼。幸福时是幸福的心疼,痛苦时是痛苦的心疼。我不敢说,母亲是世上最懂得心疼的人,但至少在我身上,这种心疼是覆盖又覆盖,遮蔽又遮蔽。甚或为了我,她用一生的时间,折磨她自己的日子。

对马坊在地理上的热爱,让我一提起母亲,就想到村子东边的一座土城。

可以说,土城两边的两个村子、两片土地和两户人家,甚或他们的两块墓地,构成了母亲一生的活动空间。她能够放在乡土上的记忆,就是围绕着这些,只过一种有粮食和衣物的日子,从而对生活保持一种贫穷的方式。我经常想,能够记忆的祖先那几辈人,怎么就这么安贫乐道,愿意过简朴的生活?他们一生在土地上消耗不了多少东西,他们的日子,多数是女人缝补出来的。因此,我很热爱缝补这个词,还有被这个词表述的缝补场景。

这是属于母亲的场景。一年四季,都会看见她白天坐在场院里,晚上坐在油灯下,缝补着一些土布衣裳。特别是她裁剪一件新衣裳的时候,一个穷人心中的滋润,在剪刀和布纹清亮、细碎的声音里荡漾。当被左邻右舍的女人围着时,母亲一脸的喜悦,蓝花土布也是一脸的喜悦。更多的日子中,母亲是在一件件旧衣裳里,颇费着一个女人的心思。她要把一些旧衣裳没有磨损的部分裁下来,再缝成另一件衣裳,或补在其他破了的衣裳的某个部位。那些破得不能再上到身上的碎布，也会被千纳百垫在我们的鞋底里。我从母亲手上看出，缝补能带给穷人的幸福。你想，我穿的一身衣裳，有一些巴掌大的补丁，有可能是从父亲的旧衣背上、姐姐的旧衣袖上、母亲的旧衣襟上取来的布片，而他们留在这些布片上的气息，如果没有被风吹走、被水洗走、被阳光赶走，就会继续温暖我的胸膛、肩背和膝盖。衣裳里这些最容易磨损的地方，也是最容易接触到亲人的气息的地方。我在乡下成长时，经常一个人出没于马坊的大小沟里，斫柴、挖药、割草，没有孤独和惧怕，可能是我的身上，穿着带有亲人气息的补丁衣裳的缘故。今天，我坐在敞亮的书房里，一边翻着西方一些经典的绘画，一边想着母亲缝补过的衣裳，突然有一种她也懂得绘画的感觉。因为我在民间剪纸大师库淑兰的剪刀下，看见过毕加索的影子。库淑兰和我的母亲，都是生活在豳风里的人，一条流淌在诗经里的泾河，让她们在两岸的土地上，依靠一把剪刀，幸福而痛苦地生活过。

对于词语中的缝补，我有更贴身的认识。比如，母亲缝补一件衣裳时，从不量我的身体，但裁剪出来总是十分合身的。因为这双手抚摸过我成长的每一个日子，而我身体上每一块骨骼的大小，都在她的记忆里，被感情编排得一清二楚。可以这样认为，母亲手中的剪刀，表面上是在一块土布上游走，实质上是在阳光的感觉里，在我的身体上游走。这种游走，落在我的心上，始终是一种幸福。

而落在母亲心上，是一生的隐痛。

让我再次提起，这座转换母亲生活场景的土城。她从东边一个破碎的家里，嫁到西边一个更破碎的家里。她一生的责任，就是想用自己的一双手，把两个对她来说，有如呼吸着的肺一样重要的家，缝补得浑全一些。事实是，她是带着一半浑全、一半破碎的心，放下她缝补着的最后一个日子，走进被庄稼、人迹覆盖得厚厚的泥土里去了。

她在我的感触里，浓缩成一位不会回头的女人。

她在一些熟悉的土地上走过时，我看见庄稼的身子晃动得厉害，我也看见牛羊的目光深处，像噙着一个村庄里过去的雨水。我的身子和目光，也火气一样上升着一些疼感。我想说出有关她的许多，而气势强劲地吹过来的风，从田野上堵住嗓子，让我说不出她的许多伤痛。

我不会怀疑她身上还有牵挂。一个村子的苍茫，在她藏下所有旧事的蓝花土布衣襟里，不回头也能翻出一些印象。跟着她，我像一匹栗色的马，把一片不记仇恨的乡野，一米不剩地踩踏过一遍。她用宽厚不停打动土地的时候，总先打动着我。

而一切都在我的前面，跟她走着。她不能回头，因为在马坊这片乡土社会里，人们至今相信：如果梦见某位逝去的亲人回头了，这个人一定要病一场。这是被许多人验证过的事情，它带有马坊的神性，活在我们的生活里。尽管如此，走出马坊多年的我，还想着母亲，在土地上给我回一次头。

只要她能回头，我就能再端详她一次。

只要能再端详她一次，我还惧怕生病吗？

我也很想在自己身上看一看，一个被母亲回头看过的人，他为母亲生病时是什么样子的！

其实，她也很想转身看我一眼，只是风吹得她回不过头。

14

　　连一群羊,都懂得的事情/埋头劳动的人,就是不懂/他们只记着,羊群一生在乡野上追逐水草/却不知它们从干崖下,也会舔食/泥土私藏的,一些神秘的盐/我发现,缺少盐和缺少粮食/同样会让乡村/从内心受伤。

　　劳动者把形体这么简易地放在土地上。

　　或握一把铁镰,或扛一把铁锹,或扶一把铁犁,总之,在他们把形体放在土地上的时候,总有一把铁质的农具,成为他们的另一种支撑。他们的简易的形体,因手里的农具的古老,而获得土地的普遍认可:让他们一生手握农具,在自己广袤得也失去形体的地方,纯粹收种一些五谷。

　　这就是乡村的主体:人、土地和农具。

　　而最终的维系物,是用劳动获取的粮食。

　　介乎于人和农具之间,还有一群喂养在土地上的牲口。对劳动来说,它们的力量,更多时候是超越人和农具的。我在马坊的成长中,没有积攒下多少乡村生活经验,倒对那匹栗色的马,有过一些追慕英雄一样的情结。许多人见过,为了看栗色的马吃草,我是一片地一片地地跑过去,看那些苜蓿花,在它的嘴里发出草的清香。

　　有一天,我在那匹栗色的马的额头,发现一些从缎子一样的皮毛里,拥

挤着滚出来的汗水。它的晶莹，它的透明，让我看出草色在马的身体里，怎样健康着它的生命，并透出一身的野性。我被马粗重的呼吸所感染，像要揭示它皮毛里面的秘密似的，用指头接住一滴马的汗水。这不是想象，这是在乡村生长的孩子，可能都有过的一些荒诞的经历。乡野的丰富和单调，生活的快乐和沉重，成长的自由和压抑，让我们在什么面前，都想模糊地显示成长的勇气。告诉你，我们生来就敬仰乡土上的万物，我们从田野里回来，嘴唇常常被草木染成绿色的。我们的嘴唇、呼吸、笑声，以至泪水，经常在一些草叶上流连。我们一身的野性，更多是从草木的苦涩里得来的。因此，这一滴马的汗水，就必然要与我的舌尖遭遇了。

一股咸涩的味道，一股盐的味道。这些浓缩在我们饭食里的盐的味道，居然在栗色的马的身上也存在着，并且存在得这么美丽。

我在跟随父亲放羊的日子里，有时发现羊群会集体离开草坡，拥挤在一块悬崖下，拼命地舔食着什么。等我走过去，羊的口水，已浸湿了大片的崖土。再仔细看，这些干燥的黄土上，有洇出的白色的痕迹。盐，这些被泥土私藏的很神秘的盐，让没有言语的羊用嘴唇发现了。我那时意识不到泥土也是有血液的，而盐就隐含在其中，再通过庄稼传输到我们的身体里。有时，也渗出潮湿或干燥的地面，在空气里蔓延。我只想到那是泥土，在时间的压迫下潮出来的遗物。

我也在父亲的衣裳里，发现盐对土布的侵蚀。这种侵蚀是没有仇恨的，是对劳动的一种苦涩的记录。那是夏天，父亲背着山一样的草捆，用尽腿上的最后一丝力气，迈进一扇古旧的大门。在太阳的垂直打击下，他被身边的草捆衬得更蔫了。他需要吃一阵烟的工夫，来为处于劳动状态下的身体减压。然后，随着身上的汗滴的消退，他会脱下那件混合着青草气息的褂子，把它晾在院子里。接下来，是阳光聚集在这件褂子上，从一道道细密的布纹里，把那些来自父亲身上的汗水，晒成一坨一坨没有形状的盐。我摸过被阳光晒过的父亲的褂子，是一种割手的粗硬。土布的柔软和弹性，早已在这些劳动过程中，像父亲的骨头一样，被慢慢地粉碎着。我由此意识到，一个人在田野上劳动,就是挥发他身体里的盐。也只有在身体里藏下足够的盐,才能在阳光和庄稼的覆盖中,挺直劳动者的每一天。

乡村生活中,缺少盐和缺少粮食,同样会让我们从内心受伤。

一些在关外背盐的事,让马坊人从最封闭的状态下,向西沿着一条叫古丝绸之路的路,打开家园的一角。他们怀里没有丝绸,他们背上只有粮食,他们知道这个方向上有盐在大地上等着他们。背盐的路是漫长的,几个月的行走,就是为了给村庄背回褡裢里的一坨青盐。也有在背盐的路上,没有走到盐的身边,却把一身骨架堆放在路边的人。对盐的理解,我不及在马坊生活了一世的母亲。她不会面对盐,说出埋在心底里的敬意,但她在肢体语言上,每天对盐都有一些仪式要重复。每天早上要擦的第一个器物,肯定是那个盛盐的瓷罐。每天做饭前,先把一撮盐从瓷罐里用两个指头捏出来。瓷罐摆放的位置,也在厨房最鲜亮处,有好些年,就放在祭灶爷的地方。

透过通体晶莹的盐,我也从它的苦涩里,发现劳动不光是一件让劳动者生死疲劳的事,也是一件让我们绝对不能简单开口、简单歌唱的事。

要知道大地上,草木的身份贫贱,劳动者的身份贫贱;草木的伤势严重,劳动者的伤势严重。映在一群羊的眼里,或者那匹栗色的马的眼里,一个劳动者,生命中有多少盐,能让从日出蒸发到日落?

对于劳动者,汗水会弥漫在周身的每一个部位,但我发现,汗流在额头才像汗,才能引起我这样的联想:额上的盐。

这些在马的额头发现的盐,在父亲的额头上见得最多。但我不想把这样的盐,放在他的额头上去写,因为他的额头的粗糙、黝黑,还有尘土的日夜吹拂,还有肢体的摆动强度,使它们渗出来时,像没有形体的雨水在额头横溢,像在继续强化着劳动的紧张和艰辛。而这样的盐在母亲的额头上,就变得美丽多了。望着它,劳动虽不会被美化,但它带来的紧张和艰辛,会被舒缓许多,淡化许多。

我曾在麦田里,多次看见母亲抬起头,一只手握着镰刀,一只手遮在眼前,她要缓解弯腰割麦时的喘息。她长久埋在麦垄里的额头,突然被阳光照亮了,那是一层细密的盐。我知道,这是母亲身体里用来维系生命、力量的贵重元素,为了生活,她必须一滴一滴地消耗它。因此,望着她的额头,我的目光里,总有一种疼痛,像把盐撒在伤口上的那种疼痛。

这些年,我离马坊远了,离父母额头上的汗水远了,离那匹栗色的马的额头上的汗水远了。应该是离他们额头上的盐远了,也离那群在土崖上发现盐的羊群远了。

但粮食里饱藏的他们额头上的汗水或盐的气息,我没有远离。一年中,我要从马坊带回一些粮食、蔬菜和瓜果,因为我的胃始终需要这些故乡的物产。有了它们,我生命里一刻不停的呼吸,就与马坊畅通了。

与他们额头的盐,也应该畅通了。

额头上的盐,不要告诉我:这不是盐应该闪亮的那一面。

我的发现,已滋养了我这么些年。

每次抬头,故乡给予我的一切,就像浓缩在一个人的额头上,就像一些晶体的盐。因此,只要还有一些机会,能再一次真实地生活在乡土上,我就知道把目光始终放在劳动者的形体上。

15

> 那些年,那一只药锅/让我的胆子,越来越小/小到母亲的一声呻吟,都能惊出/一头一脸的虚汗。因为养活着一村人的土地/没有什么剩余,供一个病人/在粮食以外吃药/一只药锅,应该知道/一些敬畏或仇恨的心理/是怎么煎熬出来的。

这是一个村子里最神秘的器物。

一只药锅,在十几年的时光里,揪住一个孩子的心,让它在成长的过程中,为一个人的命运紧缩一团,并在梦里反复幻想:谁能把药锅移走,谁就能把母亲身上那些长出根须的病痛,替自己移走。

我就是那个孩子。

母亲十几年的病痛,让我觉出其中的神秘,认为这是一个贫穷的家庭,必须在大地上承受的磨难。而母亲的善良,在于她像祈祷一样,把一个家庭的疾病史,只写在她一个人身上。

现在想来,母亲的病是饥饿带来的,也是我的出生带来的。我对母亲身体的十个月的伤害,让我在有能力读懂她的时候起,就开始思索一个生命,对于另一个生命意味着什么。因此,伴随我成长的过程,就应该有一种悲悯的东西,像草木的一叶一枝,长满身体的每一个部位。不幸的是,这种心理

的培育，依然要以母亲的磨难为代价。

应该是一个落雪的冬天。马坊的土地上，一切生命都因雪的到来，而进入一次长时间的休整。此刻的泥土里，除了小麦、油菜这两样农作物，还继续向更深的土层上，扎着来年起身时需要汲够充足营养的根，再没有埋藏下什么。更多的细小的生命，被雪用一种颜色，覆盖在大地的角落里，自己蕴涵自己。忙活了一年的劳动者，也要躺下身子，用最简单的生活方式享受劳动的喜悦。而母亲躺下身子时，一身的痛楚，从她的身体里蔓延出来，落在我们一家人的心上，是这个冬天的另一场大雪。

天就要黑了，被雪映得苍白的屋檐下，我为母亲熬药。

我的眼前，是一只像被火焰悬在半空中的药锅。在我成长得还不健全的心里，母亲的病痛，是一种揪心的疼，而为母亲熬药，则是一种对这种疼痛的减缓。坐在屋檐下，雪的寒冷，火的温暖，心的疼痛，一个复杂的世界，伴随着母亲在屋子里的呻吟，笼罩着我的童年。那些散发着淡淡苦香气味的草药，我能在马坊的田野上，认出它们好看的模样，可放在药锅里，一个也认不出来。我的手中，是一把依然带有麦香的麦草，它的洁白，使它燃烧时的火焰，在我们家有些悲凉的院子里，显得特别神圣。

雪给大地带来寒冷，雪会给人带来一些思想。因为那场持续了十几天的雪，让我学会冷静下来，学会一个人在熬药中思考。我思考人在土地上，准确说是思考母亲在土地上，一生能为我们带来什么？首先应该是生命，其次是喂养这个生命的粮食，还有温暖这个生命的衣裳。这一切，我是一点一滴地记载在心灵的账簿上，供自己随时翻阅。比如说，我在那时，就想到我在一年中，从春天穿到冬天的这几身衣服，需要多少土布才能裁剪得出来？而这些土布，由棉花到纺线再到织布，母亲要用多少时日呢？这么辛劳着，怎能不病呢？

然而，她为自己带来什么呢？

面对不停地在眼前翻腾着的药味，我惊心动魄地说出这句话：

一身的病痛。

我作为最近地感觉到母亲病痛的人,想借一双神的手,修复她的身体。

我也以为我靠近的这只药锅,这些草药,这些火焰,都是神赐的圣物。

我不能转身,我必须迎上去,与这些圣物面对面。我知道要从邻居家里,借来全村唯一的一只药锅;要省出一些买油盐的钱,从公社卫生院抓回一服草药;要从大雪封住的草园子里,扯来一抱麦草。我想,人在土地上劳动时得下的病痛,还要靠土地上的东西来治疗。药锅是用泥土烧制的,草药是从泥土里挖的,火焰也是来自泥土里的麦草,从干爽清洁的身上燃烧出来的。

这是乡村的神秘。

我在为母亲熬药时,心疼地发现了它。

我开始敬畏药锅。特别是对药锅的逃避,让我觉得,它像是土地安顿免疫不了的病痛时,递到人类手里的一个祭器。它铁青色的砂体,告诉我出现在人类身上的各种病痛,是土地的一种黑色的幽默。在黑色的收缩性的视角里,它让我们相信,一切对付病痛的秘密,都在这个器物里盛着。它对于乡村的重要,处处显示着比农具还多的神秘。但谁也不情愿靠近它,正像它一直被扣放在窗台上的位置,是进不了马坊人的屋门的。它是病痛的象征,它有一身的不吉利,它的身份变得很模糊。我记得那时候,一村人都很忌讳这件事:药锅能借吗?药锅能还吗?因此,在马坊人的习俗中,对于这件事不要用语言明示,只管悄悄地从一个很固定的位置上拿走,然后用完了,再悄悄地放回那个位置上。其实一个村子里,也就那么一两只药锅,一年四季放在谁家的窗台上,大人小孩都知道。

一只药锅,应该看见我很痛苦地把一服中药祈祷着熬好,并且赶在落日不带走一村气息的前边。我在马坊的艰难成长,几乎是在与药锅的抵触中完成的。每天放学后,在临近家门的一瞬间,我想的是:麦草燃起的文火,会不会又在屋檐下,引出一家的悲凉?

那些年,那一只药锅,真的让我的胆子越来越小,小到母亲的一声呻吟,都能惊出一头一脸的虚汗。因为养活着一村人的土地没有什么剩余,供一些病人在粮食以外吃药。我知道,每从公社卫生院抓一回中药,父亲脸上的气色,会变得更灰更土,因为他的手里,已没有可以用来抓药的钱了。好些时候,母亲是用五种粮食熬出来的水,代替草药缓解身上的病痛的。现在想来,乡村人之所以用五种粮食治病,是他们模糊地知道,人因身上的阴阳五行不平衡了,才会生病,而五种不同的粮食,一定会补回他们身上缺失的那些滋养生命的东西。

我从这个细节里看出,粮食永远是土地和人类的神。永远在所有文明之上,被顶礼膜拜下去。

一只药锅,更应该知道,我的一些敬畏或仇恨的心理,是怎么煎熬出来的。我敬畏药锅,敬畏草药,敬畏火焰,敬畏它们在贫穷的年月里,贫穷而缓慢地,修复着一个女人身上的病痛。但我对于这种在很长时间里折磨一个女人的生活的仇恨,在马坊这么宽厚的土地上,还是没有被排遣掉,甚至我是带着它走进长安的。我今天能静下心来,敢于写一写那一只药锅,可见这种仇恨,应该被时间淡漠了一些。

我害怕,那种敬畏也被淡漠了。

因此,我要用一生的时间,记住母亲离开我们的那一年:

依然是一个雪天。一生善良的母亲,只在县医院的病房里,让我守候了她一天。子夜时分,随着越飘越大的雪花,母亲带着一身的病痛,移开自己也移开那只药锅,安静地走了。一个人用三十年的抚养,只换取一个人一天的侍候,我与母亲的这种分别,会让我一生心痛的。

悲凉过后,面对那只母亲用过的药锅,直至今天,我也不敢说:

我闻到过药香。

16

> 我不怀念,母亲在世时/乡村里的清贫/那些响动在,时令深处的/一些大自然的节奏,应该是阳光带着雨水/朝向大地的朗诵。我不出声/也能听见,皮肤或骨头在哪里生长/又在哪里,发出一个人的/光芒。

乡村的荒芜,是从路开始的。

在通往马坊的路上,我的目光突然瓷愣起来。没有一棵树木的遮蔽,人就像裸在乡村的土路上,让阳光垂直着打击。尽管村子,田野,还有田野里的庄稼,都亲人一样地等候在我的身边,但因缺少一些树木的引领,我和它们的距离,也就像我写作《纸上长安》时,想起自己和唐朝的距离,是一样的遥远。

我与马坊,应该是没有距离的。因为这么些年,我在这里吃过多少粮食,穿过多少衣裳,是斤和尺这些简单的计量单位算不出来的。就因为见不到那些在乡村的土路上曾经陪伴我走动的树木,这些很有分量的东西,似乎不那么重了。我也只有回到心里,一个人问自己:那些树木呢?那些树木下的阴凉呢?那些阴凉里的遮蔽呢?

对于一座村子来说,树木是一些超越庄稼、有着自己神位的植物。它们至死守护在村庄的周围,总让你觉着,被树冠遮蔽的房屋下,生活像风拂过树叶,总是在大地上不停地响动着。有些人家,甚至把树木当作逝去的亲人,让它们代替祖辈的身影,热烈地站满房前屋后,为的是在家族血脉的延续中,不忘掉每一个慈祥的面孔。因此,和大地上所有的村庄一样,马坊是一个被树木围着的地方。它的浓郁的阴凉,是我们分享过的另一种幸福。

就在这条伸向村子的路上,它彻底地消失了。

这让我从大地的主动脉上,看到乡村的荒芜。

我不能不心疼。这些年生活在西安,也听说过村里的一些事情,也清楚在大规模的城镇化进程中,整个中国乡村的付出是连骨带筋的,那就是土地的被遗弃和被荒芜。我能想象得到,随着土地的不断失血,马坊的脉气,是怎么从田野上开始荒芜的。比如劳动,很难再有人群的场面出现,只能从庄稼地里,偶尔碰见一个弯腰的人,准备抬头看看天空。能看出这时的劳动,在他身上已没有多少热情可言,完全转化成一种劳动者的孤独。但我没有想到,那条被密匝匝的泡桐树延伸到马坊的村口的土路,已荒芜得没有树的影子了。

依我对乡村生活的经验,一棵树,是一个人的方向;一片树,就是一个村子的方向。许多农民在心里,是用一棵树来记住一个地方的。每次出远门时,也是看着一路上的树,记下日后的回程。有许多次,我跟大人在后山的斜家岭、上家沟、黄家洼里挖药,只要看见前面有一棵大树,走过去,准有一户常年在这里守山的人家。他们不知道什么叫世外桃源,我当时也不知道,但他们生活的这地方,确实像一种世外桃源,日子过得不富裕也不贫寒。即使没有这样的人家,这么葱郁的树下,也会有一眼等着我们的山泉,让你觉得这是苍天在它能俯瞰到的地方,为一生注定要经过那里的人,安排好起码的生活。这就是那时,我们在土地上随处享有的和谐。在马坊以外的村子里,我记不住几个人的名字,但哪个村的城门前,有一棵什么样的老树,我们都知道。

有时候,一棵树就是一个家族的威严。

我们村有一个读书人叫耿恭,在老一辈的传说中,他在纸上画一只蚂蚱,也会引得鸡来啄食。我见过他家的槐树,在一个村子里是最高大的,像他当年读的书一样,没有人比他读得更多。他们家的脉气,就长在这棵槐树上,引得我们小时候,只要抬头望天,会一律把目光落在它上面。我想,如果那棵槐树不被伐倒,至今还长在他家的院子里,那将是一种怎样的气象。

我记得,随着那棵大槐树的倒下,那个家族也衰落了。

我心疼的直接原因,是这条路上的护林者。

他是我的父亲。在许多年里,马坊没有人不在这条栽满泡桐树的路上,和父亲打过招呼。他们走过来,能感觉到一身的阴凉,是父亲从树上摘下来的,叶脉清晰地递过来的。我以为父亲用数年的汗水,为这个村子留下的一道风景,也为我们留下的一个念想,不会因他的离去而遭遇不测。这些像父亲一样,在土地上站着的树,还是被父亲身后的乡亲们,一棵不留地砍倒,或盖了房子,或烧了柴火。面对这样的结局,我真后悔,为什么不找到当时在村里主事的人,挖几棵父亲天天侍弄着长大的树,解成材方,阴干后为他打一副棺材呢?我记着,他没有动过这些树木的一枝一叶,他是背着院子里一棵桐树做的棺木,离开他栽种了许多树木的世上。写到这里,我突然发现父亲以上的那些人,是最懂得生死的。因为父亲很早的时候,就在院子的角落里,为他和母亲栽了两棵棺木树。他们在安顿后事时,很少在自家以外的土地上,想着占用些什么。

写到这里,我突然对这个世界,包括我自己,生出了许多无法原谅的厌恶。想想我们的祖先,在自己的一生中,如何敬畏着天地万物,从不想到奢侈地生活。特别是像我父亲这样的农民,只要身子穿暖了,只要肚子吃饱了,就会继续埋头侍弄土地。想想,一个院子有多大?还要找一块闲地,提早把自己死后的棺木树亲自栽下。

他们不知道村后的山上,有着绵延的林木吗?

这样的人群,在我们的大地上,现在还有吗?

就是现在的白发苍苍者中,还能找得出来吗?

回到前文,当然,他不会想到他身后的树木,会和路一起荒芜。

我也无法愤怒。只能这样排遣或安慰：如果需要，我会从身体上咬牙取出某一块弹性很好的皮肤，补贴乡村留在我心头的一些荒芜。甚至取出一块部位最关键的骨头，我都愿意。因为我的身体，是生长在乡村里另一种可以移动的庄稼，它被反复滋润着。

而滋润它的泥土，已被日子荒芜到一个人迹罕至的地方。

树木稀薄。鸟声稀薄。一村人的呼吸，也变得稀薄。

其实，真正降临在乡村的荒芜，已越过这条失去树木的土路，向田野蔓延，向庄稼蔓延，向天空蔓延，更向人心蔓延。不说像我这样在这里有祖有根的人，看着树木像亲人一样，在时间苍凉的逼迫中加速着逝去时，心里是一种什么样的滋味，就是那些在天空飞来飞去的鸟儿，在没有树木可落的日子里，一定会在这条路的上空，替自己，也替一个人哀鸣着。

我后悔这种在乡村普遍存在着的荒芜，被我在马坊看见了。

而且是在父亲精心养护过树木的路上。

我不怀念母亲在世时乡村里的清贫，但父亲在这条通往村子的路上，为我们手植的那些阴凉，我会至死怀念。那些响动在时令深处的，一些大自然的节奏，在父亲活着的时候，应该是阳光带着雨水，在这条树木葱茏的路上，朝向大地的朗诵。我不出声，也能听见皮肤和骨头，在哪里生长，又在哪里，发出一个人的光芒！

我不出声，不等于我不穿过自己的心脏，在一个温暖的地方，替荒芜的乡村举起烛光。就像当年，在乡村贫弱的烛光里，许多人让我走出荒芜。

那些举烛的人，是否还活在乡村的心里？

17

> 但我必须忍心/分一些,纯粹属于穷人的爱/直接献给在泥土深处/带着伤疤疯狂生长的植物们,它们在黑暗里/不忘传递,乡村的力量/不忘把一群劳动者,从劳动中救活/我在那时,能想象得出的比喻/就是它们多像灯盏/把生活,从头照亮。

回到马坊的第二天,一清早我就出了家门,向村南走去。

我是被那里的植物们召唤着,想和它们一起,诉说对一块土地的衷肠。因为在马坊的地名志上,有一个叫南咀梢的地方,像是我们生命的原点,走出这里或没有走出这里的人,都有一些抹不去的记忆,寄放在南咀梢的许多植物身上。

一个人对于一块土地,是会怀有一些冲动的。就像我对南咀梢,几十年都过去了,但突然临近它,一想起它带来的那份快乐,就想放开嗓子,像叫最亲的人一样,在田野不放弃生长的空旷里,叫一声植物们。

我要是那样叫了呢?

那些正在静悄悄地,开着各自的花朵的植物,会从花瓣或叶子上,迅速分泌出一些汁液,以便记忆一个乡村少年的模样。

可我没有这样叫。在这么平常的地方,除过庄稼,那些从不挤占一垄好

土地的植物,会在地头、碥边和沟坡这样的闲散地带,衔接我们成长的每一个细节。当我们把生命的一部分,消磨在它芬芳的时光里,就会成为植物身上的一些花朵,年年岁岁,会跟定季节自由地开放。

我说的南咀梢,在地理概念上,应该是某一种地形的末端,离另一种地形可能很近了。以槐疙瘩山、杨家山、高岭山为依靠的马坊滩,是大自然冲积出的一块小小的塬面。我小时候就在想,马坊像是谁从西北平缓地伸向东南的一只手掌,掌心部分,也是土壤最肥沃的部分,应该聚拢着乡里几个最大的村庄。这南咀梢,像是其中的一根指头,伸到一条沟壑的边沿,也就是田野的边沿。我家的那几块土地,就在这里点缀着。可以想象,南咀梢对于我们一家,就是一块人间天堂,我们生活中的一切,都要这块土地付出。当然,我们一家人的心思和汗水,也就由这块土地支配了。

可以这么说,凡是庄稼以外的植物,在南咀梢生长的地方,我的脚趾都在上面触摸过。在庄稼停止蔓延的地头,我认识了许多野菜,一种叫小蒜的野生植物,长得一摊一摊的,一镬头挖下去,一堆白嫩透明的东西,拿回家放上几个月,吃时一口新鲜的香辣味。那种野刺蓟,长得半人高,一头耀眼的红花,只能远远地望着,手如果伸上去,刺会火辣辣地钻进皮肤里。在因地势而形成的众多碥边,我们俯瞰碥下的麦子,仰望碥上的玉米,坐在碥上,拔着身边的缤草,搓成一列一列的草绳,斜背在身上,再从青绿的碥边,迎着夕阳走出来,那才叫乡村的诗意。在塬面突然断裂形成的沟坡里,只要我们有时间,一年二十四个节气里,要挖药有药,要斫柴有柴,要割草有草。而乡间的桑树,多生长在这些沟坡里,使我们从黄土的粗糙中,有机会摸到丝绸的感觉了。

我熟悉的许多植物,是在一些人家的墓地上,被庄稼簇拥着,中间是几堆土冢,一两棵树长在边上。整个墓地像一块不大的草坪,蒲公英、麦花瓶、十字花、白蒿、黄芪、柴胡,这些草、药兼有的植物,使我对乡村的墓地,从来没有过恐惧感。一个人低头在田野里挖草,碰到一块墓地,就像从谁家路过,想进去就进去,权当看了一回他们家的长辈一样。如果发现有几朵开得灿烂的花,一定会上前采一些攥在手里。反倒是现在的公墓,把一个村子里断断续续的死亡和悲痛,全部集中起来,放大在土地上,使那块本来生长许多植物的阳光之地,显得阴气很重。村人除过每年的清明节,很少再去那里。

而南咀梢的植物,有些形象还装在心里,但名字已经叫不出来了。

这不重要,重要的是意识到这些在大地上,不停地替黄土改变肤色,或呼吸的植物们,没有一种,不是我在贫穷的岁月里,敞开一个人的内心,尽力爱过的。那些长在地头的荠菜,长在硷边的群蒿蒿,长在沟坡的地软软,在许多年间,接替麦子和玉米,在我们的胃里穿梭。不用追问,也不用抚摸,那些一直在心里思念雨水的植物们,知道南咀梢这块土壤不肥沃,也不贫瘠,但拼命地生长,是它们对马坊特有的忠诚。

或许,这才是我最终要记住它们的地方。

我与植物在土地上过多的厮守,和一个叫朝鲜的人很有关系。他大我几岁,一有空闲,就约我到南咀梢挖草斫柴。他每天挖的草或斫的柴,都比我多得多,好像满地里的草和柴认识他的笼子和镰刀。我很羡慕他,特别羡慕他手中的镰刀。一般来说,我们挖草斫柴的镰刀有草镰、笨镰和铁镰。我家没有铁镰,有一把笨镰,用起来还不如草镰。每次在南咀梢劳动,等到朝鲜歇下时,忙拿过他的铁镰,赶紧斫上一会儿柴。铁镰的锋利和轻巧,让我对这种手工农具产生过一些幻想,直到离开村子,离开劳动的现场,也不曾拥有过。我在马坊的许多遗憾,这应该算一件。就是现在,还想得到朝鲜的那把铁镰,作为我对农业的记忆之一,很珍贵地收藏起来。

我后来见过朝鲜,真正的农业的沉重,已把他折磨得很木讷。

我想那把铁镰,也应该被时间磨钝了。

看着这一切,我想我必须忍心,分一些纯粹属于穷人的爱,直接献给在泥土的深处,带着伤疤疯狂生长的植物们。它们在黑暗里,不忘传递乡村的力量,不忘把一群劳动者,从劳动中救活。

我在那时,能想象得出的比喻,就是它们多像灯盏,把生活从头照亮。

我没有能力,为马坊的植物们编一部志书,但我想让更多的目光,看见这些生长在黄土乡间的草木。我以为,那些用铁线勾出的植物的形状,那些用文字说明的植物的品性,比我这些为感恩马坊和它的植物们,而运用的掏心掏腹的文字,要有生命得多。再看看这些植物,恒久地生长在土地上,每一种都很朴素。

　　植物们,让我把这个梦想藏在心上。

　　如果真的做不到,就让我提前从天空,放下一个人的目光。

　　然后从泥土的裂痕里,喘息着亲近你们。

18

> 不是它对谁／心怀仇恨和遗弃。一块土地／一些粮食,我在青春期／只能向它伸手讨要,这点微薄的生活成本／一个把日子,从心上过得苍茫的人／要在黄土里流浪,真的很不容易／而粮食,又不能解决／粮食以外的饥饿。

我的青春期,是被牧放在马坊的。

在那块土地上,吃饭穿衣是生活中最重要的事情。至于青春期,在我成长的那些年月,话语中不会出现,或者根本就没有这个词。

和我一起长大的那些人,他们所有的需求,就是穿衣,就是吃饭。他们身上的激情是有的,遗憾的是,这些激情不被个人所拥有,一律得奉献出来,放在一个大集体里燃烧。

跟着他们,我在村南一冬一冬地修地,也在木张沟、延府沟、高刘沟里打过土坝。这样苦累的土活,使我们的身体不再为劳动以外的事情分泌激情。事实上,靠玉米和高粱带给我们的那些力量,已被劳动消耗完了。而一天出工回来,能让身体躺下来,就是一种幸福。

什么青春期?那个时代的马坊,不知道承认这些。

但很少张狂的我意识到自己的身体里有了一些变化,像有什么撞击性的东西,在身体的每个角落里生长。接下来,心里也有了这种意识,然后表现在行为上。比如一个人走路,走着走着,就想把身边的庄稼猛不防踩倒几

棵。在这以前,村里人都知道我的秉性,像糟蹋庄稼的事,根本不会发生在我的身上。我也害怕,以为简单的生活把我变成了一位坏少年。后来知道,是我心里有疼痛。

一个人的青春期告诉我,要有能力爱一个人。

我有什么能力爱谁呢?一个村子的人都清楚,我与邻村的一个女孩定了亲,这是母亲操办的。我被夹在婚姻的门缝里模模糊糊地成长,直到青春期的突然来临,也不能从这道门缝里溜出来。可以说,我一直没有对抗过母亲,在这件事上,我对抗了,也伤害了那个邻村的女孩,但这不是我的错。如果我能指责母亲的话,也只有这一件事能指责她,但这也不是她的错。

眼看我的青春期在马坊要成为一页白纸,我认识了一位第一次我要爱的女子。我向她表白过,也写过激情燃烧的情书。或许神没有发现我们的爱情,让这种简短的经历在我心里烙下一生的疼痛,并且逼迫我逃离这个不给我青春期的地方。等我认识了一切,才明白不是马坊不给我青春期,而是那个比纸张还要苍白的时代,不给我们青春期。

我的青春期应该活着。

我写下的那些与爱情有关的诗,就是最原始的证据。我反复地写过一个像淡紫色的苜蓿花一样的女子,我为她愁肠百结,为她想象命运,把她当成我疼爱不完的神,放在很干净的文字里,听她低眉絮语。

没有人从这里读出爱情。

是我把她藏得太深了?

我后来在一位女画家那里,看到一幅《寂静的早春》,真的被震撼了。画面上一片站着的枯葵,我问自己:春天来了,它们能复活吗?

我觉得这是某种暗示,便央求画家临摹一幅,将它挂在书房里。看得久了,竟吟出《疯狂的葵花》。是啊,我们在被压抑的年月里,多么像这片葵花,曾经为爱疯狂过。季节和青春期都错过了,葵花枯萎了,我们也不再年轻了。站在早春的寂静里,我不知道葵花此刻会想些什么。

这是神的事情。我能做的,是让自己变得宽容一些。

不是马坊对谁心怀仇视和遗弃。一块土地,一些粮食,我在青春期只能向它伸手讨要这点微薄的生活成本。一个把日子从心上过得苍茫的人，要在黄土里流浪，真的很不容易。而粮食，又不能解决粮食以外的饥饿。

在这块土地上，为青春期垫付了生命的事，也发生过几次。村民不理解，以为那些青年是得了疯病。这样也好，在他们的身体消亡后，不至于招来辱骂。有一年夏天，从正在打水坝的木张沟传来死讯：张狗娃跳水了。一个五大三粗的汉子，被一个叫拢县的电工打捞上来后，没有了一点呼吸。在村外放了两天，然后被埋进土里去了。张狗娃死前，村里人都说他疯了。一个疯子的死亡，像平地上的旋风，卷一些枯枝败叶，在天空中孤零零地旋几下，就什么也没有了。只有我知道，张狗娃没有疯。他是我一家亲戚里的兄弟辈，当过几年兵，对爱情的选择，和一直待在村里的人不一样。然而，他在青春期快走完的时候，也没有遇上合适的人。他是为殉情跳进水里去的。

今天，张狗娃应该被人忘记了。但我记着他，并将他写进文字里，这样合适吗？

所以我说，马坊是一个贫穷地伤害过我们的动词。因为在我们的成长中，光有母爱覆盖下的粮食和衣裳，是远远不够的。那些年的风雨，应该冷暖地记着，怎样从头吹打一个人没有觉醒过的身体。沉降在我们心里，更应该懂得乡村，不能超越粮食，浪漫地承受画廊里的爱情。

贫贱的身体里，如果还有冲动，只能倾向悲悯大地。

写到这里，我感到一种从未有过的沉重。事实上，在那个年代的马坊，我们谈青春期，谈爱情，不仅是一件奢侈的事情，现在看来，也是拼命地用一身贫穷和怨恨，在乡村里伤害着生活。

没有办法，我们自然到来的青春，在这里遭遇了。

而承受遭遇的痛苦，我们已经能够理解了。

把它写在文字里，是想让依然生活在马坊的人知道，为了讨要自己的青春期，我们在这里付出过。现在的乡村确实进步了。但请记住：

只要生活着，我们心里就会有疼痛。这是城市和乡村都逃脱不了的。

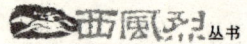

19

> 这群在乡村里/显得过时的物种,还
> 恪守从草叶上/带着万物的目光,不放过
> 一只幽怨的蝴蝶/羊想云彩,羊想把自己
> 水乳一样的身子/移动在草色里,给大
> 地/添一些云朵,也给我们/添一些风景。

羊是我寄放在马坊的一群兄弟。

它们当年跟着我,在洞子沟、营里沟和木张沟里,追逐着一些不能用茂盛来形容的水草。我和它们走过的地方,人的气味闻不出来,草的气味闻不出来,只有羊的气味,把流动的空气染成一片膻腥,并且在村庄上空弥漫着。

我在这部有关生死的《马坊书》里,拖到现在才让羊群出场,不是因为热爱那匹栗色的马,而有意在文字里疏远它们。我很早就意识到,要在这堆积着太厚的黄土层的马坊,写一群挤在泥地里、温顺地低头移动的羊,所有带着灵性的文字,都会突然变得枯涩起来。真的,这里不是草原,羊群也不会像云朵一样洁白。它们走过来时,最真实的表述应该是:

一堆翻不起浪花的泥丸。

我怕这样的文字,既伤害了它们,也伤害了我自己。所以,不想写这些兄弟一样的羊群,想让它们从我的笔下,迅速逃离到一面草坡上去。在这里,羊不需要冗长的颂诗,只需要一口新鲜的水草。因此,非要我写它们不可,就不能站在远处瞭望,必须走到羊群的跟前,甚至在它们吃草的地方,盘腿坐下来。这样,不用谁来指点,我在土地上领略过神意的目光,会集中在羊长得清俊的头部,像在世界的末日,展读一段没有被污染的文字。

羊的头部是洁白的,这与它泥丸一样的身体形成了巨大的反差。精神的清洁,是我穿越它被厚重的羊毛裹得有些臃肿的身体,在清洁的文字里,对羊的一种认识。其实,依傍着羊群,在土地上劳动的人,他们在羊的身上,早已发现了生命的神性。他们在祖先的葬礼上,会把一只清洁的羊献祭在烛火通明的灵前,然后跪下来,或哭泣,或默祷,他们最后说给祖先的最隐秘的话语,羊是第一个听见的。

在羊洁白的头部,我看见它们潭水一样的眼睛,也看见它们从不停止磨合的嘴唇。

那围着一潭深水的眼圈,总是粉嫩红白的,一直迎风流泪的样子,一直装满委屈的样子,一直有话要说的样子。然而,它们同样粉嫩红白的嘴唇,被土地上的草木磨得只能作原始机械的闭合。它们一肚子的言语,被碱性的土壤腐蚀光了,偶尔抬头的一声呼叫,也不是问苍茫大地。

我想,假如羊会说话呢?

这面落在夕阳里的山坡,会换出另一种姿势,陪伴我聆听羊的语言。

可惜它们不会说话。这个世界上的许多隐秘,还能在拥有羊肠小道的乡土里,被原生态地保存着。我的马坊,也因有这样的物种在庄稼以外的地方出没,这里的每一寸土地,也就与人有了许多解不开的牵挂。

这群在乡村里显得过时的物种,还恪守从草叶上带着万物的目光,不放过一只幽怨的蝴蝶。羊想云彩,羊想把自己水乳一样的身子,移动在草色里,给大地添一些云朵,也给我们添一些风景。尽管这云朵,不是草原上洁白的那一种,但寂寞的黄土地上,因此有了许多生气。

我在马坊领略过《诗经》里所说的"牛羊下来"的场面。那时候,我爱坐在汉台的一棵酸枣树下,看一群在洞子沟里吃了一天青草的羊,从村子西边的一个胡同里下来。夕阳在天边燃烧着,玉米在胡同两边燃烧着,羊毛在羊身上燃烧着。天空的深长,胡同的深长,玉米的深长,羊群的深长,让我觉着,这是一群从天边下来的众神之羊。一个准备着进入夜晚的村子,每天都会被这种仪式惊动,然后才能安然入睡。羊群拥挤着走过汉台时,我从一股蒸热的膻腥里,闻到草木的气息在它们身上开始散发芳香。

这样的夜晚,挂在羊群反刍的嘴角。乡村,不只是贫穷。

假如羊会说话,羊就会向我公开一个人如何用寂寞放牧着羊群,也放牧着自己。他粗糙的脸映照在大地上,是劳动者僵硬的表情。日子飘摇,我在乡村的时光,飘摇在一群羊离一个人最近的地方。

这个人就是父亲。他到晚年的时候,除过给村上养护了一路的树木,再就是放牧着村上的羊群。你要知道,他穿着土布衣裳的脊背,是我小时候爬上爬下的地方。我在七岁之前,去过马坊的大小村子,不是自己用脚走着去的,而是趴在他宽大的背上,一路被背去的。就是这样的脊背,自从接过村上的羊群后,就成了刚出生的小羊羔们要跟上羊群的摇篮。这样的细节告诉我,父亲的脸是粗糙的,表情是僵硬的,他愿意普度众生的心,却是细密和绵软的。因此我说羊,是我寄放在马坊的一群兄弟。

村上人知道,父亲在放羊的时候,手脚是闲不住的。他不爱挖药,在草堆里寻找细如针线的柴胡,他没有那样的心性。他爱斫柴,爱在羊群吃不到草的地方,斫一种叫铁杆蒿的柴。我知道他的心思,没有办法让我们吃得好一些,但用力气,可以让我们住得暖和一些。

我以为这篇要专写羊,写着写着,又写到父亲了。

事实上,能在我心里扎下根,又与马坊有关的哪一样事物里,能没有父亲的影子?在这个一千多人的村子里,父亲活得很孤独。在劳动者中间,他是最爱劳动的一个人,他一生的身影,都映在马坊的田野里。

只要我能回到马坊,就不用问父亲在哪里。

不是怕草木不回头,怕羊群不回头,而是怕自己不敢回头。

假如羊会说话,它们会集体告诉我:落在这面山坡上的,是父亲的身影。而这面草坡,是洞子沟在一天里,接受阳光最多的一面草坡。

此刻,我坐在它的一堆蓑草里,样子像父亲一样吗?

20

> 风不吹,风不在我身上/低贱地吹。它要从草色里/吹出暗含在劳动中的所有表情。那些浮动在/乡村里的生气,让我心动地触摸到了/日子身上的,那一份快乐/那一份悲伤。我不说/它也挂出草色,深埋在风中的/一些细节。

透过草色,我遥看马坊。

一些被田野包围得很温情的村庄,在大地的某一个高处站着,或在某一个低处蹲着。总之,村庄很像一个常年在田野上忙碌的人,或站或蹲,始终保持着一种劳动的姿势。

我所生长的这个叫耿家的村子,它摆出来的姿势,在一块平展展的土地上,似乎更夸张一些。它不像别的村子,让一村人挤在一个很小的空间里,尽量把土地腾出来,让给庄稼去生长。它摆出几条街道的架势还不够,让一脉大户人家,在村子的北边再造子村,取一个听起来很边远的名字:耿家山。其实是和母村只隔了一块地的距离。让一脉姓张的人家,在村子东边,一条流水很通畅的胡同里生息繁衍,也取一个带姓的村名:张家。

而我要写的草色,在今天的马坊,已沿着村庄,沿着田野,沿着道路,退到北边的山里和南边的沟里去了。草色在土地上,已变得十分稀罕,已不像我们在村里生活时,只要走出院墙,沿路的小草,会让我们从脚底下,感觉到土地的每一处都会给人带来一种温馨。我们不需要离开村子多远,就会从一些硷边,翻开大地的本草纲目。我家的院墙后边,被村人称为庄背后,从西边的富仓家,向东伸到抗战家,几百米的壕沟里,树木的阴凉,沿着天空往下撒,草色的粉嫩,沿着地气往上升。这是春天、夏天和秋天的景象。到了冬天,有这么多的草木,在我们的院墙后边,往更深的土层里扎根,人住在这样的地方,会感到一个村子里的风水,就是这些不出声的草木带来的。

那时,我们在庄背后拔草,能听见母亲在院子里走动的声音。吃饭时,一声呼叫,从院墙上传过来,我们听到了,草木也听到了。那些在笼子里,和在地上一样精神的野草,自然会跟着我们回家。

有一种叫小蒜的野草,嫩绿的秧子能吃,根部的籽实更好吃。它不仅在庄背后生长,田野里也多得是。每翻一次地,就是白花花的一片籽实。我们跟在犁地者的后边,弯腰捡拾着。到了夏天,每下一次白雨,又会从捡拾过的地里冲出一片,害得我们一整个夏天都仰头望天,看着几时再下白雨。

这些生活,怎么就消失了呢?不说我们想吃小蒜,就是生活在土地上的人,也要跑上几十里路,到高岭山后边的林带里,才能寻找得到。

这是反复整修土地的结果,是过多使用农药的结果。

也是雨水,一年比一年少的结果。

怀着对草色的绝望,我在靠近一个年长的播种者,他藏在身上的那些早年的气息,给我传递泥土的隐情。

这时,风不吹,风不在我身上低贱地吹。

它要从遥远的草色里,吹出暗含在劳动中的所有表情。那些浮动在乡村里的生气,让我心动着触摸到了日子身上的,那一份快乐,那一份悲伤。我不说,它也挂出草色,深埋在风中的一些细节。

草色在那时,不仅贴着村庄生长,贴着地面生长,贴着鞋底生长,也在人畜活动的中心地带,在一个又一个的园子里生长。

写到这里,我想在乡土中国的概念中,提出一个园子文化。

这是被田野考察的学者们忽视了的一个乡村空间。就说我们村子,出了我家的门,往南有四个背靠背的园子,被务得最好的是我家的,其余是团儿家的、浩德家的、山城家的。往西是兴运家的园子,往东是礼娃家的园子。在村中间的街上,有十几家人修了园子,其中要数青海家的园子有一些乡土园林气息。园子里长满了树木,两棵巨大的杏树从园子里伸出来,把一个忙天里走大车的巷道,也覆盖得阴凉起来。一口水井打在园子中,供周围的人家吃水。园子里有韭菜、黄花菜,还有牡丹花,很多都叫不上名字。在这些园子里,天天见男人们绞水,也见女人们坐在花草旁,说着话做针线活。

而对这些园子的破坏,是从我家的园子开始的。

我是出于叙述的需要,才提起这些陈年旧事。山城家想把四个园子连同一条走人走水的巷道,都占了盖房子。山城这么想了,在村里当队长的彦龙也就这么同意了。至于后来惹出的打墙、挖墙、斗争人、再平反的事,虽是这个端正了几百年的村子里的拍案惊奇,但我也不想在这里为此浪费笔墨。我只想让后人记住:这些在村子中间,活过几辈人的园子,不是自然消亡的,是被人为地毁掉的。

透过草色,就想起这些园子。

尽管风不吹,风不在我身上高贵地吹。

只想让它从草色里,吹去这些陈年的事,再吹出一个流传在马坊,戴在一枚草戒指上的爱情。我们知道,有一位叫草香的女孩,她是煦风吹过的乡野里的新娘。她个人的生活并不幸福,却把一种热爱土地、热爱草色的品质,通过她的手脚的勤劳、心地的善良、目光的纯净,传递到我们身上。她在这块土地上,应该活成了神。我们这些从马坊走出的人,谁也带不走她。就像今生,我带不走这些遥远的草色,也带不走草在泥土里扎根的声音。

透过草色,我看见一个人单纯的过去,在大半个马坊随风漂泊。

也随风传出,他在心上留给草色的暗语。

21

　　不要追问，我们为什么像植物/被纯铁的镰刀，拦腰斫断/也不会让疼痛不止的根，在泥土里死去/喊一声，断背一样的高岭山/水是一线光芒，水会给细小的/种子和我们，一些贴近神/喘息的机会。

在马坊的地面上，看不到一条流动的水。

这里也有河。只是它离我们的村庄还有一定的距离，还在一些塬面破裂后，突然塌陷下去的沟里，身子瘦瘦地移动着。我们到邻村去，必须穿越这样的沟，还要在河滩里，踩着一些稳稳当当的列石，从河里不大不小的水面上，踮着脚走过去。

不要以为这些河是从某一个源头流来的。它是我们生活的村庄里，植物们在田野上没有吸收完的水，通过大地的毛细血管，贫瘠地流了出来。或许，这是神有意的安排，让我们在大地疼痛过后的伤口上，看见它的身体里的水。水是一线光芒，说不上有多么丰富，但是一滴一滴地，一直为我们深藏着。

一村人活下来的信仰，也全藏在这些水里。

我在马坊成长的过程中，对水一直怀有很复杂的感情。我没有说过我热爱水，也没有说过我仇恨水。有时候对水的表情很淡漠，不像对庄稼那样热烈,因为在平常的日子里,很少能看到带着激情的水,在大地上滔滔流动。

但对水的神秘感,始终是有的。

就像面对山坡,我会心存一些渺茫。

要说马坊的地理,沿着东南向西北方向走,总有一种人在山坡上的感觉。事实上,这块从大形看起来很平缓的土地,就是由众多的坡地连缀起来的。而在这些五谷之神的山坡上,一些比米粒还要细小的粮食,让我们寂静着坐下,不解开粗织的衣裳,也能摸出日子在哪里跳动。

我在这些粮食上,看见了阳光,也看见了水。

特别是水,也是米粒一样细小的水。因此,水在我的记忆里,永远都在某一个地方躲藏着。比如在天空躲藏着,在地底下躲藏着,在植物的根茎和叶子上躲藏着,也在我们的身体里躲藏着。我也发现,人在大地上,永远跟随着水的足迹流浪。不管你顺着水,还是你溯着水,而水的方向,就是神的方向,它强悍而霸道地,决定着一群人和一座村庄的命运。

我说水在天空里躲藏着,这不是想象。生活在马坊的人,曾经对天空很放心,以为天空和自己一样,也在一年之中,操守着二十四个节气的品行,为大地降下适时和适量的水。比如春雨淅沥,比如夏雨瓢泼,比如秋雨绵绵,比如冬雪皑皑,天空总是这样富有诗意地,向我们赐予着一份水的恩情。而马坊的地势,有槐疙瘩山、杨家山、高岭山、五峰山环护着,只要移动着的云朵,在某个节气里一碰撞,雨水自然会从云端落到地面上。就是缺雨了,一群背着水罐的女人,到高岭山后边的沟里走一趟,回到村子不几天,一场雨可能就来了。这些与水有关的事情,总是很神秘地在我们的村庄里发生着。甚至现在,我还记得那些背水的场面:

一群善良的女人,一群黑亮的水罐,一群晒焦的脊背。

一切曾悄无声息地,在马坊的山路上移动。

我说水在地底下躲藏着,也不是想象。因为所有的村子,都靠几眼数十丈深的井,解决着人和牲畜的饮水问题。而我对马坊的神秘感,多一半也来自它的地下藏着我们看不见的暗河。我家居住的西村,几辈人先后打了四五眼水井，水最旺的要算打在我们几户人家门口的那一眼。早晨或傍晚，井台上大小水桶排开，辘轳一圈圈转着，井绳一圈圈缠着，而井水，一桶桶被从地心里，清凉地提到晨光或晚霞里。我那时很羡慕打井的人，因为他们用一块油乎乎的布，包着一个叫罗镜的东西。每到一个要打井人家的院子里，把它从怀里掏出来，对着阳光，在地面上挪动着，直至定下一个点。接下来，他们会一天比一天深地向地下挖掘着。十几天后，他们会把他们认为的地下有的那坛水，打出来给主人看。这时的主人，会用还没有经过沉淀的第一桶水，先在院子的照壁前，祭奠一下祖先，再痛快地喝上一口，然后洗一洗脸和手脚。可能从这个时候起，他们才相信祖先选择的这块地方，真的是有些风水的。他们居住的地下，有一脉暗暗流动着的水，日子就一定有什么滋润了。

我们村没出过打井的人。因为打井被村人认为是在龙脊上取水，打不好，挖出一眼干井事小，坏了一村的水脉事大。所以，那些流动在乡村的打井者，都是些外地人。他们在马坊这块土地上，把身子沉得比我们深得多，地下有着怎样的水系，他们也能摸索到一些。一位打了几十年井的人，再也干不动这种穿山甲一样的体力活，准备回老家时，感叹我们耿家的祖先，把马坊一块最好的风水享用了。

其实，我们的祖辈人，都是些简朴的生活者。

无人不问自己：一生用多少衣物、粮食和水？

因此我说，水也在我们知足的身体里躲藏着。

只是不要追问，我们为什么像植物？被纯铁的镰刀拦腰斫断，也不会让疼痛不止的根，在泥土里死去。喊一声，断背一样的高岭山，水是一线光芒，水会给细小的种子和我们一些贴近神喘息的机会。

写到这里，我想马坊这块土地，还是真有知性的。它的地面上，看不到一条流动的水，但水的足迹，永远是我们日常生活中的神迹。我们不需要想它，也不需要看它。天空需要它，它就在天空里；大地需要它，它就在大地上；庄稼需要它，它就在庄稼里。

我们需要它呢？它就在我们需要的所有事物里。

比如伏天，我们在田里干活，身上先是落了一层土，接着就渗出一层汗。这些浮在我们皮肤上的土和汗，在劳动过程中是感觉不出来的，更感觉不到它们对身体的折磨。等到在地头上坐下来，被热烘烘的风一吹，缩得每一个毛孔都难受时，谁能料到一场白雨会从天而降，冲得我们的衣服和身子再也没有劳动带来的苦累了。一眼望过去，田野轻省了，我们负重的身子也轻省了。

有一段时间，在南沟里挖药时，我赤脚坐在河滩上，爱看着一面断崖出神。那时不知道自己为什么会这样：是断崖的陡峭？是断崖的土黄？还是断崖上的一些影影绰绰的痕迹？

现在想来，应该是水的光芒，在那面断崖上照耀着我。

我也从那面断崖上，看到了马坊的生命线。

现在，它在真实地下沉着，下沉到我们要想滋润地闻到水的甘甜的气息，也有些为难了。也有亲人来信说，村上水井的水位，明显地往下降。当年十一二丈长的井绳，已经短得够不到水面了。有几眼井里的水绞干了，被村上人用土填了。尽管许多熟悉的庄稼，站在马坊最远的坡地里，告诉我这是水的光芒，还能够照耀到的人间的高度。

还是那些静止在庄稼身上的水，让我们坐下来。

在五谷之神的山坡上坐下来，用一双冷静的手触摸自己。

也坐下来，冷静地触摸生活的韧性。

22

  坐在石头上/我从阳光稀薄的/南坡,苍凉地下到沟底/我被黄土,埋没着击打了一秋的心里/像一张木犁,掉下一块生铁/不是没有伤口,不是没有呻吟/只想一个人坐在这里/把脚放进,一秋没有/进去过的水里。

  我在马坊能见到的石头,多在村南的沟坡里。

  而在村庄周围的土地里,是没有石头的影子的。贴着庄稼的根部,要是执意地刨下去,偶尔能从厚重的黄土里,刨出一两块拳头大小的东西,村里人叫它料姜石。

  土地里没有石头,石头都深入到沟里去了。

  我们热爱石头,绝对不像现在的人,为了满足那么多的收藏和占有欲。我们只是在挖药、斫柴和放羊的间隙里,找一块石头坐一会儿,让自己的身子贴着它歇下来。那种时候,石头表面的温凉和烫热,都会在亲近者粗黑的皮肤上,留下一些乡野气息,也让我们知道自己在黄土里,顶着风雨,磨炼了很久的身子有多坚硬。

  其实,石头在我的记忆里,最初像一些隐秘的护身符。对于这些被老天遗弃在僻远之乡的石头,我知道它们卑贱的身份,和我一样,有着抹不掉的草根性。但一生死心塌地,敬仰大自然的父母辈的人,总以为石头是大地身上掉下来的东西,它点缀在苍茫的土地上,心地最亮堂,也最耀人眼目。因此,在我的母亲心里,十分相信魂在人身上依附着,遇到一些意外的事情,会被惊吓掉的。而拇指一样大小的石头,可能就是人掉在路上的魂,拾上一颗,就是对魂的一次补偿。特别是出远门,一遇到翻沟过河,她一定要从河滩里,拣上两颗光滑圆润的小石头,揣在我的衣兜里。有时晚上睡觉,一翻身被什么东西硌疼了,梦里用手一摸,影影忽忽记得是石头,再翻一个身,贴着石头,能放心地睡到天亮。

  我热爱石头的心,就这样被石头打磨了出来。

  也因石头的塑造,我至今不喜欢轻省的生活。

  在那条斜斜地穿过村子南边的沟里,我向西走到过塌老洼,向东则走到响石潭。塌老洼在南沟的背阴处,有我们村的一块玉米地。记得那玉米的叶子,是黑里透亮的,地边的柴草,也是黑里透亮的。每次,我在这里挖完甜草,要下到河滩里,从水边拔一捆野生的水芹菜后,再上坡回到村子里。对着塌老洼,是邻村仇家的一个菜园子,各种菜蔬长得很有精神。我背着笼子,从一些黄瓜、西红柿边走过,伸手就能触摸到,但觉着它们离我的生活,还十分遥远。以我的家庭和年龄,只能向这块土地索取一些微薄的粮食和衣裳,再就是挖一点草药,换些点灯用的煤油钱。所以说,我从阳光稀薄的南坡,苍凉地下到沟底,我被黄土埋没着击打了一秋的心里,像一张木犁,掉下一块生铁。不是没有伤口,不是没有呻吟,只想一个人坐在这里,把脚放进一秋没有进去过的水里。

  这不是我一个人的心情。

  在响石潭,我知道再平静缓慢的水,被突然逼到石头的夹缝里,也要放开性子咆哮一回。但究竟是小河里的流水,跌下一丈多深的石岩后,再流出数丈远,聚集成一片只起些微波的水面。

  这是我在南沟的众多转弯处,见到的最大的积水。

  它是我和一村的男人,多在夏秋要去的地方。

  那时,我看见贴着细碎的流水,石头在河滩里,磨出云朵移动的声音,也

磨出沟坡沿着一个人的目光飘浮的声音。平时在塬畔上，我们探着身子往沟底里看，沟的沉稳和寂静，在其他地方是找不出来的。但真的临近了水，坐在水声流过的石头上，才觉出沟的神秘和飘浮。它潜伏在一个村庄的最低处，通过流水撞击石头的声音，大气磅礴地向人群传递着什么。这种传递，人或许没有土地和庄稼，甚或牲畜感觉得那么强烈，却总能在心里，像把什么东西种子一样地，被撒播了进去。

也不知从哪时起，响石潭成了男人们洗澡的地方。

我在诗里哀叹过，生活在马坊的女人，一生只能沐浴两次，一次是出生，一次是死去，也只是象征性地用一盆不满的水，蘸着毛巾擦一擦身子。但我以为，她们的身体是干净的，她们的灵魂是干净的，她们一生干净地行走在马坊的土地上。比起她们，男人们要好一些，他们在大热天，可以随便下到沟里，把衣服脱光，先洗自己的身体，再洗自己的衣服。因此，一个夏天的汗垢，一个秋天的汗垢，会在很深的沟里，被阳光和流水冲洗掉。

面对每天经历的强体力劳动，我一直想象：

父亲的身体里，到底蕴藏着多少力量？

我对他的身体是陌生的。

也是在南沟的响石潭里，我第一次看见父亲不着衣服的身体。他站在水里，搓着身上的汗垢。他的体型是瘦削的，附着在骨架上的肌肉，被风雨侵蚀得有些萎缩，但筋骨的干硬，被碰上去的阳光和水感觉到了。我的身体，也像被什么触动着。至少，我坐着的石头，也有了某种感应。搓完身上的汗垢后，父亲搓洗他脱下来的衣服。水浸到他的膝盖处，他的大半个身子裸在水面上。我的没有见过父亲身体的眼睛，在水声的喧嚣中迷蒙着，心里有一点点惊悸。

因为此时的乡村，把遮蔽了很久的父亲的身体，为我突然打开。

多少年后，我从南沟回村时，都要在我坐着看父亲洗澡的石头上再坐一会儿。我想从流动不息的水声里，再找回父亲，找回他劳动了一生的身体。我也想从我的身体上，再看看他的影子。

坐在石头上,我想起一大群羊,也被赶进响石潭里。

羊的水性都很好,一只一只从石岩上,被飞溅着的水浪冲下去,在潭里再游上一阵,从水里钻出来。太阳下,用不了牧羊人吃一袋烟的工夫,羊毛就像雪花一样,干净地从羊身上扑散开来。

看着洗得干净的羊群,我想秋天的马坊,没有一枝谷穗上,不长着一些人的名字,也没有一块泥土,不碰疼我的胸口。望穿秋水,水在离村子太远的沟里流着。我带伤的脚趾,被移动的云朵抚摸,也被石头刻出比流水更瘦的方向。

我应该从石头上起身了。

因为阳光,开始在草气弥漫得枯涩的北坡上,收缩唯一的坡路。

23

  这么苍劲的原野上/风涌过来,天空也在收缩/过去的光芒。一只飞鸟/投下丰满的影子后,急忙从人群的头顶/转身东渡。一系列向西的山脉/也退到大地,接近神的边缘/伸出一双,能挽得起/山河的手。

  秋天的马坊,起初是厚实的。
  厚实的玉米,厚实的高粱,厚实的荞麦。
  厚实的谷子,厚实的糜子,厚实的豆子。
  这么多的庄稼,用一种纯金、纯银或纯铜的颜色,把大地撑得满满的。不要说风,就是我们的手,如果从田野的一头轻轻地掀一下,庄稼兴起的波浪,会集体涌到田野的那一头。
  这时候,人会从庄稼地里被挤对出来,然后站在地头上想:成熟是这么快的事情?
  而我心中的秋天,总是从一些农具上开始的。只要从某个早晨起,看见父亲坐在房檐下,把掰玉米的背笼、斫谷子的镰刀、打豆子的连枷,一件一件地收拾着,就知道秋天马上要从庄背后,涌到我家的院子里了。爬到后院的墙头上一看,昨天还有些绿色的庄稼,已经黄成一片了。
  从碾子坡望上去,已有手提镰刀的人,在地头晃动着。

这时，我的兴趣是先在田野上转一圈。我知道，对于生长到了成熟期的庄稼来说，收秋是一件很悲壮的事。特别是玉米、高粱、豆子这些生长期仅次于麦子的植物，它们与麦田毗邻着，亲眼看到麦子是怎么被割倒的。一把锋利的镰刀，从麦秆上走过时的声音，让它们想到，将来也有被祭献的这一天。因此，我必须赶在疯狂的收秋开始之前，把一些特别熟悉的植物们，像亲人一样看上一回，记住它们生前在哪块地里与我并肩站立过。

在村西的一块地里，我要看一看玉米。因为我们这一族人最老的祖坟，就埋在这里。几棵笼出一地阴凉的老槐树，搭过我们看秋的草庵子。凉飕飕的夜风里，几个庄稼人躺在草庵子里，既看着地里的庄稼，看着天上的星星，也看着土里的祖先。有许多个白天，我坐在庵子里，反复地看过马坊的地形，想我什么时候能从这里走出去。庵子四周的玉米，一次也不给我答案，只用绿色宽厚的叶子，抚摸我不安的身体。

在村北的一块地里，我要看一看高粱。这种庄稼的产量很高，丰年时它是牲畜的草料，歉年时它是我们的口粮。不管我们把它种在哪里，它都齐刷刷地往天空里长。我们被风吹红的脸，也像一穗高粱。

在村东的一块地里，我要看一看豆子。这种植物给我的印象，就是那么细软的茎叶上，怎会结出这么金黄、脆硬的豆子？在这块种过好多年豆子的地里，埋着我的爷爷。他是二十出头去世的，留下父亲一个孤儿。我想，爷爷传下的这个家，真像豆子的茎叶一样，风一吹，就会伏倒在地上。但最终，父亲还像一颗豆子一样，刚硬地活了下来。

在村南的一块地里，我要看一看荞麦。这种植物，总让我想起母亲。荞麦是匍匐在大地上生长的，它们的开花期，真像村妇头上顶的手巾，一头的碎花，要多繁有多繁。它们成熟了，一头的黑麦，也是要多繁有多繁。它们从开花到成熟，用枝叶把土地包裹得严严实实，不但人的脚步踩不进去，就是一些小动物，也跑不开步子。因此，在所有的庄稼中，荞麦的生长是最忠诚的。只要有阳光，雨水的多少，肥料的多少，都不会影响它狠劲生长。

这样看上一遍，我对庄稼开始从秋天的退场，心里就不难受了。就能理解,再美好的事物,在大地上都有自己的大限。

你看,这么苍劲的原野,风涌过来,天空也在收缩过去的光芒。一只飞鸟,投下丰满的影子后,急忙从人群的头顶,转身东渡。一系列向西的山脉,也退到大地接近神的边缘,伸出一双能挽得起山河的手。

我不在别处。我早已走出家门,也提着镰刀,跟着父亲走。

在马坊的大小坡地里,我看见镰刀飞出生铁的脆响。玉米被男人们砍倒了,一摊一摊地摆在地里。接下来,一群村妇把玉米的胎衣剥开,把金黄的棒子取走,留给大地的,是一堆柴火。如果要播种麦子,这块地就得不到喘息的机会,很快被收拾干净,让犁铧再一次犁开,让种子再一次走进去。如果要轮休,那些玉米秆会被遗忘很久,会成为鸟儿们觅食的地方。甚至一个冬天,让走过田野的风,都与玉米的叶子,絮叨着那些消失在秋天的事情。

高粱也被搴了,豆子也被斫了,荞麦也被拢了。

而收谷子的过程,很叫我留恋。一片金黄的谷子,先从根部被割倒,再装上马车运到场里,然后由一村的妇女,把谷子揽在怀里,手持镰刃,一个穗子一个穗子地搴下来,再用连枷拍打,直至黄灿灿的谷粒在风中扬起。我们只说小米好吃,从不细究一粒米在成熟的过程中所消耗的阳光和雨水,消耗的地力地气,也不细究一个农民要用多少时间和力气,侍弄谷子成长。

谁知道这些呢?当然,他们也不知道。

我在挥舞镰刀的过程中,突然看见那匹栗色的马。

低头在天地的怀里,它的鬃毛悄然卷起。

我手中的镰刀滑落了,我的中指和食指被镰刀割破了,鲜血淋漓,滴落在玉米秆白生生的茬口上。这些秋天的伤口里,也滴入了我的血液,或许,这才是我在马坊的骄傲,也是我有足够的勇气,把收秋写得悲壮的原因。

这时,疼痛已不在感觉里,感觉里是那匹栗色的马。

它不抬头,一个季节的气息,也会被干净地藏进肺部。

看着庄稼的突然退场,看着土地的突然瘠薄,看着天空的突然单调,我想:能从原野上扶起一个人么?然后跟随着他,也从秋天退场。

24

　　　　灰堆坡,谁倒出秋天的/一堆灰烬?
那个神色慌张的/马坊的黎明,谁在大地
成熟的身体上/放下霜一样的白露?一
堆灰烬里/没有一点,残余的火星/带着
一脸寒冷,草木也放下/过去的旺盛,或
让一片枯葵/扮出人间的旧相。

　　我一再提醒我的文字,不要把马坊神化。
　　说穿了,这是一块很简单的土地,简单到只能养活一群人的土地。
　　比如在这里,你很难找到一些历史时间。这里拥有的除了自然,还是自然。马坊人在用身子贴着土地,在其上舒坦或艰辛地呼吸时,懂得天道在这里,似乎才暗合人心,才是我们的主宰。一位普通的农民,如果遇到一些悲伤的事情,不说呼天抢地,至少会虔诚地对着天、对着地,默默地把心中的话说完,把眼眶里的泪流完,再去田地里,咬着牙干他的庄稼活。我发现,农民最大的苦楚,是不管面对怎样的灾难,都不能躺下身子。
　　劳动,是他们生活的全部方式。有时也是排遣苦难的唯一方式。
　　我能理解,农民为什么爱说一些有关鬼神的事情。
　　地理的僻远,人烟的稀少,山沟的高深,野兽的出没,使他们做梦都想着借助一些神力,战胜眼前的一切。甚至,在他们精神贫瘠的心里,鬼神是一种愉悦的对象,可以满足被高山和深沟遮挡的原始的想象。因此,听他们说

神鬼之事时，不必太当真，可以一笑了之。

但有一个地方，有一个传说，让我一直惦记着。

那就是灰堆坡。它处在马坊的西北方，在去槐疙瘩山的半路上。

传说是这样的：一个夜行者，一个从郭家咀上来的夜行者，他的肩上背着一个粗布的褡裢，他要走到槐疙瘩山上去，已经走了九十九个夜晚。一直向天空生长着的槐疙瘩山，怎么走也走不到顶。这个穿过五峰山，蹚过漆水河的夜行者，在走到一条长坡上时，眼看天要亮了，再不加快脚步，他就翻不过这座山，就要累死在这条长坡上。

眼前的山长得太快了，快到神的脚步也追赶不上。

他累死累活地走着。他褡裢里的东西倒出来，会制止这座山的生长。但不到万不得已的时候，他不会倒出来。他知道，这座山是一个新的生命体，是神赐给这块地方的一个朝拜物，他不能轻易终止它的生长。但沿途村庄里报晓的鸡，已叫了第一遍，他没有停止脚步。

鸡叫第二遍了，他依然走着，但手伸进了褡裢。

不能等第三遍了，他的手从褡裢里伸出来，向空中一撒。鸡叫第三遍了，天开始发亮了，槐疙瘩山停止生长了。他取下褡裢，把剩余的东西倒在脚下，向着槐疙瘩山扬长而去。

过路的人，在这条长坡上发现了一堆灰。

我极其喜爱这个结尾。喜爱结尾里的那一堆灰，照亮了马坊这块土地上，多少还存有的一点神性。那一堆灰，一直是我想看见的遗迹。我也在纸上，对着我的文字发问：

灰堆坡，谁倒出秋天的一堆灰烬？那个神色慌张的马坊的黎明，谁在大地成熟的身体上，放下霜一样的白露？一堆灰烬里，没有一点残余的火星。带着一脸寒冷，草木也放下过去的旺盛，或让一片枯葵，扮出人间的旧相。

这是我的喜欢。喜欢把这个传说，放在白露后的秋天里，一个人去品读。

然而我发现，这个传说是真实的。是一个家族，一路刀耕火种着路过马坊,面对一座最高的山,他们用一堆生活之火,向神祈求安家的事情。可以想象,他们最初只是一家人,或逃避水灾,或逃避年馑,或逃避瘟疫,他们没有方向,只向着土地的高处走。沿路上,他们见过村庄,见过人群,也见过庄稼。

他们伸出过手,但没有停止过脚步。这是为什么?

因为有村庄、有人群、有庄稼的土地上,外来者不能随便入侵。他们在流浪中记着,这是乡土社会的戒律。况且,在这块土地上,一群人涌流着的血脉,已被泥土接纳和承认了。这群人的第一座祖坟,已成了一个村庄立在土地上的纪念碑。而他们呢,只不过用逃难者的脚步,踩过这里的泥土。他们伸出的手里,接过这里的恩赐。除此之外,再没有什么联系。而他们的家园,一定要离这些村庄不远不近,一定要在自己开垦出的土地上,搭一间草棚,做第一顿饭。我能想象出,他们中的一位母亲,把煮饭后的灰烬收拾在簸箕里,很均匀地撒在草棚外。

灰从手中飞出去,村庄的名字,也飞出来了。

灰堆坡,一个不需要推敲的村名。

接下来,是在土地上播种。至于人口的繁殖,得等到有了足够的土地,有了足够的粮食。从我的考察中,这家人在这里活得很累,土地和粮食,应该一直困扰着他们。因为他们在这里没留下什么,只是一个地名罢了。

后来,这里成了我们村的一个山庄。

守这个山庄的,是一个被称为油坊的人家。我不知道他们在这里守了多少年,也不清楚他们是哪一年回村的。总之,他们在这里不是太兴旺,因为他们回到村上,几家子挤在一个窄小的院子里,屋子低矮、院墙豁口、头门破烂,一个衰败人家的样子。我记得他们只有四家人,只有两家是浑全的,一家是弟兄三个,一家是爷孙两人。那个带着孙子的人,记得村里人叫他油坊老三。他身上有许多东西,我至今想不明白。比如他带着孙子,生活能好到哪里呢?但他的身体出奇的结实,一脸的红色,笑眯眯的,像刚刚喝过酒。我见到他时,他总是提着一杆长烟锅,在堡子里转悠。当然,村子里有许多关于他的传闻,考虑到他的孙子和我们一起上过小学,他也过世了,也就不为他破费笔墨了。另一家弟兄三个中,我和一个叫平对的很熟,因为在村上的时候,他管着一村的电磨子。现在想来,他人长得很好看,就是那一头秃痂,把这些遮盖了。我在村上时,他还没有找到一个能与他过日子的人,后来成家了没有,我没打听过。

从灰堆坡回来的人家,我能写在纸上的就是这些。

听说他们的后代,要比他们强多了。

而现在的灰堆坡,已被洋槐林覆盖完了。村庄的样子,再也找不到了,或有一些破窑洞,被放牛的人临时住着。有几次,我看见远处一个移动的黑点,以为是个可以说话的人。走近了一看,是一头仔细吃草的牛。我也就后退着,把它和草木,放在我的取景框里。也只有这样,能把灰堆坡从影像上带回去。

站在它的旧地上,我只能回过头来,再一次想象那燃烧过秋天的一堆灰烬,让一座在马坊能闻见天语的高山,突然从直奔北斗的神道上,放下一个人的脚步。

灰堆坡,一堆固定了一小片河山的灰烬。

告诉我谁在这里,曾经以灰堆坡?

也告诉我打开鸡埘,那个叫醒神话的人。

25

  但我从后面/看见马坊的脊骨,被种子的伤痛/被农具的伤痛折磨出青铜/绝不背弃泥土的底色。这里如果还有秘密/就是劳动者,从一块田野/延伸到另一块田野/再分一些五谷,寄放到/上帝的手里。

  有一个能看遍马坊的地方,就是我多次写过的高岭山。它横在所有村子的北边,像大地隆起的一道屏障,把一群灰头土脸的人,揽在它草木茂盛的怀里。特别是初夏,槐花开得漫天洁白,一阵风吹起来,沿着几道沟渠蔓延下去,马坊的大小村庄,都浸在从高岭山上扑下来的冲天香阵里。这时候,我们被槐花的香气牵引着,从庄背后出来,一路穿过木张村、红沟子、上邑山庄,再走一段坡地,就到高岭山顶上了。

  我第一次上到高岭山,是坐在山顶上数村庄。

  你想一个在平坦的村子里正在长大的孩子,他的视野有多大?一道低矮的院墙,一座不高的房背,就会挡住视线。在村子里,我们爬得再高,也高不过房脊,高不过树梢,更高不过在村子的中央立了多年的语录塔。一出村子,我们的视线就更窄了,窄到只有牛车的车道那么宽,因为玉米和高粱,始终像两堵穿不透的墙,把我们夹在中间。

  而坐在高岭山顶上,那些在平时显得十分杂乱的村庄,经过距离和阳光的模糊，一律透出平静的一面。从最西边的罗家山，到最东边的上来家，这些点缀在田野里的村庄，在我的远视里，只有影像，没有声音。那些沿房升起的炊烟，那些沿街挺立的树木，那些沿墙晾晒的衣服，一个劲地用色彩，把村庄的高度向天空里拓展。由于我所处的位置，那些多年看不见的东西，被一下子看见了。甚至像看见庄稼生长一样，突然看见村庄，如何在大地上不停地生长。

在乡间，村庄大多坐北向南。

我在高岭山上，只能看见它的后面，看见一个乡间的背影，像土地上的后花园，被风雨完整地剪贴着。

我在它的中间地带，看见我走出来的耿家村。村西的一幢高出土壕的祠堂，数丈宽的屋脊，一半伸在云里头，从高岭山上望下去，却像村里的木匠，在一根笔直的桐树上，用墨斗甩下的一条线。紧邻它的汉台，一个土筑的很大的场面，为死者请魂送葬时，一村人围住老少孝子，看他们转着圆圈哭。我坐在这里，眼睁睁看着它消失在北胡同的狭长里。村东的涝池，还算有气魄，不但在高岭山上能望得见，那些立在岸边，长得合围的柳树，我在去高岭山的路上，还没遇到过几棵。在这里看村中间的语录塔，只有一个青瓦苫着的顶子。那时，一村人对它都很敬畏，那些用红油漆写上去的字，每个足有一个斗那么大。记得大队长彦龙，经常站在语录塔下讲话，等他把塔上的字全念出来，再没人说他是斗大的字不识一个，更不敢叫他彦龙了。

现在想来，我自由地坐在高岭山上，很不应该想这个人。

可我想了，看来对他也像对语录塔一样，心存着一些畏惧。

其实，这个唯一的"文革"遗物，在随后的时间里，自己倒塌了。

真正从一个鸟瞰的角度，让我看出不一样的，是东边的上来家村。这是我母亲的娘家，我小时候常去的村子，曾在它满是豁口的城墙上，留下一些手印或脚印。说实话，母亲娘家的破落，在我心中也留下一些隐痛，导致每次在村子里转悠时，觉得一切都很衰败。只是它城门前的照壁，让我无知地揣摩：一村人不把房屋盖得气派些，修那么大的照壁干什么？但每次走近它,我总想用眼睛看一看,用手心摸一摸,那上面的花纹和图案,是我在一个文化极其落后的地方,最早读到的乡村美术。那时,我还不知道我看过和摸过的,是一种民间的砖雕。

但我在高岭山上,看出母亲娘家村子的全景,样式是一个古代的城郭。

一圈东西短、南北长的城墙,把村子端南端北地围起来。照壁后面的一条街道,南北穿过村子,有七八道巷子,东西对称地排列着。这样建得像古代城郭的村子,在马坊是唯一的,在我后来走过的乡村里,也是没有见过的。有一天翻阅史书,知道这是唐代兵部尚书来镇、来耀父子的故乡,才恍然大悟。现在,我住在大唐留下的长安城里,一看到它方方正正的城墙,南北直通、东西并排的街道,就想起我坐在高岭山上,看出不一样的那个村子。

与来家的城相比,我们村也有城,郭家、西张村都有城。那只是在临近村子的地势险要的沟坡里,用土夯筑一个城门,再挖些地洞,供一村人躲避兵荒马乱罢了。

离我坐的地方最近的,是一个叫养马庄的村子。

我只要把目光稍微向东移一下,就能看到它高低不平的村落。在这个与马有关的村子里,我没有见到过一匹像样的马,更不敢奢望,有一匹像我写过的栗色的马,会从这个村子里嘶叫着跑出来。但我在马坊的十几个村子中,把它当成天空中的北斗七星一样,用几十年的时间,一个人在心中仰望。因这个曾经沦落成大骨节病的村子,降生了一代乡村教育家吴天源。这个名字,在马坊人的意识里,绝对等同于民间的孔子。他是我的老师,马坊中学的第一任校长,也是我们这里几代人的老师。他的身体一直很瘦弱,他的眼睛,却是我在马坊的男人中,见到的最有亮光的一双眼睛。他抱犊而舐的心里,有一部马坊版本的《教育诗》。

高岭山,就这样把我推进一个地理的马坊里。

在它朴实温暖的身边,我感受着大地的起伏。

我也知道,被普遍收藏在马坊怀里的,是麦田上空的瓦屋,是瓦屋上空浸染着麦香的云朵。高岭山,让我看到了一个丰富的马坊,也越过它的天空,看到百余里以外的乾陵。那时的空气很干净,一点也不污染目光,什么时候抬头,乾陵都在我们的对面,露出梁山的顶子。我想,我现在对长安这么热爱,甚至在无数个夜晚,一个人苦吟着写出《纸上长安》,应该与我在那么贫瘠的乡村里,过多地看到乾陵有关。

在高岭山上,我看得动情的,还是一群劳动者。他们贴着一片庄稼,或一块墓地,深沉地移动着农业的力量。我对劳动者由衷的热爱,是他们在土地上生活时,每时每刻都离祖先很近,他们的每一个劳动细节,都像在祖先的注视下进行着。对一个农民来说,一天下到田野里锄地,每锄一趟,就会从祖先的墓旁经过一次。因此我说,劳动在乡村的本质,不仅仅是为了获得粮食,也是为了获得和祖先照面的机会。

但我从后面,看见马坊的脊骨,被折磨出青铜之色。

这是种子的伤痛折磨的,也是农具的伤痛折磨的。

这是马坊,绝不背弃泥土的一种底色。

应该说很多时候,我一个人坐在高岭山顶,早已从背影上把马坊印在心里了。这里如果还有秘密,那就是劳动者,从一块田野,延伸到另一块田野,再分一些五谷,寄放到上帝的手里。真的,我在某一个时刻,看到这群寄放者中间,还有我逝去多年的父母的背影。

因此我对马坊说:我从后面爱你。

26

> 还有最后一件事情／迫使万千双手，
> 把细碎的种子捏住／把细碎的阳光捏住，
> 也把马坊细碎的／呼吸捏住。不等白露
> 从树上降下霜来／泥土里，就有种子带着
> 播种者／手里的温度，开始触摸／潮湿的
> 地气。

播种是播种者用双手迫使土地怀孕的过程。

我在马坊的原野上，一次次看见过一群播种者集体走过来的场面，直到有一天，我也手捏一把种子，仓皇地走在他们中间，才感到农业在土地上的重量。那时候，我不会站在播种之外，想一些与播种隔着一层泥土的事。只想我们在这么一块土地上能存在下去，生活和生命中一切的一切，就埋藏在一颗小小的种子里。

我因此知道，播种在播种者心里，是一件盛大的事情。

关于播种，我藏在心里的一些细节，也在时间的雨水里，生发着麦芽一样的嫩绿，让我在黄土上走过的所有日子，始终扑闪着一线生长的光芒。我在十几年的乡居生活中，没有也不可能把土地读透，但我对马坊的某一时刻的感觉，却是刻骨铭心的，也是那些没有在这里受过磨炼的人，根本意识不到的。

比如一群播种者，他们进入我的视野的时候，总有一些神秘在身上。

他们是从某一块土地里,突然进入我的视野的。那时,我可能正在一个人走路,或在路上思考些什么。天在村庄的上空蓝得透亮,原野上也没有一丝风,但一种隐秘的响动,却从虚软的土地深处,直接向我的身体里传递。而这种传递,甚至是我无法回避的。它很有节律,像一些带着弧度,也带着光亮的声音,像在我身体很隐秘的部位上,要执意放下什么。应该说,我是被这种接近金属的声音,逼迫着抬起头的。

那是我第一次,听到的播种的声音。

那其实是麦子,被撒出去的声音。

后来我想,那些红丁丁的麦粒,已经在播种者的手心里,感觉到了一种血气的涌动。它们必须从这些骨节粗大的手里,迅速走到泥土里去。这是一粒种子身负的使命。因此,它们在飞出播种者的手心时,必须接受阳光的洗礼,必须带着一束没有病菌的阳光,在泥土里开始一段生命的旅程。而阳光要打磨它们,就有了这种接近金属的声音。

在马坊,播种多是在早上和下午进行的事情。

我最留恋的播种,则是夕阳里的播种。这不是受凡·高的《播种者》的影响。我在那时,无论是耳朵和眼睛,都没有福分享受凡·高的名字和他的绘画,但对同一劳动的印象,都应该感觉到了。我以为,在某一个时辰,阳光的颜色,土地的颜色,种子的颜色,以及播种者伸出去的手臂的颜色,是融会在一起的。它们都像金子在某一时刻,会发出最动人的光芒。

这就是夕阳里的播种。

五谷之神,也没有发现这个时辰。

我是在这个时辰里,发现系在一群播种者身上的,是种子的色彩,种子的声音,种子的光芒。比如某一个具体的播种者,在我平时的印象里,他骨节粗大,他腰背弯曲,他脚步蹒跚,他脸色灰暗。但他走在一群播种者中间,在这样庄重的劳动场面里,他像换了一个人。在夕阳的陪衬下,他生命中高贵的一面突然出现了,也像种子接近泥土时,变得十分自信和饱满。他带着种子的力量,也带着种子的光芒,从我身边走过时,我在马坊很少神庙的土地上,像看到了神。

这些普遍的播种,让我在简朴的乡村生活中,就大胆地想象:夕阳沿着种子的声音,如何落下来?飞出手心的种子,如何感觉到原野上还有金色?

我在这些想象里,继续像种子一样,接近泥土。

我知道在一年之中,这是最后一件农事,它迫使万千双手,把细碎的种子捏住,把细碎的阳光捏住,也把马坊细碎的呼吸捏住。不等白露从树上降下来,泥土里就有种子带着播种者手里的温度,开始触摸潮湿的地气。

在一块平整的大田里,我摸着播种的另一种节奏。

比起一群人在坡地里撒种子,这里的播种,被夕阳点染得更加深远。我站在他们的侧面,看四五组播种者递进着朝西走去。那一刻,连夕阳也像被播种唤醒,也想让这群原生态的劳动者把它直接播种在天边。而在每一组播种者中,走在最前面的,一定是一位乡村里的女子,她用小巧的手牵着一匹高大的牲口。她的方向,就是整个播种的方向,她会让一匹拉耧的马,很准确地踏在畔子上。套在马的背脊上,是一种叫作耧的农具,我多次摸过它的耧杆、耧斗、耧铧和耧把。在这些具体的部位上面,我看见耧杆,被马的肚皮磨得光亮;我看见耧斗,被种子的颗粒磨得光亮;我看见耧铧,被泥土的韧性磨得光亮;我也看见耧把,被摇耧者的手心磨得光亮。甚至在冬天,我从它光亮的耧筒里,还能闻出麦子的清香。因此,我在众多的农具中,很喜欢这种用桐木打制的,摇起来很轻的农具。我如果从骨子里崇拜农具的话,应该从一张播种的耧开始。

最后边的摇耧者,一定是马坊一些出色的男人。

他们会把种子匀称地、深浅适中地播进土里去。我知道,他们的手里,才真正握着农业的方向。比如麦子播种完了,一场秋雨过后,土地受孕后的身体,齐刷刷地绿了起来。走过地头的人,一定还记着这块麦子是谁播种的,少不了称赞他几句。写到这里,我想起一位叫树亭的人,以为他是村里一位摇耧的好把式。他的条形的脸上,总挂有一些精通农活的自豪,话语从他口里说出来,往往有一股子冲劲。他在村南摇耧播种时,我多数是跟在后面,用骨朵把一些土块打碎。我在前面看过他,头向外斜着,脖子上的青筋鼓得老高,眼睛不停地眨巴着,口里像拉耧的牲口一样,不停地出着粗气。我也在后面看过他,腰身不停地摆动着,和耧铧是一样的幅度。一条黑粗布裤子,白色的裤腰上,别着一块被汗水浸得黑透的毛巾。说实话,我平常多用另一种目光看这个人,但每逢播种时节,我告诉自己,必须懂得欣赏他。他的腰身后来彻底弯曲了,我记不清是因什么具体的事故,以为是摇耧摇弯的。最不可理解的是,他用一种不正常的方式,离开了他播种过的土地。

我之所以写他,是想提醒人们:这样精通农活的人,已在村子里不多了。

一个季节的播种,有时也是漫长的。记得由南咀梢播种到北岭,有些人已开始穿棉衣了。数着白露的脚步,一天天向村子里逼近,我在想播进土里的麦子会不会受冷。常识告诉我,这时的泥土里,聚集着一个季节的热气,足够麦子把根扎够来年分蘖时所需要的深度,我也就放心了。

甚至想着种子的激情,如何让大地翻身。

等最后一抹金色覆盖完马坊的原野,我扶在白露的身边,想看看越来越深的秋天,如何用一片苍茫,抚摸播种者手里剩余的种子?

不能抬头,直至麦子破土出世,我要盯紧播种后的土地。

27

> 不是我看见,神的手指／从木梳上滑落。坐在窗前／母亲解开的长发,让每个早晨／都披上孕育一夜的亮色。由黝黑到灰白／青丝能说出,她大半生的祸福／最后的日子,也要留给／白发绾洗,也要木梳／朗诵着休止。

我愿意从情感上,把乡村与一把木梳联系起来。

有时候想:一个乡村,就是一把木梳的乡村。它的许多精细的事物,都像一位村妇,坐在晴天或雨天里,用木梳梳理自己的头发。而身体上有无疼痛,心底里有无欢乐,这把木头的梳子,是能够最先感觉得到的。

其实,木梳对乡村并不重要。比如像我父亲一样的男人,他们的头发长出寸半厚,就用一把剃头刀子剃了,而木梳滑过头皮的感觉,他们从来不知道。不要说他们的头发不会与之接触,就是那双粗糙的手,一生也没摸过这把能在女人们的头发里,梳出一丝光亮的木梳。就连我的头,最初被木梳梳理时,也是到了上中学的时候,因为不能再留"气死娃"式的头发了。所以我说,在马坊人写在心上的《天工开物》里,是找不到木梳的影子的。它常常被已经让生活折磨得麻木的女人们,顺手压在炕席的背后,塞在窗台的上边,或放在墙上的窑窝里。

我对木梳的记忆,也是从母亲身上开始的。

在我们家里，木梳是和母亲一起醒来的。准确地说，太阳还在五峰山上睡着，庄稼还在田野上睡着，鸟儿还在树枝上睡着，一村人还在土炕上睡着，而母亲已经起来了。她的身子，应该在每个黎明之前，最先被一丝亮光照耀过的。她的手指，在触摸每个日子的时候，也是最先被一把木梳拉住的。

我想母亲的每一天，都是从头上开始。

母亲开始用一把木梳，把一夜的睡梦梳理出去，也把一天的精神梳理出来。那时候，她是坐在靠窗户的炕沿上，借着透过窗户纸的亮光，梳理自己的头发的。母亲一生的清爽，应该来自每天晨起的梳头。你想，一丝透天透地的晨光，一缕润心润肺的晨风，一声入耳入骨的晨鸣，和着一把木梳的齿痕，在母亲的头上移动着。这些藏在大自然身上的东西，不仅会贯通母亲的血脉，也会在她身上唤起一些劳动的激情。

梳好头的母亲，从炕上整洁地下到地上，就再也不会停止一天的走动。

她多数是在院子里，梳理着生活里的农事：纺线、织布、缝衣、晒粮。

她也要走到田地里，梳理着季节里的农事：种豆、割麦、斫谷、打场。

而把身子沉浸在二十四个节气里，母亲的一生，就是在土地上为我们梳理日子。她在劳动中付出的是什么，这把天天走进她头发里的木梳，是最清楚的。因为只有它，能零距离地走近母亲好看的头发。我也发现，这把和母亲一起处在岁月里的木梳，不像母亲的脸上和身上开始有了一种沧桑感，而是越来越光亮。

那些被母亲握出汗味的木纹，也越发夺目了。

我想那是母亲身上的气味，让一把极其原始简单的木梳，得到了很好的浸润。就像我和姐姐，还有憨厚的父亲，天天从母亲身上得到的滋润一样，它会使我们生命的每一个部分，在蓝天下的田野里，像庄稼一样健康生长。

后来我明白，那把木梳是母亲用来缓解身上的疼痛的。

我懂母亲，一生是一个精神清爽的人，也是一个精神愁苦的人。作为一个女人，她的负重是双重的。她有一个让她一生不开心的娘家，为了那个破败的家，她操碎了一颗属于女人的心。她守了一辈子的我们的家，也是她用了一生的时间,像梳她的头发一样,一天天梳整的。在马坊这块土地上,她被贫穷折磨过,被乡俗折磨过,也被亲情折磨过。她瘦削的身体,承受过生命中不能承受之重。比如大姐,因一次意外从树上掉下来,被摔成了一个病人。她的骨头没有受伤,但精神受了很深的伤。她拖累了母亲好多年,是带着病身子出嫁的。我不能想象,那个时候的母亲,内心的深处有多疼!或许是上天感念她的善良,竟让大姐的病出奇的好了。还有二姐,一个言语不多的女子,嫁给了一个让她吃尽苦头的人家。我的印象里,姐夫和姐姐在这个人口很多的家庭里,是一对受苦人。她的生命的路程太短了,短到母亲还健在时,就离开了这个进错门的家。记得埋二姐的那天,母亲在我单位的一座房背后,一个人哭了一场。我们回来时,看见她手握一把木梳,心绪很乱地,有一下没一下地梳着头发。

这与我记忆中的动作,完全不一样。

这时的木梳,以及木梳的移动,是对伤痛的一种掩饰。

再后来,就是母亲去世的那天,我是被一阵梳头声惊醒的。很多年了,木梳在母亲头上移动的声音,已有些淡漠。我睁开眼睛,看见母亲背对着我,正在仔细地梳着她的头。木梳在她稀疏的手里一上一下,穿过头发的咝咝声,听得我有些悲伤。那些光亮的木梳齿,像木匠们手里的锯子,从我身上狠劲地锯过。我平静的心里,突然有了生命中最疼痛的感觉。我以为这是平常的一次梳头,没想到这是她留给我的最后一张剪影。

我是记着母亲梳头的动作,送走母亲的。

也是听着母亲梳头的声音,送走母亲的。

那场纷纷扬扬的大雪,送着母亲的遗体,上了封侯岭后,穿过两道深沟,下了碾子坡,进入我们村的。一个人的一生,就这样在土地上走完了,我一直思考:她把最后的日子,也要留给白发绾洗?也要木梳朗诵着休止?作为她的儿子,我希望把她放在那个梳头的场景里,供一颗心时时记忆。

因为穿梭的木梳,是我接近母亲时最可靠的物件。

木色的冷清,木纹的灰暗,不磨损它从乡村的早晨雨露一样带来母亲身上的气息。我要用一生的时间,记住残缺的齿痕,印在母亲单薄如麻的身体里,也是马坊的齿痕。

我不说出时间的天空,把多少重量压在母亲的头上!

只想告诉你:她一生用木梳,从头缓解乡村的疼痛。

写到这里,还需要补记一点:母亲一生没用过几把木梳。我在马坊十几年,只见过一把暗红的木梳,被母亲每天早晨握在手里。但这把木梳梳下来的头发,却是一天一小卷,被塞在窗户的顶上。积攒多了,在走村串巷的货郎跟前,换上一些针头线脑。现在想来,母亲手里捏的一枚针,针上穿的一条线,是她用梳下来的头发换取的。我穿惯了母亲手缝的衣服的身子,突然颤抖着。

我也记着那把木梳,最后落在她的头上,是颤抖着移动的。

齿痕最后穿过发丝的声音,也应该是颤抖的。

28

> 这种时候,我的父亲/一定看护着,
> 村上的庄稼/马灯从风地里,把他一身的
> 衰老/从一种庄稼的身边,迅速移动到另
> 一种/庄稼的身边,借着灯光/沉醉的谷
> 子,抬不动想看他/一眼的目光,只能低
> 头/看他迟缓地,移动着/乡村的脚步。

我还在乡村的时候,就记住这样两句诗:"远远的两盏明灯,是林则徐的眼睛。"这是老诗人韦丘的名句,也是我在很贫穷的岁月中,有幸阅读到的最好的文字。以我在乡村的处境,能与这样的文字遭遇,好像有些隐秘。只是我的内心感受,并没有顺着文字本身的指向发展,而是对乡村的一种物件马灯,产生了许多幻想,甚或把它放在一个应该崇尚的位置上。

事实上,在那样的年月里,马灯就是乡村的眼睛。

它是乡村在每个夜晚,能让我们看到的一些亮光。

在围绕着村庄的田野上,它的忽明忽灭地出现,告诉我们这个村子,一定有一件或大或小的事情正在发生着。比如谁家的孩子发高烧了,家里人用尽许多土办法,烧还是降不下来。看着孩子烧得干裂的嘴唇,父亲一抬手,取下挂在墙上的马灯,提着它走出头门,向大队医疗站跑去,直到领着赤脚医生回来。在这个为孩子退烧的过程中,马灯作为物件,一直是事件的参与者。它用一道像我们的日子一样贫穷的灯火,照亮着这个夜晚的许多

细节:

孩子的面孔。母亲的怀抱。父亲的脚步。医生的针管。

还有村庄浓缩在夜色里的天空和道路。

在某一瞬间,马灯照亮了孩子的喉咙。

那也是乡村的喉咙。此刻,它是红肿的,它急需马灯带来的这个人的救治。但他的医术,也和我们的生活一样贫穷。他只有用一双僵硬的手,开始为这个夜晚简单而盲目地除痛。马灯也是颤抖着,看他像在土地上锄草一样,在孩子身上移动目光和手指。在针头进入肌肉的那一刻,马灯的灯光弹跳了一下,夜色也弹跳了一下,所有围着孩子的目光,都应该弹跳了一下。

从这件事情上,我发现跟随着马灯,就能知道夜晚的乡村哪里有疼痛。

而这些乡村的灯盏,不只是放大疼痛。

围绕夜色,也一路放大着庄稼退避进虫声里的隐秘。

当然,这一定是在夏夜里,也一定是我们刚看完民兵连长狗牛、妇女主任秋鸽、售货员蛋蛋演的样板戏《红灯记》,从大队的土台子上爬下来,没有一点瞌睡的时候,就跟着朝鲜来到野地里。因为他家里有一盏马灯,且学着戏里李玉和的样子,用一块红纸把玻璃罩子包住,让灯光变得通红。我们村里没有铁路,不需要给火车打暗号,但庄稼地里的虫子,应该需要我们的暗号吧。那时的朝鲜,一手举着红灯,一手拨开庄稼,走在前面,很让我们羡慕呢。老实说,我对马灯的热爱,我对虫子的热爱,就是从那个夜晚开始的。虫声一地,这是我那时的真实感觉。想象虫声就像我拾过的遍地麦穗,怎么拾也拾不完。而虫子对灯光的敏感,不等我们走过去,那被灯光照出的地方,虫声就迅速消失了。等灯光移动后,这块地方隐藏的虫声,又突然响起来,甚至比前边响得还嘹亮。现在想起来,那样的夜晚,完全是属于灯盏和虫声的。我们几个孩子,倒成了这个并不复杂的夏夜里,几只能活动变形的道具。

我也发现,这些乡村的灯盏,也放大着一匹怀念人的狼,逃离村庄的孤独。这时候,我发现我能看见那些移动在村庄里的马灯,却看不见手提马灯,贴着村庄夜行的人。这是灯盏排挤他们,还是夜色遮蔽他们?

我被风吹着的心里,一阵酸楚。

因为我的父亲,多年来在门家岭,一个人彻夜看护着村里的庄稼。

那是在秋夜,一村人都在睡梦里,只有和父亲一样的少数几个人,还在也歇下来的庄稼身边,移动自己的身子。他应该是一手握着铁叉,一手提着马灯,像一个原始的猎人,在庄稼地里巡夜。父亲干这样的活,不会有半点怨言,一个庄稼人,能身贴身地守在庄稼身边,包括这些夜晚,他的内心应该是平静的。但我心里一直有个结:村里要分秋粮了,堆得山一样的玉米棒子,曾经离父亲那么近。此刻,他却坐在很远处的暗影里,像躲避一群仇人似的,心里很复杂地看着村里人分粮。他知道他分不到多少,但他没有想到,分到他手里的,多数是些不好的粮食。

这个印象太强烈了。他造成我对当时的队长彦英,一直没有好印象。

记得我上大学的第一年,国庆节回到县上,和邻村同学兵昌搭伴,赶天黑才走到他家。吃了晚饭,几个月没见父母,我急着要让兵昌送一段路,相信在两村交界处的门家岭,一定会遇到提着马灯看庄稼的父亲,就可以安全回家了。

父亲一定在那个地方看庄稼吗?

快到门家岭了,我的心里翻腾着。

当我走在兵昌前面,对着一座村子空旷的夜空,喊了一声爸爸时,那个苍老的声音,突然从一个草搭的庵子里传过来。

接着是马灯的亮光。

接着是脚步的急促。

接着是手心的温暖。

这时的父亲,一手提着马灯,一手拉着我,从门家岭往家里走。

这是在村子的夜色里,我和父亲一起走过的最长的路。

我看见马灯从风地里,把他一身的衰老,从一种庄稼的身边,迅速移动到另一种庄稼的身边。借着灯光,沉醉的谷子,抬不动想看他一眼的目光,只能低头,看他迟缓地移动着乡村的脚步。

正是这个夜晚,让我对乡村的灯盏,有了一些特殊的记忆。

就是现在,虽然远在长安城里,我也不需要闭上眼睛,父亲手提马灯接我回家的场景,也会历历在目。可以说,村子里的地形,已经变了几次面目,包括我家种过几十年的自留地,不知道现在藏在谁家的苹果园里,但父亲和我在马灯的照耀下,相拥着回家的那块地方,我永远记着。它在我心里,永远是一块玉米地,永远有一个草搭的庵子,守护它的人,永远是我的父亲。

在我要写这篇文章时,我梦见了村上好多人。

他们多是一脸的笑容,一再告诉我,他们是吃着父亲守护得颗粒不丢的庄稼,才一路活过来的。我也梦见了队长彦英,他还像活着那样,一直把我父亲叫七爷。说我父亲还在门家岭上看庄稼,活路是他安排的。

我也梦见父亲,一脸的平静。

只是子夜的风,加紧从父亲的眼睛里,一定要吹出些泪水来。

像要有意吹亮,乡村的灯盏。

29

> 我至死记着,一堆土豆/在屋子的一角,要和父母/相处着越过冬天。屋子里不太多的温暖/一半被人呼吸,一半被土豆呼吸/雪在外面落着,寻找不到食物的/飞鸟,正跳过门槛/靠近醒着的土豆。我也用刨过/土豆的粗指,叩着/铁冷的门环。

土豆一直在地下行走着。

这是我把生长在马坊的农作物细数了一遍之后,发现的为数不多的把肥大的块茎埋在土里的植物之一。这里的主要庄稼,像小麦、玉米、谷子、高粱,不是把籽实顶在头顶,就是把籽实挂在腰间,像土豆这样把肥大的块茎埋在土里,直到成熟了才刨出来,还真不多。

而土豆这个名字,是我后来在城里学到的,再说高雅点,是我在凡·高的画里读到的。真正生活在马坊的人,却一直用洋芋来称呼这种植物。就像他们在许多日常用品前面爱加上"洋"字一样,以区分这些东西绝对是外来的,至少不是他们手工制作的。但在土地上生长的植物前面加这个字,在那时也只有土豆了。

我能突然想出这样一句话,说土豆一直在地下行走着,还因为我所看见的土豆,大多都在一些坡地、硷边、渠旁野种着,偶尔走进平整的大田里,也

是作为一种陪衬物,被套种在玉米地里。面对玉米高大的身躯,这种蔓状的植物,只能匍匐在地上,也只能把拳头大小的块茎,很低调地放在泥土的里面,等到有一天,让手握锄头的农民,刨出一地的惊喜。

土豆的这种低调的生长方式,造成我从它们身边反复走过时,也不会注意开在叶间的花朵。现在回想一下我的乡居生活,知道小麦、谷子、高粱吐穗的过程,也就是扬花的过程。知道玉米的花是挂在棒子头上的缨子,随着玉米颗粒的饱满成熟,缨子会慢慢干去,但不会脱落。知道油菜、荞麦的花朵,在所有的庄稼中开得最绚烂,也最繁盛。

土豆的花呢?我说不出来。

印象里,整个是一团裸在地面上的绿蔓。

我要写一写土豆,这不仅与饥饿有关,而是它使我更多地从一种植物的身上,领略到了农民的真实身份。我一直思索:他们在土地上生存着,想要看清楚他们的肤色、面目和内心,只要看清楚一个土豆的肤色、面目和内心就够了。而他们身上的气味,散发在村庄里,就是土豆的气味,就是乡村的气味。甚至要想清楚日子到底像什么的问题,先想清楚一个土豆就够了。

我说土豆与饥饿有关,是因为在所有遇到的年馑中,一村人靠着土豆活了下来。这种不择土地、不择肥力、不择雨水的耐旱植物,沿着满身的芽子切成块,撒上一把草木灰,顺手埋进土里,生长就是天经地义的事。

也可能是土豆的身上,带着太多饥饿的痕迹,在躲过那些年馑之后,一村人很少再种土豆了。我的记忆中,这种植物当时在马坊的生长线,至少是在木张沟以北。因为和我们住在一个院子里的章娃大,他家是从韩家山迁回来的。那时在西村这一块儿,只有他家时不时从韩家山背回来一些土豆。我能吃到的极其有限的土豆,都是他家的,也就自然把土豆归位为在山里生长的植物,是山里人家的一种粮食。

真正在村子里看到土豆丰收,是天存当书记时,村南村北的玉米地里,套种满了土豆。那时我也从高中毕业,回到村里劳动。初秋时节,在村南的每一块地头上,看着堆得小山一样的土豆,我第一次感到它从泥土里,饱满地带给劳动的温暖。

这样的温暖,风不会吹去,神也不会抹去。

这样的温暖,一度鼓励着我,在这里热爱下去。

我和那些守在阳坡上的人,有幸发现一堆在地下行走着的土豆,如何打开泥土,想瞭望云朵躺在天空的那一脸苍茫?它也应该从云朵里望见,吃土豆长大的我们,一脸的样子像什么?

我至死记着,一堆土豆在屋子的一角,要和父母相处着越过冬天。

这是我替形象很简朴的土豆,在马坊藏下的一个画面。我以为凡·高在纽南乡村的心脏,没有发现土豆和人一起过冬的这个细节,否则,他不会在那么昏暗的灯光下,去画《一群吃土豆的人》。

我在马坊的心脏,发现了这个细节。

应该是从秋后的一个雨天开始,我家将要被秋粮占满的脚地,最先出现了一堆土豆。它在靠近窗户的一个角落里,被白天斜射进来的光线照耀着,一身的土色,成了屋子里的一堆静物。我只要临近木门,第一眼看见的,必然是土豆安静的样子。我能想象得出,一个冬天的温暖,有一部分是藏在这些土豆的身上,其余的将藏在随后出现在脚地的玉米、高粱、谷子、豆子的身上。

我还发现,在我们家的屋子里,土豆活得最有生命力。因为来年春天到了,还剩余在那里的土豆,在被种进地里之前,就长出一身的芽子。由此我想,在一个冬天里,屋子里不太多的温暖,一半被人呼吸,一半被土豆呼吸。雪在外面落着,寻找不到食物的飞鸟,正跳过门槛,靠近醒着的土豆。

我也用刨过土豆的手指,叩着铁冷的门环。

其实,走出静物的土豆,我从它在地下行走着的状态里,还发现土豆藏在我心里的秘密:谁离祖先最近?

当然是土豆。

我一直这样想:在我们村的地下,盘根错节都埋藏着些什么?这片聚拢着一个村子脉气的地下,有树木的根脉,有庄稼的根脉,有人畜的根脉。我们的祖先,在土地上躺下身子后,就浑厚地向地下下沉着,把生命中一丝永恒的气息,彻底沉到万物的根部去。这个过程中,他们碰到了所有植物的根,却很少像土豆这样,根和块茎一起碰到。

所以,我要写一写土豆身上的气息。还要闻一闻土豆身上的气息。

说不定在某一刻,我能从土豆身上,闻到祖先的气息。至少,我会看见它在马坊,还能迎着风带给劳动者一抹什么样的脸色。

回到一堆静物的土豆里,就像回到一群亲人的身边。

我的身上,也有了土豆的气息。

30

> 虫子的声音,多半像我/留在乡村的
> 声音/地气升腾,你们从不迎向铁器/泥
> 土里最软的地方,是你们劳动呼吸的/一
> 些密室。我没有声音的/手指,沿着玉米
> 的叶子/向你们寄过去,藏在/暗处的心。

虫子在《诗经》里练声,虫子是古老的。

我在写《马坊书》的时候,突然想到了这句话。或许在那一瞬间,有一些会发声的虫子,正躲在我的书房里有意识地叫了一声。这一声提醒我:不要忘了虫子的声音。它应该混合着马坊的天空和大地,对生活简朴的人群,发出过内心的祈祷。它告诉我们,在这块襟怀坦白地接受一切生命的土地上,不能忽视每一个幼小的生命。它们在地下带着声音微弱地移动,其动人之态,绝不亚于那匹栗色的马,嘶鸣着在马坊的原野上飞奔。

我也想起第一次读《诗经》,是在渭河边上。

面对滔滔河水,我正聚精会神地读着《诗经·豳风·七月》。

怎么没想到,我伴着虫子的声音长大的那块叫马坊的土地,它在周朝的时候,就是豳地很温馨的一部分。这里不仅留下古公亶父率领他的子民们最早开垦农业的一段史记,它的原生态的民间之风,也在《诗经》里吹拂着。

知道了马坊在《诗经》里被颂扬,我就把有关豳风的诗篇捧在手上,对着渭河一口气读完。那时的渭河很有精神,也很有些古朴之风。这次临水阅

读,促使我拂去那些在马坊摇曳的庄稼,摇曳的草木,把虫子的声音认真地分拣出来,并且很小心地藏在心里最敏感的一个地方。

事实上,我一生都爱听虫子的声音。

或许,这是我在成长中,从土地上得到的最大的恩赐,使我无论在什么样的环境里,都能对事物存有一些真实的感动,存有一份向善的信念,至少不是那么冷若冰霜。我想这些,都是虫子的声音,带着春天里的雨水,带着秋天里的风声,一个季节一个季节地塑造出来的。我也想,在那样贫瘠的成长过程中,如果没有虫子的声音跟随,我是走不过来的。我的内心的一些亮光,一定会被日子一天天吞食掉。

但我始终记着春天是草木翻身的日子,也是虫子翻身的日子。虫子活过来的时候,我们也开始像蝉一样地,蜕去穿了一冬的棉衣棉裤。按照《诗经·豳风·七月》的描述,到了五月,斯螽才以自己的腿相切着摩擦,发出很响的声音。接下来是莎鸡,在六月里振翅而鸣。再接下来是蟋蟀,在七月的田野上唱歌。由此可见,那时的豳地,冬天应该是很漫长的,漫长到虫子的声音,在五月才出现在大地上。

请不要这么问我:有多少虫子活在马坊的土壤里?

在我的记忆里,只要能生长草木的地方,就一定生长着虫子。

我在劳动中,发现虫子的身影无处不在。比如我正在麦地里锄草,一锄下去,草被锄了出来,也有一种叫雌草的虫子,随之在土里蠕动着。最不忍看见的,是雌草软软的身子,在我的锄头下被分成两半。

我会这样原谅自己:是锄头没长眼睛。

我也因此看见过许多虫子的血:都是草一样的颜色。

我在玉米秆上,我在豆子秧上,我在西瓜蔓上,见过不同形体的蚂蚱。在太阳的直射下,它们会站在这些植物的叶子上,向着天空发出声音。而我要逮住它们,就必须藏在玉米、豆子和西瓜地里,循着声音前行。每年夏天,为着一笼子蚂蚱,我洒下了最多的汗水。但躺在院子里,一夜一夜地听蚂蚱歌唱,我的单调的夏天里,就被掺进了些许童话的感觉。

而留给我诗一样的印象,还是《诗经·豳风·七月》里的蟋蟀。

这种最会歌唱的虫子,它们是循着人的气息生存的。它们七月在野,这个时候,没有农人不在田野上劳动的,它们就绕着农人手里的镰刀、锄头、铁锨歌唱。它们八月在宇,这个时候,没有屋檐下不挂满瓜果的,它们就攀住墙上的柿子、枣子、辣子歌唱。它们九月在户,这个时候,没有屋子里不堆满粮食的,它们就跳进屋门内,围着满囤的玉米、高粱、谷子歌唱。十月蟋蟀入我窗下,这个时候,没有土炕不被烧得暖暖的,它们就贴着土炕歌唱。

也只有这个时候,虫子离人的距离最近。

让我感慨的是,蟋蟀在长达数月的生命旅程中,要从田野上一步步地走到人的身边,然后进入冬眠。我想,这些有灵性和人性的虫子,应该是人身上的某一部分,人的气息决定着它们一生的方向和行程。

这个行程,我在《诗经》里读过,在马坊验证过。

我想虫子的声音,多半像我留在乡村的声音。如果有心,就能从一些虫子的声音里,听出我当年在劳动中发出过怎样的悲喜。随着地气的升腾,在大地上匍匐惯了的虫子,从不茫然地迎向铁器。至于被我的锄头碰断,那是虫子偶然遭遇的悲剧。一般情况下,它们能灵活地躲过不同劳动工具的伤害。而我没有声音的手指,总是沿着玉米的叶子,把我藏在暗处的心,向虫子递过去。当然,我递过去的,有满腔的热爱,也有暗藏的杀机。

以我的经验,乡村的白天,是被虫子的声音拉长的;乡村的夜晚,也是被虫子的声音拉长的。许多时候,我是被一坡的谷禾拥着,一个人在田野中走着。不要以为处在这样的场景里是幸福的,是可以向庄稼手舞足蹈的,是可以向天空放开嗓子的。其实不然,人会被压在庄稼疯长的气势里。这时如果没有虫子及时在我的身边发出声音,陷入庄稼重围的我真的不知道:万物的内心有多深? 然而,还是虫子的声音,每每在乡路上救了我。

不是感激,也不是茫然。只想问自己:还想听虫子原生态的声音吗?

记着把自己按时放进马坊的春天、夏天或秋天里。

不论在《诗经》,还是在豳地,这些季节,都是虫子练声的节日。

31

　　我不是外人，但马坊的／一身闪亮在草叶上的气息，已经从身体的／每一个部位退化。而内心的一次远离／已让我吐出的，这些简朴的汉字／不再像露水，在草叶上滚动／逃离泥土的身子，还会为一棵玉米／咬牙站着？喷涌在胸腔里／那匹栗色的马，替我记住／一个人的血型。

　　只要我伸出手来，这里散漫在田野上的众多草叶，都有可能要颤动一下，都会把太阳的光芒，还没有吸收尽的露水，突然摇落在地面上。这样长期含情的草叶，无意间透露出在马坊的记忆里，还是有我的一些痕迹的。

　　因为这双手，与它们遭遇的次数太多了。

　　也因为这双手里，至今还攥着草叶上的一些私密。

　　遥想当年，我在马坊的胸襟里，其实是和一些草叶一起生长的。原野上的风，在吹过草叶的时候，大多都歇落在我的手里了。因为在这样的时刻，我的在风里花瓣一样张开的手指，可能在向某一种草的叶子接近着，猛然地收缩，像没有痛感地把它们掐下来，放在身边的草笼里，然后告诉原野：我要和草叶回家了。

　　这些韧性很好的草叶，一点也没有意识到，它们已被我用手剥离它们健康的母体了。它们集体躺在我的草笼里，以为此时的原野，也要被夕阳收缩着,收缩到只有草笼那么大。就是最后,它们在走进牲口嘴里的时候,还像在原野上一样嫩绿着。直至粉碎着穿越喉管的那一刻,才记着把阳光聚集在身上的力量,要彻底放下来,放在牲口们因在土地上无始无终的劳作,而一律变得巨大的胃里。

如果说,我的身上还保持着大地上的一些品质。

那么,有一半是从母亲的身体里带出来的。

也有一半,是从草叶的气息里带出来的。

我说过,乡村生活的单纯和丰富,就像我们初始认识的汉字那样,一点一横,一撇一捺,都被象形地摆放在原野上。就像所有的草叶,在天空的苍茫之下,要想不被原野舍弃,只有坚持一种信仰:把根往深层次的土里扎。而更多的时候,我们是把自己从村庄里放出来,一次次背负着折磨脊梁的阳光,在草叶的眉眼里活动。那时候,看着大人在田野里扶犁耕种,看着牛羊在山坡上追逐风雨,看着庄稼在最远处撑开天空,我们只有弯下身来,在庄稼生长得稀疏的地方,寻找各种各样的草叶。

这就是乡村交给它的少年们的一种简体的劳动。

按照不同的时序,我们从大地放弃五谷的地方,把草叶挖出来。这是土地的另一种生命,也是乡村的另一种粮食。我在马坊的地面上,把它们一笼一笼地背回家里时,我家的牛羊和鸡猪,就会从院子的各处围上来,因为我从车道坡上走过的时候,不仅让一个村子里有了草叶的气息,也让它们温暖的胃里,感觉到了这些气息的直接逼近。

有些自然的场景,就是在这时出现的。

比如我已经很饿了,正坐在草笼边,吃着那些叫蒲公英、麦花瓶、群蒿蒿、小蒜的草叶,我家的牛羊,也把头抵进草笼里,吃着那些叫涩娲娲、苦蘩蘩、打碗花、白蒿的草叶。一个院子里,因了我和牛羊的咀嚼声,草叶上的气息更浓了,浓得牛羊看我的眼睛里尽是一些光亮的泪花。我被感动着,会把手里鲜嫩的草叶,递到它们的嘴边去。

也能听得见,草叶上的气息,在我们的胃里蠕动。

我由此懂得，乡野上的孩子们的生命，一半是粮食喂养的，一半是草叶喂养的。正是有了草叶上的气息的熏染，我们野性很多的身上，也就有了食草的牛羊们的一些温顺。

而有一种叫㔻草的草，使我对草叶的感情，开始复杂起来。

这种长在干旱的砭边的草，一村人都叫它㔻草。我是按村民们的发音这样写的，这种草的名字到底怎样写，我不知道，也不想去查字典，我觉得直接借用一个㔻字，才能叫出浸淫在这种草叶身上的，一些固有的地域风情。

它的兰草一样的叶子上，叶脉是丝线一样细亮的。那一叶闪在风中的绿色，对我的每天都要触摸草叶的手，是一种不能拒绝的诱惑。但我知道，你的贸然地触摸，会使它柔软的叶子，顿时变得比刀子还要锋利，并且一定要让你不会妨碍生命的，把身体里奔涌得很热的血，分几滴出来，留在它的叶面上。

可以说，没有一双男人的手，不被㔻草割破过。

也没有一双男人的手，因怕流血而收缩过。

那些年月，乡村人日常用的草绳，就是㔻草搓成的。等到这种在砭边迎风的草长出一身的韧性后，就会被村民们收割回来，晒在自家的墙头上或房檐下。等到下雨天，不能到地里劳动的时候，就有男人坐在门槛上，用雨水把很干的㔻草弄潮湿，再使出浑身的劲，搓成七八尺长的草绳。我的父亲，是一个搓了一生草绳的人，我摸过他粗糙的手，甚至能感觉得出，哪些茧花是农具磨出来的，哪些茧花是㔻草磨出来的。记得我家的房梁上，草绳总是挂得一捆一捆的，谁家需要了，只要站在门口伸出手来，父亲就会抽出几条递过去。用放羊的旺旺的话说，一村的㔻草，几乎都让我的父亲割完了。

他是坐在洞子沟里的草坡上，一边吃烟一边给我说的。

我也暖暖地回答他，一村人都用过我家的草绳呢。

写到这里，身上突然因草绳而冷了起来。我想到了山成家仰仗大队长彦龙要占我家园子的事。父亲本能的反抗，使他从此成了被村上随意斗争的人。记得最恐怖的一次，是在我家庄背后的水利工地上，在玉米秆搭成的工棚里,彦龙召集一村人开斗争会。民兵队长狗牛,一直背着枪站在我父亲的身边。我和我小学的同学们,一脸茫然地坐在台子下。我不敢看父亲,但偷着看狗牛,我怕他像捆"四类分子"一样,突然上去捆我的父亲。

好在他那天没有捆。

我想如果他捆了,那条捆在父亲身上的草绳,说不定就是父亲自己搓的。更可怕的是,这件事发生在"文革"期间,一切与之有关的灾难,都错位地背在一个与之无关的农民身上。我一生的理解,都超不过这样的深度:"文革"在我们村子里,是一个农民受难的"文革",是我们命运里躲不过的瘟疫,也是一段难见先人的村史。

很不想把这些伤心的事,放在我的《马坊书》里来写。想在我能平静地对待这一切的时候,一个人悄悄地回到村上去,和他们坐下来说一说,也可能就化解了。可我这样的心意,抵不过磨灭一切的时间,这些人,都带着一生的善或恶,先后化成一堆浮土了。

我只能这样说:

我不是外人,但马坊的一身闪亮在草叶上的气息,已经从体外的每一个部位退化。而内心的一次远离,已让我吐出的这些简朴的汉字,不再像露水在草叶上滚动。逃离泥土的身子,还会为一棵玉米咬牙站着吗?

我怀疑我自己。尽管那棵咬牙站着的玉米,被我一直想象成父亲。想象成一生都在搓着草绳的父亲。

我必须承认,他生命里享用过或藏下来的草叶上的气息,比什么都多。

而我必须放下许多身外之物,在回到马坊的路上,一身轻省地靠近,或者呼吸这些草叶上的气息。还有我的手,必须在原野上的风吹临的时候,先伸向某一种,我在神情里一直崇拜着的草叶。

32

  这是自己的房子/每至午夜,藏在记忆中/一些深浅不一的伤痕,会反复回放/一个人胆怯地出生的场面。我瘦弱的身骨/被更瘦弱的女人/在这里哺育。她至死怜爱万物的/目光,穿过响动的木门/我的背脊上,就会落下/一些温暖。

  我要写的这座房子,已经在大地上不存在了。在我为它独立成章的记忆里,围绕这间坐东向西的土木建筑,永远有一些阳光照亮着,有一些西风吹拂着,有一些粮食温暖着。而我像一块肉团,从母亲喊疼的身体里,带着一个弱势家族的最后乞援,被清贫地放在这里后,至今还想寸步不离地跟随着她。

  这样的房子,才是自己的房子。

  我们在大地上只活一次。第一次听到这样的话,我就想起自己的房子,想起人不是草木,只要把根扎深了,就能不挪地方地无数次活下去。比如一棵极不起眼的灰灰草,今年在一处墙脚活过了,然后就要死去,而明年被吹下墙头的风一激灵,又原地活了过来。人有没有下辈子,我不知道,要是有一天真的离开这个大地了,就是最亲近的人,要想再看一眼他熟悉的身影,也只能是梦里的事情。因此,人这一辈子,要向大地索取的,也就是一些水,一些粮食,再有一间房子,能把身子放下就行了。

立在大地上，不管你是谁，一定要记着这样的房子。

记着哪一天，我们一丝不挂地来到这里。

也要记着哪一天，我们衣着整体地从这里走出去。

这样的房子，说起来也就是一部细密的家书，我们成长中的许多细节，它都看见过，甚至用一种很古老的方式，生动地保存下来了。我始终揣摩着，谁让这些生活得粗糙的人，很细心地在房子里紧邻着窗户的地方，留一个很精致，也很清净的窑窝。现在用一种民俗的目光来看，它是在马坊流传着的一种生命崇拜，以此记录一个男性生命，从出生到十二岁时，在天地间把自己原本收缩着的身体，持续绽放了多少。

窑窝是从土墙上直接掏出来的。里面放着一种叫缰绳的东西，上面落满了陈年的灰土。我从一岁长到十二岁，只要不过分饿着，母亲最操心的，就是每年要给我换一次缰绳。在她的意识里，牲口都能用缰绳拴住，我的这点小生命，也一定能用缰绳拴住。因为我的出生，让活到四十岁的母亲，终于有了一点活人的颜面。可以想象，每年要换一次的缰绳，应该比我要吃什么，或者穿什么重要得多。

为了一条缰绳，母亲迈着小脚，至少要行走到几十里外的后沟去。

我懂得，这些缰绳里有母亲托给神的一些心意。

在窑窝下面的墙壁上，还有十二道横线，这也是母亲用手抠下的。我至今记着这个一年一次的场景：母亲用一只手按着我的头，用另一只手平过我的头顶，在墙上抠下一道深深的线。我从那时就想，太阳能把身影留在大地上，飞鸟能把身影留在天空里，我只能把自己的身影，留在自家里的墙壁上。

有一年回村上去，很想在窑窝里看看我戴过的缰绳，在墙壁上看看我留下的身影，以为它们会被保存得完好无损，一直静静地等着我的回来。我没有问母亲，隐隐约约知道，随着一个男孩的十二岁的过去，这一切会神秘地消失。唉，心细了一生的母亲，没有想到在她走后的几年里，我历经了那么大的灾难。逃出那块土地时，身边只有一个四岁的女儿。

她怎么没想到，把那些缰绳为我一生留下。

想着发生在自己的房子里,这些有如古人结绳记事一样的生活,我没有埋怨父母的时代生活节奏怎么那么慢,反倒鄙视我们的今天,一切都像疯了一般。

这才多少年呀,人类怎么就没有了自然和诗意呢。

这是自己的房子,我经常给没有乡村生活体验的小女儿这样描述:关上门,能听见一堆土豆彻夜在墙角里呼吸。打开窗户,能一眼看见,许多玉米站在远处的山坡上。距离村庄最近的一块谷地里,父母的坟地,被满目的金黄悬浮着,升起村庄一块苍茫复苍茫的碑。

我们生命中的许多悲情,房子都用温情记着。

用一根温情的木头记着。用一页温情的青瓦记着。用一块温情的土坯记着。

父亲在房子里去世时,我们姐弟四人和母亲,一起守了七天。深夜里,很凄凉地坐在父亲旁边,看着生命的气息,怎样从他身上一丝一丝地游走。这是他的房子,他该留下什么,他该带走什么,他心里很清楚。有一刻,房子里弥漫起许多气息,都是我们在田野上所能闻到的。我想,父亲该走了,滋润他一生的,是田野上的气息,他要把它还给田野。或者说,他不会把田野上的气息带走,他要让它继续滋润他弱势的家族。

按照乡俗,我们姐弟四人连夜拿着笤帚,从我家的门口,一直到村西的十字,为父亲扫着阳间通往阴间的路。那个时候,马坊这一块沉浸在深夜的天空下,只有一个人走了,也只有一个人的子女,用这样的仪式为他安魂。

在我们身后醒着的,也只有我家的房子。

直到母亲走了,直到房子也不存在了,我还念叨着:这是自己的房子。每至午夜,藏在记忆中一些深浅不一的伤痕,会反复地回放,一个人胆怯地出生的场面。我瘦弱的身骨,被更瘦弱的女人在这里哺育。她至死怜爱万物的目光,穿过响动的木门,我的背脊上,就会落下一些温暖。

我也很幸福,幸福我曾躺在这座房子里,不像古人在《诗经》中,想着蟋蟀入我床下,也不想天上的月亮和星星,只隔着一层檩条,隔着一层薄纸,隔着一层泥巴,隔着一层青瓦,想青瓦上的苔藓,如何在深夜里,在我家的房子上缓慢地生长。那一刻,我能听出苔藓在青瓦上的挣扎,苔藓也能听出我在房子里的呻吟。

现在,这座房子在大地上,确切地说是在耿家的西村里,再也看不到了。它的一些能用的木料、砖头、门窗,或许添在别人家的房子里了,它的陈年的墙土,早已被撒在一块庄稼地里了。因此,我应该回去在村子里走一走,说不定在谁家的房檐下,会看见我家的门窗。当然,我家房子里的气息,在庄稼埋头生长的田野上,也会闻得到。

这座房子不在了,我在以后的日子里,在一座叫监军的县城住过,在一座临渭河的咸阳城住过,也在一条护城河的外侧住过。但我在梦里,不管在房子里干什么,始终都是这座房子。尽管在它的北边,后来新盖过三间房子,我和父母都住过。

我想这座房子,存在我的乡土理念里,已是一种生命细节里的符号,也是一种生命细节里的道具,而且是唯一的。

把《马坊书》写到这里,我只能说自己的房子,在大地上只有一座。

一生要记着,是母亲从身体里,把我们疼痛地放在那里。

33

蹲在墙角的人/我要忍住泪水,不让它引来/一丝尖锐的风,再次撞击你们一身的虚弱/我要用生硬的脚步,狠劲踩长/太阳落山的过程/亲眼看着你们,把棉衣裹在身上/把双手扶在膝上,然后用雪/一个人臃肿地,雕塑/乡村的疲惫。

在大地的耕作层上,我一次次地弯下腰,然后把手伸进去。

我的手不是犁铧,不能穿越泥土的内心,给它们倾诉种子的思想。之所以要这么固执地把手伸进去,是想抚摸这些被庄稼反复带走力量的土层里,至今还剩余下什么。

把马坊打开在《诗经》里,也不是我的一种臆想。自从先人的足迹第一次踩踏到马坊的黄土里,这块属于古豳之地,就有了上古的农事,就被一个苍凉质朴的男中音,唱响在《诗经》中的豳风里。因此,我在一部抒写内心体验的《马坊书》里,要第一次传递这样的事实:

马坊的植物,是《诗经》里的植物。

马坊的动物,是《诗经》里的动物。

马坊的人事,是《诗经》里的人事。

然而,马坊在这么长久的时空里,是否已经感到了,献出万物之后的疲惫?这里潜藏着五谷所需养料的耕作层,是否被庄稼在生长的过程中掏空了？不错，我们是按季节殷勤地伺候着土地，该播种时播种，该施肥时施肥，该锄草时锄草，但我们往往忽视了，自身在这块土地上繁衍得比什么都快。

草木在大地上稀疏，人口在大地上茂密。

这是中国的事实，也是马坊的事实。

我一直这么想，我们都是神的后裔，我们住着神的土地，穿着神的衣裳，吃着神的粮食，也喝着神的水。当然，我们一生都在为神，耕种着遍布人间的土地。我们披星戴月，一生也是很辛劳的。这一点，现在还活在马坊的老人们，心里是清楚一些的。问题是从一开始，我们就忘了神给我们多少土地，多少衣裳，多少粮食和多少水，是有一个定数的。这个定数在神的心中，是绝对不冒犯大自然的。

想想我们，从马坊得到了多少，而能放在这块土地上的东西，却是极其有限的。一块农田里，我们使了多少力气，送去多少粪土，又能给多少雨水，比起这块农田里一年还回的收成，我们真的说不出口。

至于人类在大地上的荒唐事，马坊也不是没有过。

我反复察看过马坊的地形，一块被山三面环抱着，向东南舒展出去的黄土冲积扇，平平坦坦的，是北方生长庄稼的一块好土壤。神对这里的安排，就是让人在平坦处种粮食，在缓坡上放养马。我们的先人，一直照着这个天意，为自己种粮食，为皇家养马匹，让家族和土地一起延续。而20世纪的50年代，这个只生长庄稼和养马的地方，也凑合着炼钢铁。我就是在那种连吃饭的铁锅都交上去炼钢铁的年代，来到马坊的地面上的。我的出生，正赶上马坊在人类的文明史上，开始的一次"放卫星"。我们的队长，在每家屋子的墙上、门上、家具上，只要见到有铁打的东西，会一律拆下来，拿到公社去报喜。在村上人吃着野菜，一脸菜色的时候，他高喉咙大嗓子，讲着要赶超邻县礼泉的烽火村。

我现在称这个年代，是这块土地经历的一次转身。

这不是一次华丽的转身，也不是一次文明的转身。是一次让我们得到饥饿的转身。

也就是这次转身,这块土地上许多生物的、文化的链条,突然断了。在以后的数十年间,这里的乡村社会,几乎没有了土地上固有的和谐。就是不会产生仇恨的庄稼,站在人和牲口的对面,也好像少了一些平和的绿色。

疲惫的乡村,出现在土地、庄稼和人的气色上。

从那个时候开始,蹲在墙角的人,很少让乡村显得慈祥。突然和祖先留下的一切的断裂,使他们的身体和灵魂一起麻木。直到今天,这种断裂越来越深。比如我们耿家,能记起传统乡俗的人,恐怕没有几个了。那些有着一身乡土文化的耿寿才、耿大学、耿俊良,应该成了村上风烛残年的人了。眼下,他们活在一群老人、小孩中间,更显出乡村的凋敝。

父亲去世的那年冬天,我见到了村儒耿大学。在我的印象里,他是村上最疲惫的人。他是个教书匠,我在村上劳动的那几年,他因地主成分,也在村上劳动。那时耿天存当书记,年轻气盛,排样板戏需要时,把耿大学叫来,一大本一大本的戏,让他连导带演。民兵队长狗牛一字不识,被他教得能演《红灯记》中的李玉和。开批判会需要时,也把耿大学叫来,村上批了不行,还要放在全公社的大台子上继续批。我们见面时,他已恢复了公职,在邻村教书。他在村上的辈分最高,能来到我父亲的灵前,我已很感激了。在守灵的那个晚上,他坐在一群乐人中间,清唱了一大板秦腔戏。他这样看得起我们一家人,与他和父亲在村上曾经常被批斗有关。

安葬了父亲,伤心地离开村子时,望着和父亲活着一样,寂寞地蹲在墙角的人,我在心里对他们说:我要忍住泪水,不让它引来一丝尖锐的风,再次撞击你们一身的虚弱。我要用生硬的脚步,狠劲踩长太阳落山的过程,亲眼看着你们,把棉衣裹在身上,把双手抚在膝上,然后用雪,一个人臃肿地雕塑乡村的疲惫。

我还要穿过这面衰败的墙角,直接听他们用目光说话。

这是我的乡村生活经验。这些蹲在墙角的人,说话是断续的,叹息是断续的,笑声也是断续的。正像他们生命中的日子,有一天没一天。他们在土地上急促了一生,现在应该缓慢下来。疲惫的回忆,是他们一天的大部分内容。

至于我说的《诗经》里的马坊,他们一生没有想过,也不会去想。但一把插进春天的锄头,一把挥向夏天的镰刀,还有一把拍熟秋天的连枷,他们永远熟悉,永远想着。不要看这些说话也是断续的老人,一赶到农忙,那些使唤了一辈子的农具,还会唤起他们身上剩余的力量。

如果说,所有的农具,都有一双触摸庄稼的眼睛的话,那么,挂在他们家屋檐下的农具,就像挂在他们额头上的眼睛,田野上的所有逝去的风景,都被它们照亮过。而手摸木质的农具,乡村再疲惫,这辈人的心里,对农业的全部记忆,除过灾年里夹杂进来的一丝冰凉,还是温暖要多一些。

我伸进双手,在大地的耕作层上摸索时,突然想起了一本叫作《植物的欲望》的书。我的兴趣不在作者描述马铃薯时,开始了这样的思考:到底是人选择了种植这些植物,还是这些植物诱使着人这样做呢?

我是想,植物都有欲望,人类就没有理由让乡村疲惫下去。

带着植物的欲望,重新在神的土地上开始劳动。

也带着植物的欲望,让马坊回到《诗经》里去。

34

> 我的几位亲人/像要集体撕裂,我对马坊/心存的一脉温情。他们揭破了/生命中的许多暗示,把一生对粮食的敬畏/继续背在身上,追赶着一坡玉米/迅速地隐退。而在一条/埋藏车辙的路上,我理解乡村/目睹过的死亡,永远和一个人的/降生,一样神秘/也一样平常。

人在什么时候才会呼天抢地呢?

以我的性格,不疼到心里的时候,是不会喊疼的。

我也一直在《马坊书》里这样倾诉,作为一块土地上像草木一样,蓬蓬勃勃生长起来的生命,我对它的所有感激的文字,都是从心里涌出的爱凝结的。你就是把这些文字化开了,也依然是浓浓的爱。

但马坊听见过,我是在心里喊着绝不回头,然后转身离开它的。

那是一个人的哀鸣,如果让风把它吹到原野上,就是一只狼的哀鸣。那时,只有看着我长大的草木,或许从村子里的一些动静中,能知道我的几位亲人,就要相继下世了。他们的离开,对他们背负了一世的大地,或许并不意味着什么,有可能连一块泥土的伤心,都换不回来。但对于刚刚而立的我,等于一片连缀着生命的天空,不仅不再晴朗,而且要突然塌陷了。

我来源于他们的生命,至此在哪里呼吸呢?

活在上一个世纪的 80 年代,我不知道这一切,正在向我悄然走来。我在农村挣扎了好些年,终于从土地上艰难地走到城里来了。先把母亲接到身边,等住的地方宽敞一些,再接父亲来住。这是我的想法。上天揣摩不到我的心思,以为我可以离开父亲了,就催促着他从土地上退下来,到与我们只隔着一层土的地方去。我也知道父亲活得很累,是一村中最应该歇下来的人,但我必须伺候上他一段时间,再看着他平静地离开。我以为,这是我们生命遭遇中,必须要出现和完成的场面。对于父亲这个人,不仅我欠他的太多,一个村子欠他的也太多。必须有很充足的时间,让我坐在他的对面,用语言,用手势,直至用眼神,安慰或缝补一颗破碎的心。如果是这样的结局,我和活着的亲人也会好接受一些。

然而,这个要我最后感恩的过程,被神在马坊忽略了。

口信从村上捎来:父亲病了。

母亲先回到村上去了。我那时在永寿中学教书,刚考完期终考试,晚了两天才回去。在临近村子的那一刻,我的心里突然有了一种悲伤和不祥的感觉,因为从任何一个熟悉的角度观望,村子里都好像被丧事之前的阴郁笼罩着。

藏着这种感觉,我请来村上的赤脚医生俊泉,他这几天一直给父亲打针,说是流行感冒。我看父亲的精神还可以,晚上和母亲一起说了许多话,临睡前又给他吃了一次药。快天亮时,母亲叫醒我,说父亲说话不清晰了,要我赶到县上,把妻子和孩子接回来。

母亲一生是明白人,她要父亲静静地离去,不让我们再折腾他。

我打开房门的时候,一只看不清的大鸟,"呀"的一声,从我家房檐下飞走了。我的心"咯噔"了一下,接着收到嗓子眼上。我知道一切都在向我预兆,随着那一声鸟叫,父亲的魂,就在我开门的时候,跟着那只我始终没有来得及看清的鸟,向土地或天空里飞去了。接下来的几天,父亲含着一丝气息,等他的所有亲人,能来到他的床边看上一眼。

他等来了,凡是我知道的所有亲人。

最后来看他的,是他的表弟李敬明。他是父亲唯一的姑母的儿子,新中国成立前从兰州大学毕业,在一乡里学识最好,和父亲长得最像,"文革"中也是挂牌被游斗的人。

父亲离去的时候,二姐亦在病中。第二年的晚秋,我最后一次在医院里看她。她在病床上烦躁不安,我一直抱着二姐,与她走向终点的生命,相守了一个上午。我是二姐抱大的,我还不了她的这份亲情,但我想让二姐在我的怀里,多安静一会儿。此刻,她在急奔父亲的路上,见不到她还活着的母亲,我以为我的胸膛会连接着母亲的胸膛,我含泪叮咛她:多在我的胸膛上靠一会儿。

二姐下葬的那个黎明,我是一身孝衣,跟在她的儿子后边,一路哭泣着,把她送到马坊村南的墓地里。这些年,我只要翻过马坊沟,就想起沟边的一块地里,埋着早走的二姐。没有风吹,眼里也会潮湿的。

命运在这里如此逼人,让我顾不上喘息,两次流着泪送他们入土。

被连续的击打,我发现马坊,好像有意用一些生命的悲惨离去,在折磨另一个与他们有关的生命。我已没有一滴可供内心哭泣的泪水了。我土生土长的身子,在告别马坊的一系列山路上,拒绝转身,也拒绝风雨,从我的沉默里,碎片一样摘走一朵悼念之花。我的目光,触在最熟悉的庄稼上,也不是一身的硬朗,能抵挡得住的一种伤痛。

因为那些庄稼上,有父亲和二姐的目光,依然心疼地盯着我。

母亲一生最伤痛的,是看着二姐先她而去。女儿走了,她活下来的每一天,都是一种疼痛。我知道她一难过,就摸着立在文化馆院子里的一块石碑,叫二姐的名字。她不知道,也不理解那是一块唐朝的名碑,她只是想从一块石头里,把二姐的魂叫出来。

她就这样活了一年,在县医院去世了。那是深冬的午夜,天空开始飘起雪花,我取来母亲的寿衣,叫来在药厂工作的堂哥耿涛,我们用一盆净水,第一次也是最后一次,为母亲擦了身子。看着我过于悲伤,医院没有送母亲进太平间,专门腾出一间病房。此后至天亮,我两次去换母亲床头的蜡烛,每次都要在旁边的椅子上坐一会儿,一边看着躺得安详的母亲,一边看着燃烧得安详的蜡烛。

这是我第一次与一个去世的人单独在一起,内心没有恐惧。

我想,母亲不会给我恐惧,夜晚也不会给我恐惧。

第二天,沿着一路的大雪,母亲的灵被搬回村上。

我的悲伤也终于到了极点。跪在雪地里,我哭诉再也不回这个村子了。埋完母亲,我用一把黄铜锁子,锁上一家人进出了几十年的大门,把钥匙交给大我七岁的三姐,转身走了。而且劝说自己:绝不回头。

我在路上想,我的几位亲人,为什么要在这么短的时间内,集体撕裂我对马坊心存的一脉温情?他们活到最后,用自身的一些信息,揭破了生命中的许多暗示,而性情一直忧郁敏感的我,为什么感觉不到呢?他们走了,走得那么干净,但并不轻省。因为他们把一生对粮食的敬畏,继续背在身上,还像活着时追赶一坡玉米那样,只是这一次,他们是迅速地隐退。

我此刻才意识到,人和大地,有时都很孤独。

我也理解乡村目睹过的死亡,永远和一个人的降生一样神秘,也一样平常。因为我从村子里走出来时,用泪眼看到的房舍、树木和道路,还是原先的样子,好像一点没有被触动。只是沿路的庄稼,有几棵借着微弱的风力,摸了摸我的衣襟。

但我在写《马坊书》的时候,终于悟到了,大地从不把疼痛放在外面。

因此我说,一个人的去世,一定会伤着大地的内心。

我还是向马坊回头了。这是多年以后,我想回来看看,我的几位亲人的去世,对他们劳动过的大地,伤着内心了没有。以此看看我的内心,被时间抚过的伤痕,现在还有多深。

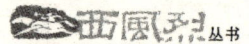

35

　　一把镰刀，在它离开/铁匠铺之后，
必须有一块/裸在河滩里的石头，献出一
身的粗糙/去磨砺它的每一天。我看见
一滴清凉的水/沿着镰刀的刃口，反复引
流/石头里的火焰。我还看见/一双有力
的手，把它传递到/庄稼的身上。

　　我家的墙壁上，很整齐地挂着几把麦镰。

　　墙是它们长久的栖息之地。一年有十一个月，它们都被取掉镰刃，一身木质的镰头、镰把上，只能找到几个明亮的镰牙是用铁打的。它们被挂在墙壁上，身体里没有一点动静，不想夏天，不想麦田，也不想手握它们的人。只接受空气中一些细腻的尘土的覆盖，在时间或亮光企图侵蚀它们身上的木纹时，好有一些微薄的遮蔽。

　　能经常抬头用目光看上它们一眼的，在这个陈年的屋子里，只有我一个人。那时，我们经常坐在煤油灯下，剥着从地里收回来的玉米。这样的夜晚，我的身子就成了灯光的剪影，映照在屋子的各个角落里。我在半夜延续的这种单调的劳动中，也有意移动自己的身子，心想父亲把麦镰挂得这么高，白天用手摸不到，趁着一家人聚在一块儿剥玉米，我就用我的影子摸。

　　麦镰，我特别喜欢麦镰的样子。

　　那些木匠们粗大的手，怎么把一把麦镰做得这么诱人？它小巧的镰头，修长的镰身,特别是镰头和镰身的衔接处,只有指头那么粗。我那时说不上它像什么,感觉在所有的农具中,就是麦镰的样子好看。现在想来,这些乡村里的小木匠,其实都是一些大匠。他们懂得割麦的辛苦,人在那样大的日头下,要把身子半卧在田野里,再把长得半人高的麦子揽进怀里,然后挥动手中的麦镰,一镰一镰地割下去。应对这样的劳动,没有一把好的农具是不行的。

应该有一个木匠的出现。

他借助于神力和想象,要造出第一把麦镰。

对于神的土地上的麦子,它像一个显得很神圣的图腾。

而看着一直穿行在乡间的木匠,我很怀念他们的祖辈,怎么用那么夸张的手法,设计出一把麦镰的每一个部位。他们懂不懂得劳动中的美学,我不知道,但他们一定懂得大自然,懂得大自然与人相处的某些玄奥。后来,我在观看一些世界著名雕塑家的作品时,不由自主地想起了麦镰的造型。甚至在一些书里欣赏女人的身体时,也想起在马坊,至今还沿用着的麦镰。特别看着它最细长的部分,必然让我联想到许多舒展的东西。

在很多热心乡土文化人的眼里,以为麦镰这种农具,正在乡村里开始消失。他们或拍照片,或写文章,或建民间手工艺馆,把麦镰也摆进去。我倒没有这么想过。我以为把属于田野和农家墙壁上的麦镰,摆进这些人为的地方,有点矫情,有点对农业祭奠的意思。其实他们不懂,不懂得在大地的某一处,都有可能被麦子覆盖着,而且是永远的。比如在马坊,那些高岭山上的大块大块的坡地里,收割机是没有用的,这里只有用麦镰。比起大面积平整的土地,这样的地形在大地上随处可见。我们不可能改变大地的形状,也不可能改变生命对农业最基本的依赖。

我从马坊走出来,对于这块土地,我有我的想法和担心。就说这一把麦镰吧,我在农村的时候,一到忙天,大人一边把麦镰从墙壁上往下取,一边念叨着一些很老的木匠的名字。一打听,全是很久以前的名木匠,都能做一手很好的麦镰。当时在村上有名的木匠卫卫爷、拐里娃、疯驴驴,不知是他们

的多少代子孙。我能记起的,在一村的木匠中,卫卫爷的麦镰是做得最好的。现在呢,这些人大多都去世了,村上后来的木匠的手艺,特别是做麦镰的手艺如何,我不得而知。

这样操心做麦镰的木匠,我是想农业在大地上,要始终保持住它的一种诗意。一把精致的麦镰,一把好看的麦镰,无论是握在手里,还是挂在墙壁上,都能带给人一种劳动的激情。我在村上的时候,谁家的麦镰最好使唤,一村人是很清楚的,他们在村里的地位,是那些不讲究农具的人家,无法攀比的。和我们住一个院子的章娃大的家里,没有一把麦镰,夏天收麦用的是平时斫柴割草的草镰。一家人窝在地里,速度慢不说,麦茬高低不平,像用犁犁了一遍。父亲很生气地说,割麦咋能像斫柴呢?多一半的麦根被带走了,也把地力带走了。

我在地里拾麦穗时,也注意看一律马耳形、寸半高的麦茬,真像一种神司的图案,被锋利的麦镰刈割在大地上。等我知道了世界上的许多传奇后,我把这种景象,也叫作麦田里的"怪圈"。而它的制造者,是一把永远握在马坊人手里的麦镰。

写到这里,我的目光应该从麦镰的木质部分移开。

写一写那些磨镰的声音,才会使麦镰出现整体的生动。

我对麦镰的喜爱,勾画出马坊人自古及今,对于手里的农具的崇拜。我也因此对麦镰,存有一颗质朴的诗心。我这样写过:一把镰刀,在它离开铁匠铺之前,必须有一块裸在河滩的石头,献出一身的粗糙,去磨砺它的每一天。我看见一滴清凉的水,沿着镰刀的刃口,反复引流石头里的火焰。我还看见,一双有力的手,把它传递到庄稼的身上。

磨镰的声音,在什么时候响起来,都很动听。

蘸水的弥面石,在镰刃上来回移动着,会发出细密的沙沙声。

也传递出磨镰者的内心,在一年之中,有着怎样的愿景。

我的记忆里,住在门头的八爷,是一村最会磨镰的人。他家有一棵数丈高的大榆树,把院子罩得很阴凉。一块磨镰的弥面石,就栽在大榆树的旁边。他是朝鲜的亲爷,由于我和朝鲜整天在一起,这个有着神树一样的院子,我是可以随时进出的。我叫大榆树是神树,因为在马坊人的拜物意识里,凡是长得超过想象中的树,都叫神树。八爷的个子很高,一年四季,裤腿都在半天里。别人磨镰,是用麦草秸试锋利,八爷把磨好的镰刃,直接放在头发里试。因此,我很注意他的头发,一直是灰白的,经常被镰刃试得长短不一。后来,他当兵的孙子,给他买了一件没挂面子的羊皮袄,除过最热的天,他一直穿着它。我的印象是,这个把镰刀磨得锋利的老人,最后活成村上一只最老的羊了。

有一年发白雨,雷在他家大榆树的身上,击出了一丈多长的裂口。好多年里,大榆树是带伤活着的。它没有死,它下面磨镰的声音,也没有死。村里人说,八爷的皮袄不挂面子,大榆树才没了皮。我却相信,那是上天把那个年代里一村人藏在身上的伤,裸在这棵树上让我们看。

而让人倒下身子,也要操持着的磨镰的声音,总是在地头上响起。

一趟麦子割下来,不仅割麦子的人累了,割麦子的镰刃也累了。尽管割麦人会不讲究姿势地,跌坐或倒卧在地头上,但麦子一片片地黄过来,逼着他们赶紧把镰刃磨好后,再抬起身子,再扑进麦田里。

我多次看见过这样的场面。

后来,我也在这样的场面里出入,成了一个彻底记住它,并且在多年以后,回过头来复述它的角色。我想那时,田野里的阳光一定很多,麦穗上的风一定很少,我们身上的汗水,一定洇着扑来的轻尘。大地供收割者舒展一下身子和呼吸的地头,一定放着一个感觉清凉的水罐。在忙着收割的田野上,它是唯一的静物。紧靠它,应该立着几捆麦子。磨镰的声音,就从这些静物身边响起。我能看见水罐的罐耳、罐绳、罐里蓬着几根麦秆的水,就是看不清那个低头磨镰的人的面部表情。

我以为,那才是田野的表情,麦子的表情,麦镰的表情。

它们被一块磨镰的石头,迎着阳光看见了。

我也以为,在一片倒下的麦子的根部,泥土应该最先触摸到一块石头磨出的锋利。我也和许多收割者一样,我们抱扶麦子的手臂,有很多次被麦镰伤过。但有一次流血的过程是罕见的,我微闭着眼睛,透过云朵移过来的身影,突然看见遍地闪光的麦茬,让我的镰刀苍老,让我的田野苍老,也让我身上的太阳,在一天云朵的磨砺中,苍老下去。

但我后来觉得,我的手臂不是被麦镰伤过的。

它是被磨镰的石头伤过的。被石头在镰刃上磨出的声音伤过的。

现在,我离村里那些做麦镰的木匠们,已经很远了,离村里那些让一把麦镰苍老的麦田也很远了。但磨镰的声音,似乎离我越来越近,近到我开始认为,它绝不是一块从河滩里捡回来的弥面石,所能磨砺出来的。它是沿着一个人,石头一样的背脊,在他大步行走着的天地之间,很苍茫地响起来的。

当年在马坊,就应该有这种感觉的。

只是时间,把它一直封存在我的身体里。

而时间在今天,为什么把它突然打开,我不知道。我知道的是,我家墙壁上那些挂得很整齐的麦镰,已经散落在我离开后的民间了。在磨镰的声音不会衰绝的乡村,它们被另一双手磨过之后,能否怀着一个人的心情,很美丽地扑进麦田里,我也不知道。

36

> 而我转身的样子/很像那些苍茫的
> 植物/站在土地的黄昏里,不知道燃烧/
> 要从身体的哪个部位开始?一大片晚生
> 的/葵花,开满这个时候/土地上应有的
> 野性。我身上有泥土/但没有焰火,不能
> 让土地的/黄昏,在身上燃烧/我的心里,
> 种满内疚。

我从碾子坡上下来的时候,应该意识到要向土地的黄昏转身。

这样的转身,反映出我一整天在土地上,进行了一系列与生存有关的活动之后,心中对许多影响农业,或者说影响我的情绪的事物,还是存在着一些感激的,还想把它们从大众拥有的田野上,带进我一个人的夜晚,与之做内心的交流。

比如我在一块厚道的黄土上,发现了一束长得很好看的百合,但我不能彻底停下手中的劳动,用一段很长的时间,打发处在微风中的它。只有从土地上回来后,等我放下一切繁忙的农事,再细心地搭理百合,甚至彻夜只对它朗读亨利·蒙多尔的一句诗:

"百合!你们中的一朵就足以代表天真。"

而真正天真的我,此刻和一朵百合,就挺立在一束乡村的光线下。

等我一脸宁静地转过身来,才发现土地用一些仪式,送我们回家。

　　一大片我们刚刚走出来的庄稼地，下半身已经模糊了，只有结着穗子的头部，还跳动着一束光线，不让它从身体上滑落下去。而那些柔和的光线，正好返照着从地头通往村口的一条土路，凡是固定或运动在上面的东西，都被照耀着进入黄昏。

　　这样的黄昏一定是温暖的。

　　像土路上深深的车辙，像车辙里积淀的雨水，像雨水里的虫子，在我们的脚步走过来的时候，一律显得很肃穆。因为它们知道，我们在一天的时间里，像不停祈祷着的信徒，用生命对待发生在土地上的每一件事情。我们身边的羊群，我们身边的马匹，都被感染得低下头去，想把我们留在土地上的所有呼吸，一丝不漏地放在它们的肺里。

　　在一片犁开的土地上，我看见一张木犁、一头耕牛和一位农夫。

　　歇在地头上，它们都是一副很满足的样子。

　　确实，这么大的一块田野，被这些看起来很渺小的劳力，从内心深入地翻了一遍，这是很了不起的事情。泥土，你就毫无顾虑地，把上一季庄稼残余在根部的秘密，轻轻扬弃吧。因为新的种子，有着新的秘密。这也是它们，要用一整天的时间，不知饥渴地把你犁开的用意。我也看见，一片氤氲在新的泥土表面上的雾气，正在一团一团地上升着。它们高不过邻近的庄稼，也低不过邻近的水坑，它们集体地缓慢飘浮，使土地陷在一片混沌里的黄昏，有了一定的动感。

　　而沿着碾子坡滚下的，已经不是碾子。

　　是一个村子里，就要集合在一片屋子里的生命。

　　我在走下碾子坡的时候，看见在土地的黄昏里，炊烟也让村庄升了起来。因为接下来，在乡村巨大的胃里，要把一天的阳光和雨水，很温暖地收集起来。我知道这时的村庄，不是为了简单地消化，是要让跟随庄稼的心，及时触摸黄昏的隐秘。比如在村口，一些上了年纪的人，要把走过来的羊群，温暖地注视一会儿，它们身上的膻腥，应该是土地上的黄昏，开始散发的一种很重要的气味。也要把走过来的犁地人，笑着干骂几声。声音没落，就

134

有男孩跑上去,要从他塌下去的肩上,取下被他擦得干净的犁铧,往自己背上放。还要从一些女子的草笼里,抓起一把模样很好的野菜,问女子怎么还不出门,非要把地里的野菜挖光了才嫁人?那些被问的女子,一定红着脸,甩着辫子,跑进很大的头门里。

而一辆运庄稼的胶轮马车,如果从碾子坡上下来,会牵动更多的目光。

他们看驾辕的还是那匹栗红色的马吗?胶轮马车上装的,是种在洞子沟边的豆子,还是种在西岭上的土豆?而胶轮马车下坡的关木声,一定拉得很响。要是早些年的那辆硬轱辘车,那响声会惊动土地上的黄昏,也使一个村子,有了胜过邻村的一些威望。它走过的土路上,掉下来的一颗豆子,一个土豆,都会被一双及时伸出来的手,很温暖地捡起来。如果是一位村妇,一定会用她的衣襟,很心疼地包起来,像要把土地上的黄昏,一滴不漏地包回自己的家里。

我那时候经常在西岭上劳动,因此,从碾子坡上下来,是每天黄昏的事情。

此前,一个人埋头在庄稼地里,只知道身旁的庄稼,在一天里长了多高。如果心细一点,会记住有几阵大风,把庄稼的气息,往天空里狠劲地吹。而几只麻雀的飞来,让我和庄稼之间,终于有了少许说话的机会。至于村上一天发生了什么,只能等着黄昏到来后,在碾子坡上听一听。有一次,一村人扛着各种农具,从碾子坡上跑下来,那是听说队上的一头牛掉到东沟里绊死了。跟着一阵恐慌的脚步,土地的黄昏,也降在了死去的牛的身上。

那个黄昏里,一村人都很悲伤。他们坐在那头牛的身旁,想着它耕过的土地,想着那土地里的庄稼。这头牛的力量转换来的粮食,谁的胃里没有呢?因此我说,一个农民身上的悲伤,往往是从胃里开始的。

这样的情节,已不会在今天的乡村里发生了。

对于往后的乡村,它已经有些传说的意味。

但我享有过土地的黄昏,心里,也就认为土地有了一些神性。和一村人不一样,我知道一只握住风声的手,会把我的乡村,编进万物为神跳起的舞蹈里。泥土,也开始在黄昏里,放出一些从白天聚集起来的火焰。比如我在乡村的夜晚走路时,会发现某一处地方,比别的地方亮得多,庄稼的影子,看起来也很清晰。我想,这块土地在白天里,一定吸收了太多的阳光。扎在地里的根须和虫子,用不了这么多的阳光,就会把它还出来。我最后的经验是,乡村的夜晚,确实也有放光的地方。这样的现象,被村上的老人们一直理解为那是我们的祖先,在他们活着时劳动过的地里,举着照耀万物的灯盏。

  碾子坡要有记性,一定记着我转身的样子,很像那些苍茫的植物,不知道燃烧,要从身体的哪个部位开始?我几次从碾子坡的左侧看见,在叫作北胡同的朝鲜家的土台上,一大片晚生的葵花,开满这个时候土地上应有的野性。那时的村子,能有地方种葵花的,没有几家。朝鲜家的土台上,是年年要种葵花的。由于紧邻着碾子坡,他家的葵花,从开花到结籽,一村人都看得到。我那时不知道画向日葵的凡·高,如果知道,也可能爱上绘画了。

  后来,我在女画家韩莉的画室里,看到了一幅深秋的葵花。我被她的艺术感觉吸引了,特别是画里的题记,和我当年在碾子坡上转身时看到的,颇有些相似。为了满足我忆旧的心理,她重新临摹了一幅。我把它挂在房子里,像把马坊的土地上的黄昏,也挪在了身边。

  在碾子坡上,看着茁壮的庄稼,把黄昏撑得精神饱满,而我的身上呢?

  我的身上有泥土,但没有焰火,不能让土地的黄昏,在身上燃烧。

  我的心里,也种满了内疚。

  但我记着,今后有机会,一定要回到这里,在一种简朴的呼吸里,想象土地的黄昏,落在一朵长得很好看的百合上,是否像亨利·蒙多尔在诗里写的那样:百合!你们中的一朵就足以代表天真。

37

　　他的手中,没有一片/印有墨痕的纸
张/代替古老的文字,天空要分出多余的
云朵/擦洗他的目光,要把长在庄稼身上
的/乡村精神,彻底反射到/底色清贫的
身上,一块石头/稳住他,反复放在天空
的/一束目光。而隐没在远处的/乾陵,
是他坐在马坊/看到的唐朝。

　　在马坊旧有的场景里,不管我怎样反复出现,都是一位少年。
　　包括我单薄的形体,我走路的姿势,我说话的声音,以及我的危机着的青春期,都被乡村简单地存放在一位少年没有纸质的档案里。现在我能理解,我的少年时代,始终没有剪断过,与马坊维系生命的那一根脐带。在连接着母腹或大地的一头,我的心脏的跳动,我的血脉的流速,我的呼吸的畅通,都能被感受得到。就是我在劳动的间隙,悠闲地抬起头来,长长地出一口气,母亲身上的某个地方,也会有察觉的。
　　我不能说现在的我,就与马坊把那根脐带,真的剪断了。
　　自从我把自己的身子,移出这块土地之后,一切就像变了。
　　我在他们的眼里,虽然不会被当作外人,但隔膜还是有的。比如我的身上,肯定没有了泥土的气味,野草的气味,牲口的气味,这让他们觉得,一个乡间共有的亲热,在我身上也没有了。就是粮食的气味,在我的胃里,也是一再地变质,哪像他们,呼吸里也是新麦的气味。

他们只接纳那个少年的我。而对于中年的我,他们一直不了解,也不想了解,甚至有意要躲避。在他们的想法里,只有我的少年,与马坊的土地有关。坐在他们中间,再高兴地诉说,也都是围绕着我小的时候怎么样。有一年回家,几位远房的叔伯哥,初一一大早,把在苏娃家的楼上藏了几十年的老影,从一个木质的长盒子里取出来,一家挨一家地让拜先人。到了我家,被烟火熏得黄旧的老影一展开,苏娃第一句话就问我小时候拜过没有。那口气,好像现在拜不拜都无所谓了。在他们给我指认影上的先人时,我的心里酸酸的。我从那时就意识到,乡村人的心里,大多数是很热的,有时也是很冷的。你在这个村上时,你就在他们的心上,你怎么拖累他们都行。你不在这个村上了,你也就不在他们的心里了。

我后来想,这怨不得他们。天底下一层子的农民,心里装得最多的,是一家人生活的苦楚。他们的心被苦楚都塞满了,哪里腾得出一点地方,再装些与他们无关的人事呢。因此,要与他们亲近,就要把自己的小时候,很客观地从记忆里挖出来。在他们看人的标准里,你在外边混得好不好无所谓,只要你小时候留在这里的品行没有变就好。

他们一直喊我的小名。在他们的思维里,我的小名就像我的魂,一喊就喊到我的身上了。而喊我现在的名字,就像喊到石头上了,不是我没有感觉,是他们没有感觉。写到这里,我真相信我的小名就是我的魂。母亲活着的时候说,我是沟南的营里山一位女巫保下的,在我出生前,她就给我起了一个叫天明的小名。小时候,没觉出什么,现在越想越爱这样的字眼,因为不用解释,任何一个叫过我的小名的人,都会明白我出生的那个时辰。

比起今天的孩子,一个人的少年能从大自然里长过来,确实是一种福。

那时候,天上是风多、雨多、雪多,地上也是水多、草多、树多。可现在呢,才几十年的光景,这一切就在马坊变得很罕见了。随着这些自然风物的断续淡出,我在这里度过的少年时光,还存有一些残片吗?

我是一个喜欢坐在石头上的孩子。比如在村里,那时候只有一台碾子,先是安在堡子里安平家的旁边。后来大队盖房子,就挪进场道坡上的一个空园子里。我没事的时候,就爱坐在它的上面,夏天不怕石头烫热,冬天不嫌石头冰凉。有时一个人,对着石头上深浅不一、粗细不一的刻纹,会长时间地发呆。就是在家里,放在房檐下的那块捶布石,也是我吃饭时要坐的地方。因此,村上哪一块儿有什么样的石头,都在我心里装着。后来在城里,看见那么多的藏石,我就在心里想:这么豪华的石头,能与人有感情吗?比如这些所谓的藏家们,能随便把自己肉做的身子,很舒坦地放在石头上,与之做肌肤的亲近吗?

在我们西村这一块儿,有点样子的石头就有三处。一是被村人叫"贼头"的家的门墩石,是一对兽的造型,很森严地立在门的两边,比我的个子还高。这样的人家,这样的石头,我们一般是不敢去坐的。一是被村人叫"八谝子"的家的门墩石,高一尺左右,四方四正,黑夜白天随便什么时候坐上去,心里都是很坦然的。一是我家门头里,紧邻水井的地方,有一块一直放在那里,从没人挪动过的大青石头,我们叫它石窝窝。它不是谁家的私品,谁也不知道它的身世,所有人都只记得小时候,西村就有这么一块大青石头。它外方内圆,很天然的一个形状,凿它的石匠,应该没费多少功夫。下雨天,石窝窝里满是雨水,天一放晴,很快就渗完了。我坐在或躺在石窝窝里,白天看太阳,晚上看月亮,想不到那就是乡村里的诗意。奇怪的是,一个西村的女人,围着它说话、纺线、缝衣裳,就是坐在地上,也不往石窝窝上坐。

我后来想:这是不是从她们中间流传下来的一个崇拜物?

后来,我在茂陵看石雕时,就想起我们村的那个石窝窝,和它们完全是一个雕法,一律取其天然的形状,只是在关键部位上,很不经意地凿几下。

再后来,就是石窝窝不见了。

如果它被人打碎了,我会很难过的。

如果它被埋在谁家的院子里,有意或无意,只要它真的还在我们村的泥土里,我就明白,母亲那一辈往上的女人们都走了,石窝窝也要跟着她们走了,要是这样,我不会太难过的。

与石头的亲密接触,使我成长为一位诗人后,写过这样的句子:"坐在石头的冰凉里/他黑色的衣服上,很重地藏着/这个季节的风声或雨水,他的手掌里/很坚硬地握着,草木转身时留下来的响动/他的脸色,也被风吹的云朵/划出一些伤痕/躲在许多事物的后边,他的眼睛/每天都在马坊的上空里/替神生出,一天瓦蓝。"

在马坊,不在《红楼梦》里,我也是一位少年石痴。

我能把这么多的石头,放在我成长着的身边,是因那时我的手中,没有一片印有墨痕的纸张。而代替这些古老的文字,要擦洗我对一切都很茫然的目光,在这样的村子里,还有什么呢?

有好多次,我在高岭山上打洋槐树籽,向南坐在石头上歇着时,一眼看到的最远处,就是乾陵。我那时没有过多的想法,比如走到乾陵去,继续向南,再走到西安去。但我很满足,因为坐在马坊的这么一架不起眼的山上,就能看到远去的唐朝的遗迹。况且,在我坐着的高岭山的背后,十里不到的龙头咀村,就有长孙皇后的哥哥长孙无忌的坟墓,很寂寞地待在那里。我的面前,这么一大片熟悉的土地,在汉代就属甘泉宫,它的地下,应该埋有"长乐未央"的瓦当吧。到了唐朝,更是皇家养马的地方。如果向西望去,在我们的旧县城里,有北魏时的武陵寺院遗址。武陵寺塔耸立在虎头山上,很是壮观。到了北宋,这里叫翠屏书院。

在一位乡村少年的心里,马坊能把这么多的事物很早就告诉给我,还有什么不满足呢。看着天上涌过来的云朵,我那时的目光里,应该也有了天空的感觉。我的身上,也应该有了土地生长出植物的一些感觉。

带着许多幻想,我放下一个人的少年,坚定地从马坊出走。

38

这应该是季节/为劳动者,打开的一扇命门/只要有足够的种子,带着空气或雨水/浑身疼痛的泥土,就会让它们幸福地落下/就会有隐秘之手,分蘖出/一片疯长的植物/直至秋天,让土地收下/神的粮食。

我一直相信:大地上的粮食是神带来的。

这不是一种简单的信仰,也不是一种简单的礼物。

它是神在一些欢喜的季节里,先让土地彻底地松动自己的身子,再让足够的种子,带上呼吸了很久的阳光,或带上突然遭遇的风雨,顺着一群农夫有着一定体温的手指,落入土壤最隐秘的地方。当我们从疲惫的劳动中,幸福地缓过神来,猛然看到种子,以另一种形态从身边的土壤里出世时,太阳或露水,已先于人的目光,抵达这些很新鲜的生命体了。

接下来的日子,我们要风一把、雨一把地守候。

直到有一天,那些集体落入土壤的种子,在不同的根茎或叶脉上,被成熟地还原成更多的种子时,我们会平静地说:收下神的粮食。

这或许是粮食的平静。而多数沿用土地的肤色,开始在我们的胃里,大面积地散发阳光。这让我暗想,一个人可以知道得不多,但必须记住,来自我们身体里任何一个部位的力量,都是这些用颗粒聚集起来的粮食给予的。

记住这一点,与记住我们的祖先一样重要,就像一卷发黄的老影,对于一个村子里的一族人,必须在心上藏着或挂着,这是他们活人的一股脉气,一天也不能中断。

看着这些黄亮的谷物,被任何一位乡亲放在手上,都会心疼地揉搓几下,吹去带着土腥的壳,就香甜地在嘴里咀嚼起来时,我坚决地称呼这些谷子、糜子和豆子,一律是神的粮食。因为我在马坊的时候,粮食一直困扰着我们的生存。比如我一出生,就遇到了三年自然灾害,浸淫在我的青少年时代,都是粮食的极度缺乏和紧张。现在想一下,我们那个年月的土地上,人都在干着些什么?而记着季节生长的庄稼,能够在它身下的土里安然无恙吗?

看着一群在人民的土地上穷折腾的人,神能不迁怒于这样的疯狂吗?

我甚至目睹过这样的场景:一把种子,在一群人忍住饥饿的眼睛里,放大着土地深藏在马坊或它身后的那些力量。我也由此想到了罗中立的油画《父亲》,并且想把这位画中的父亲,从川西一个不熟悉的地方,挪到我非常了解的马坊。我想他的眼睛,他的眼睛里的苦涩,他的双手,他的双手里的土碗,他的脸色,他的脸色里的贫穷,就是那个时代的全部造型和表情,甚至没有一点误差。但我要继续从这位父亲的茫然里,阅读那时的他想过粮食是神给的吗?不用猜测,这位父亲应该想到了,只是他的嘴唇在土碗的磨砺之下,已经很笨拙了。他不会这样表达,他只知道一位生活在土地上的农民,要小心地爱护粮食,要从它们处在幼苗时就开始爱护。

其实粮食在他们心里,就是一些能看得到的神。

我有时想,马坊人的许多信仰,存在于他们对粮食的理解和行为上。

在他们的心里,麦有麦的神,谷有谷的神,玉米有玉米的神。当它们依着季节生长的时候,比劳动还重要的事情,是要把这些神提前敬到。

我记得最感人的敬神活动,是正月三十燎谷草。一捆捆在门窗缝里塞了半个月的谷草,连同从我们身上解下来的用五色布缝起来的财贝,一起放在头门口上烧。在乡村的年节里,这一个晚上最牵动人心。随着一村燎着的谷草,我们肩扛着一种在地里打土块的农具,一家一家地在燃烧过的谷草上砸。按村上老人的说法,第一次砸下去,看今年的麦花;第二次砸下去,看今年的谷花;第三次砸下去,看今年的玉米花。这就是说,在神给予这块土地上的众多粮食中,这几样最重要,而我们在每家门口的谷草堆上,至少要为这些粮食砸三下。这样的夜晚里,一村人没有了远近之分,也不记过去的仇恨了,都想在麦花、谷花、玉米花的飞溅中,让有着农事经验的老人们,很准确地判断一年的收成。

一句话,神在今年里要给这个村子多少粮食。

一些女人,还要从谷草的灰烬里,拣一些着过的财贝出来,抹她怀里孩子的手脸和胸背。看着许多孩子很黑的脸,我想我小的时候,也是在这样很温暖的乡村巫风里,一年年长大的。

马坊人最心疼麦子,认为这是土地生长出来的最好吃的粮食。他们对麦子的敬重,远远超过其他粮食。比如每年新麦一上场,每家每户都要炸油饼,以敬麦神。我家所在的四队,在木张村北边的红沟子,有一个山庄种着数百亩麦子。在彦英当队长的时候,不像其他五个队里,麦收时在村上炸油饼,我们队把这种祭麦神的仪式,都放在这个山庄上。现在想来,祭麦神的实质意义,就是给已经累得没有了人样的社员们,改善一次生活。为了吃一次油饼,一队上的男女,都在红沟子的麦地里,弯腰挥舞着镰刀。我那时也挤在这些人群里,心里很少有麦子以外的想法。至于我看到的一村人,衣衫破旧地收割麦子的哀相,可能是今天才想到的,也许是对劳动者的一种误读,甚至是伤害。尽管我和他们处在同一块土地上,但我的最后离开,使我过早地忘记了,土地也有土地的快乐。

但有一点是对的,就是他们表情简单的脸上,一直保存着对种子的信任。

在许多人家里,种子是被装在粗布的口袋里,放在很热的炕角上,和人一起等着播种的季节的降临。在五黄六月,就是全部吃着野菜,也不能动一粒种子。记得天存当书记的年月,村上爱开批斗会。至于把"四类分子"耿寿昌、耿寿德弟兄俩拉出来再批斗，一村人都觉得与自己无关。天存嘴对着麦克风的声音再大，男社员照样吸烟打盹，女社员照样纳鞋赶活。但谁要是把队上的粮食，特别是做种子的粮食偷了，一村人还是会愤怒的。

有一年，我在村上当会计，一个叫狗蛋的社员，在二队的山庄铧角的一大片谷地里，偷了两笼谷穗，书记天存让他担着谷子在邻村游街。几天时间里，我是早上送去介绍信，晚上再收回介绍信，以落实他游了几个村子。我知道他力气大，以为他能从那么远的山里，走夜路把谷子偷回来，这白天游街的事，不会有多累。其实我错了，那是一个人仅有的一点尊严，让他从心里累了。现在，我不能简单地指责他们，因为谁都知道，饥饿是最难忍的事情。

因此我说，在这块以粮食养生的土地上，不管发生着什么，写在农历上的季节，都会为劳动者打开一扇命门。只要有足够的种子，带着空气或雨水，浑身疼痛的泥土，就会让它们幸福地落下。就会有隐秘之手，分蘖出一片疯长的植物，直至秋天，让土地收下神的粮食。

我的记忆里，也始终站着一群手捧种子的人。这不是凡·高的《播种者》的感染，是季节的呼唤，也是神的呼唤。马坊的每一寸土地上，都点种下他们的生活。从乡村里走出来，我知道一棵玉米，或一株谷子，我只要伸手，就能触摸到他们的呼吸，最终通向哪里。

我也知道他们给粮食，集体发下过一句誓言：一生在泥土里只活一次！

这是对神的誓言。而看着他们，继续从土地上收下神的粮食，我想提醒他们以后的人，要记住他们曾经饥饿的目光，要知道从心底里，开始一种对于粮食的歌颂。

39

> 我说一万朵/荞麦,像一万张好看的脸/开在马坊的山坡上,让一个人望乡的目光/发出瓷的光芒。我握过牧羊鞭的手/摸着荞麦,想天上的云朵/如何降落在山坡上?而一万只/吃草的羊/也在我的文字里/像一万朵移动的云。

我在清贫的乡村生活中,始终保持着对荞麦的一种热爱。

一大片清亮地站在坡地上的荞麦,多像我在有着许多幻灭的乡村里,遇到的一位必须牢记一辈子的村姑。那个时候,我是浪费着一个乡村男孩可以忽略的青春期,在时刻显示出华丽的荞麦地里,消磨着一些时光。

我说荞麦地是华丽的,是因为我在生活最暗淡的年月里,从这里看到了土地上的一些光泽。我也由此懂得了土地是有语言的,它是用万物的具体生长,在和人类说着温暖心肠的话。而它的生长在坡地里的荞麦,就是土地在显得十分单调的季节里,带给乡土世界的一些亮色。因此,我从马坊走出来,我的多有饥饿感的胃里,可能没有装下它的多少粮食,但我的显得明亮的眼睛里,始终被它的色彩饱和着。

我也由此知道,大地上色彩最浓的地方,往往是人很稀少的地方。

这就是大自然,体现在土地上的哲学思想。

想想我在马坊,很多时候也是把荞麦,当作一种不可忽视的植物观赏着。从它顶破地面的那一天起,我就以对待花草的心情,直面它在大地上的各种各样的姿态。它不是悠闲的一种,也不是守顽的一种,它在阳光、雨水和时间的作合之中,不断变换自己富贵或清贫的模样。我在早年的一篇文章里,曾经用很细腻的文字,描摹了它在不同的生长期里,一系列惊人的色彩的变化。我像一个研究植物学的人,突然发现了它身上演变出来的这些秘密,激动地唤它三色荞麦。

在它的所有名字之外,这个名字是我起的。

我想在马坊,荞麦是最能触动内心的一种植物。只要一个人的情感发育正常,不管他有没有乡土生活的经验,面对这种扑面而来的植物,一定会有所感动的。我在这里的原野上,经常是背负着另一种物体,一个人长时间地行路。比如我在东北方向的常宁上中学时,周末回到家里,要背着几十斤玉米或麸子,到西南方向的监军镇去卖,然后换回盐和辣子。在这来去几十里的山路上,我的体力,每时每刻都在我的身上下沉。我有过这样的经验,很累地爬上一道沟坡,一抹脸上的汗水,要连人和口袋一起倒地时,一片开得热烈的荞麦花,很突然地就出现在我的身边。它直入肌肤的清香,激灵着我的每一根快要麻木的神经,让开始下沉的体力,彻底改变着方向。

几十年后,我还能记住,在仇家沟、霍家咀、司家埝、固室村、封侯岭,都有这样的荞麦地,陪着我在山路上负重行走。

村上放羊的人,知道从洞子沟里上来的羊群,呼叫着往开花的荞麦地里跑。

村上犁地的人,知道从南咀梢里下了套的牛,抵着头往开花的荞麦地里钻。

我也知道,那匹栗色的马,许多时候是被开花的荞麦包围着。

因此,我在写给马坊的诗句里,是这样说荞麦这种植物的:"一万朵荞麦的/白色的花,开在山坡的腰身上/晃得村庄,在一群人的心里/幸福地喊疼。"我以为这样的写法很真实,没有过多的夸张。如果有人不相信,就等着荞麦开花的时候,跟我到马坊走一走,把一个人淹没在满山架岭的荞麦地里,看你的腰身晃不晃?看你在心里,除过幸福地喊疼,还会喊什么?

我甚至想得出,这一万朵荞麦,像一万张好看的脸,开在马坊的山坡上,让一个人望乡的目光,发出瓷的光芒。其实,我当年在村里放羊时,坐在荞麦地边上,经常是看得眼睛发瓷的。我想那些荞麦,就像从路口上走过来的村姑,她们迎风扭动的腰身,飘过去再远,也还在我的视野里。

至于我从植物的感觉里退出来,恢复荞麦的本性,把它当成一种重要的粮食,则是在每年的年关。在我的印象里,只要过了腊八,年气就一天天地逼上门了。和所有农民一样,我们一年的劳累奔波,盼着能在大年里,把身子歇下来,也能吃上几顿好饭。

一村人认为的好饭,就是麦子磨成的白面蒸的馍、擀的面、炸的油饼。

然而,那时的土地,能给予我们的麦子,实在是少得可怜。

怎么办呢?像我母亲一样的女人们,就想起了荞麦这种杂粮。

腊月二十三后,房檐上的冰柱挂得有几尺长,我看见母亲从早上开始,就在一个很大的瓦盆里和面。这样的动作,要持续上一天,才能让荞面变得很筋,从空中撒下来,是一道黏稠的浆线。晚上天一黑,母亲就弯腰在锅台上,一手握着木勺,一手握着一个像月牙的摊面板。一勺面浆倒进锅里,"吱呐"一声,摊面板在母亲手里三抹两抹,一张纸一样的煎饼,就覆盖在黑铁锅的底上,再翻动一次,荞麦独特的气味就飘起来了。

我是坐在灶火里,把白净的麦草续进燃烧着的锅洞里。

这样的夜晚,往往飘着雪花。

我几次走到院子里,看着从门缝里挤出的火光和香气,以为这个晚上,我家的院子里最温暖。我后来对乡村的那些记忆,也是被这样的夜晚串联起来的。这样摊着煎饼,直至鸡叫,母亲还在忙活着。

接下来,要几张一块儿折叠起来,要压在一块大石头下,要一刀一刀地切细。

这都是母亲要干的活。

令我感恩不尽的,是荞麦在以它的色彩温暖过大地之后,又以它超越麦子的气味,温暖着一村人的胃。至于现在,城里人把荞麦称绿色食品,大袋小袋地从乡下买,这让我很高兴。接着想,乡下人是用它填饱肚子的,而城里人呢,是借此调换口味的。一样的粮食,在不同的胃里,却充当着不同的角色,这不免让我心情复杂起来。

想到最后,觉得粮食的本质,还是在乡下体现着。

由一万朵荞麦的花,到一万颗荞麦的籽,再到一万张荞麦的饼,我的清贫的乡村,活在荞麦仅有的温暖里,能不幸福地喊疼吗?当然,以我在马坊的体悟,这样的幸福是很深的,这样的疼也是很深的。

写到这里,我想知道,这一万朵荞麦的花,染过我以后的村民们的目光后,会种下一地怎样的激动。天上人间,收缩在舞蹈着的山坡上,我还想聆听庄稼在今天又是怎样幸福地喊疼。而真正回到马坊,看着一阵吹开村庄衣襟的风,带着荞麦漫上山坡的姿势,不管我对这里爱也罢,恨也罢,我都没有理由,拒绝一地白色的花,向我扑上来。

我要依着一个人,剪下它好看的样子。

40

　　草木如织，我在如丝的/蒲草的身
上,暗含忧伤地寻找/一个地方千年一叹
的韧性。我粗粝温柔的/马坊,伸出莼菜
一样的手抚摸它的子孙/我知道荆或棘,
一生包裹着/大地之痛,也知道落日/在
一湾浅浅的水边/摇出芦苇之殇。

　　马坊的草木是繁茂的。可以这样说,大凡活在北方的草木,只要用心在泥土里寻找,这里都能看得到它们的身影。而让所有眼睛发亮的,是在随意走路的时候,一种很久没有见过的草木,就在一块极不起眼的地方,突然从地面上钻出来,好像要我们带上它的种子,在大地上与植物一起旅行。

　　这种时候,至少要很好地看上一眼。

　　要在它们的叶片上,留下人的一丝尊敬。

　　这么多的草木,让我先写哪些呢？要说在马坊,它们都给我的童年生活带来过庄稼以外的喜悦,它们中的许多能食用的,都在我经常处于半饥饿状态的胃里,分泌着身体里需要的能量。当然,草木也是有欲望的,比如美国作家迈克尔·波伦在他的《植物的欲望》一书中,说苹果的欲望是甘甜,郁金香的欲望是美丽,大麻的欲望是陶醉,马铃薯的欲望是控制。我不清楚生长在马坊的这些草木,它们的具体的欲望是什么,但我知道,作为一种植物,它们的根都是有趋水性的。

可是马坊,能给它们多少水呢?

因此,我一直注意这些草木。注意它们以一种什么样的心态活着。

现在,就让我从《诗经》中的《豳风》里,看看这块土地上的哪些草木,有幸被我们的先祖歌唱过。我想,他们在那么遥远的年代里,就知道在心中用诗句歌唱的草木,一定是草木中的精华。至少,它们在远古的苍茫里,就把植物身上的一丝温暖,带给我们的先祖了。

我在《诗经·豳风·七月》里,最先读到了"四月秀葽"。

我想象的场景是这样:一群穿得花花绿绿的女子,梳着很长的辫子,左臂挎着柳条小笼,右手握着铁打的小铲子。一个在村头喊着"四月里软孜结子了",大伙回应着"挖软孜去",就说笑着出村了。

其实,我在小时候,经常跟着姐姐挖软孜。

这种很纤细的多年生草木,在《诗经》里叫葽,在《本草纲目》里叫远志,在我们的口语里叫软孜。那时候,正在麦收之前,我们有的是时间在田间地头挖这种东西。一笼软孜挖回来后,还要坐在房檐下,采集软孜的根。一根白净的软体,用两根指头捏住,轻轻一捋,一节寸长的皮,就被抽了下来。一根软孜可以抽四五节这样的皮,一笼软孜能抽一大堆。谁能想到,我们挖了几十天的软孜,被母亲在太阳下晒干后,用一个小布袋只能装半袋。背到监军镇的药材铺,卖掉后再买些镰刀回来,也就是收麦的日子到了。

我现在想,这是土地给就要握镰割麦的人,特意生长的一种草药。

因为农历的四月,能在大地上结实的植物,确实不多。软孜要赶着这个时候,迅速地成熟,我想它是知道割麦人需要的是力气,便用它埋在泥土里的根,为他们奉献草木的力量。《本草纲目》也写得明白,远志的地上部分称为"小草",根部称为"远志",自古被视为重要的药用植物,"强志倍力,久服轻身不老"。

因此,许多人在卖软孜时,总要捏一把留下,割麦时泡水喝。

我在《诗经·豳风·七月》里,也读到了"六月食郁及薁"。

郁及薁这两种植物,在马坊的大地上很普遍。在我们翻沟行路的工夫里,时不时会碰到一大蓬,有的从脚下的路边爬过来,有的从头顶的崖畔上垂下来。不用说,我们会伸出自己的手,摸过它丝丝蔓蔓的枝叶,采摘那些装满果酱的红豆豆。我想在古代,豳地上的人,在行远路的时候,一定会在某一处有着郁及薁的地方坐下来,吃上一阵它的果实,再起来行路。也可能有一个人,在站起来的一刻,突然说出"六月食郁及薁"这句很生活化的话,后来被收进《七月》里。

这句食者的叹息,就这么被留了下来。

而这两种被祖先叹息过的植物,现在我们叫它野葡萄。我在翻阅《山海经》时,也发现过它的踪影,只是被叫作蓎罢了。我惊叹它覆盖的原野,原来是十分广阔的。因为《山海经》的作者,足迹绝对没踩到马坊的土地上。他应该是在一个更远的地方,怀着狐疑的心情,见过它的面目的。

它在早春开花,初夏挂果。而一身的繁盛,是它的基本形象。看见它,我就想象黄土的繁育能力,在北方这么干旱的地方,竟能让一种蔓状的植物,往疯里长。我最初见到的野葡萄,是在父亲的柴捆里。按照一个斫柴人的要求,黑硬的铁杆蒿,才是最好的柴火,像这种蔓状的东西,是会被放弃的。父亲把野葡萄斫回来,是想让我吃它红色的浆果呢。记得父亲一回来,把柴捆往院子里一摊开,一边用镰拍打,一边叫我出来。我在他的身边刚坐下来,他一翻柴草,呀,我的眼前是一地的红果。

我也像古人,在六月里食着野葡萄。

有时,我发现在我的身后,有了一些响动,回头一看,我家的鸡猪,也在旁若无人地吃着地上的野葡萄。这就是乡土上的温馨和谐:一种植物,生长着不只温暖人的胃,在家禽的胃里,也溢着它们的温暖。这些,我能从吃着野葡萄的鸡猪的眼光里,看得出来。

我在《诗经·豳风·七月》里,还读到过"七月烹葵及菽"。

我就想马坊真好,有这么多的草木,不仅滋养着我们的眼睛,还滋养着我们的胃。七月烹葵,可见葵在古代,确实是一种常食的蔬菜。《本草纲目》说:"古者葵为五菜之主。"《农药通诀》也说:"葵为百菜之王,备四时之馔。"

葵有冬葵,八九月栽种,冬末春初采食。而《诗经》里的葵,应为秋葵,五六月栽种,七月采食。遗憾的是,葵这种蔬菜,早已从马坊人的饮食习惯里退出来了。现在也不叫葵,叫冬花。在我们这么大的村子里,只有东边的沟里有一些。每年的冬末春初,我们会拿着镢头,下到沟底里去挖冬花。当时,我们还能知道它是一种草药,现在生活在这里的人,恐怕连它的名字都忘了。

在《诗经》里出现的这些草木,我最为心疼冬花。

至于菽,依然和麦子一样,是一种主要的植物。我们叫它大豆,它在马坊的土地里,多被套种在玉米中间。我在早晨的玉米地里,见到的大豆,都是一身露水,长得蓬蓬勃勃的。用手摸它的叶子,又厚又绵,像滑过村上哪一位新媳妇的灯草绒衣服。而它结的一串一串的豆角,摸着直扎手。等到黄干了,在太阳下炸开,是一颗颗黄铜一样的豆子,看着也心疼。

对于大豆,我想古人是作为主要蔬菜食用的。你想古代牲畜的肉有限,除祭祀外,人们很少吃肉。就是现在的马坊,过年才宰杀一些猪羊,平时基本不杀生。但对于豆子,一年四时都会把它磨成豆腐,泡成豆芽菜。我在村上时,三队在碾子坡上的一块坑地里,办了一个豆腐房。在一铁锅豆腐做熟时,打一碗豆花出来,那是一年里最好的吃食。我也跟着大队书记天存吃过几次。每次去豆腐房里,都会见队长浩德也在那里。

土地上最喜悦的事,就是秋天在收割尽的地里拾玉米或捡豆子。那时豆子很少,要是能从倒地的玉米秆里,发现一株遗漏的豆子,脸上是会突然灿烂的。金黄的太阳下,看着金黄的豆子,心里也是金黄的。

现在每走进一家超市里,我都想在放黄豆的地方站一会儿。

我会不会对这些豆子说:我在《诗经》里读过你,我在马坊捡拾过你。

我不知道。但我一定会伸手摸一下。

在一部厚重的《诗经》里,我就知道这么多的草木,知道它们是在马坊很真实地活着。其实,众多的草木,在这里是如织的。比如我在如丝的蒲草的身上,暗含忧伤地寻找过,一个地方千年一叹的韧性。我粗粝温柔的马坊,也伸出莼菜一样的手指,抚摸它的子孙。我知道荆或棘,一生包裹的,都是大地身上的痛。也知道落日,在一湾浅浅的水边,至今摇出芦苇之殇。

我注意到的草木,《诗经》里是说不完的。

我更是说不完的。因为它们一律带着乡愁一样的托词,刺痛我依恋的目光。这是真的。我在马坊的时候,对一些草木的依恋,有时超过对人的依恋。我觉得在它们身边,我的正在成长的身体里,自然也就有了一种精神。

因此,我要留一些草木出来,让我后来的人再去说。

41

> 记住一厘米/是神在大地上,替万物
> 定下的/疼的距离。我伤痕累累的手指/
> 总能够在一厘米处,触摸到一种植物的
> 疼/而一株豆子,一定会在这样的/距离
> 上,把母亲的呼吸递过来/把母亲的眼睛
> 递过来,一厘米地/添加,我身上的疼。

马坊的许多人事,都可以转化在一些具体的庄稼身上,再用言语说出来。

就像我想母亲了,会一个人悄悄地走进村前的玉米地里,把一些临风的玉米叶子、玉米缨子或玉米棒子,抚摸上一阵子。然后,对着其中最苍老的一株说:我想带你回家。

这样的话,只有自己的心能听得见。

这也是身处乡村里,人们的一种很常见的表达方式。比如在马坊,一位面对大小灾难的女人,在无法向左邻右舍诉说的情况下,常常会狠劲地用手抓住一对门环,抓住一块墙皮,或抓住一棵树木,一颗很疼的心,在这些没有言语的物体里,很缓慢地把痛楚放下来。因此,我在面对一些熟悉的门环、墙皮、树木时,经常有一种看见一个人的感觉,一副揪心的影子正从我身边晃动着走过去。

其实我心里明白,这个人早几年就下世了。

是她把生命中的许多气息，留在这些物体上面了。

她的心，应该是附着这些物体，一厘米地向我喊疼呢。

我能突然想出这个数目，不是说疼真的是有距离的，也不是说一厘米就是一个定数。因为我一直觉着马坊的夏天里，人的生命中要是没有足够的耐力，是无法抵挡干裂的日头、苦焦的大地、挣命的割麦趟子的折磨的。我在收麦的原野上，看着劳动者的胳膊，一律的干瘦，一律的僵硬，一律的粗黑，就琢磨我要是走不出马坊，一生被抛弃在这里，我的生活一定是最艰难的。在一村人中，我肯定连我的父母都不如，但我不会像一只寻不到水草的绵羊，卧在圈里等死。收麦的大日头下，我死活也要和他们一样，胳膊上渗着一层油，起着一层皮，让针尖一样的麦芒，在如此惨相的胳膊上，刺着更触目的惨相。否则，在这么广阔的土地上，我会得不到一粒粮食的温饱。

土地是不会心疼闲汉的胃的，更不会拿出粮食滋养他们的胃。

我想那时，我是从这些挥舞着镰刀的胳膊上，刺耳地听见皮肤，在阳光下一厘米地喊疼，也刺耳地听见阳光，在皮肤上一厘米地喊疼。

一厘米，是皮肤喊疼的距离吗？是阳光喊疼的距离吗？也是乡村喊疼的距离吗？

我确实不知道，但我有这种感觉。看看我留在乡土上的文字里，都有一种隐隐的疼痛感。我写马坊，实际上是在我的心底，挖掘着马坊人身上的疼。我想我坐在书桌前，只要一皱眉，那些喊疼的皮肤，那些喊疼的阳光，就在我要敲击的键盘上，牵引着我的手指问：能不能用一些有力量的文字，从根上扛正一个马坊？

我没有足够的把握。

但我还在乡土上挣命的时候，就开始粗浅地理解裸在原野上的农业，对于翻来覆去的土地，对于抛撒落地的种子，对于低头弯腰的农民，都是一种疼痛。也就是说从有了农耕生活起，这种疼痛就降落在土地的身上，而且是亘古不变的。它降落在一粒种子和一个农民身上，会直到这粒种子的死去，直到这个农民的死去。

因此,我理解的农业,绝不会是田园牧歌式的。

就像夕阳落在原野上,我哪一天看到了,哪一天的心中,都堵满了残阳如血的感觉。我的呼吸,也一定会变得急促的。

我眼中的农业,其实就是在火中取栗。

我由此知道,从土地上打下一把粮食,是人世间最艰难的事情。比如小时候,看着一群扶犁的人,前后错落着从生产队的大田里走过来,拉犁的牲口喷着响鼻,手里也很痒,想自己也能降服那匹栗色的马,扶着一张犁铧闪亮的木犁吗?特别是看着东方红牌的链轨拖拉机,把土地翻成一层泥浪,心里也很起伏。现在呢?我的这种感觉没有了。想为了一把粮食,人怎么会在土地的身上,把一块生铁打制的犁铧插进去,而且插得那么深。那辆几吨重的链轨拖拉机,开过来能让一个村子动弹,它轧在一块土地上,土地能不喊疼吗?

一粒细小的粮食,像玉米,大不过指头蛋;像麦子,大不过蝇子头;像高粱,大不过一滴泪;像豆子,大不过一颗痣;像土豆,大不过一只碗;像谷子,大不过一只麻雀的眼睛,可要获取它,却要动用这么大的工具啊。

要我现在说,丰收不是一种简单的喜悦。

丰收在土地疲惫的内心,也是一种疼痛。

所以丰收了,农民在土地的面前,要杀生,要祭祀。要让一头猪,一只羊,或一只鸡,鲜血淋漓地喊着土地的疼,然后去见藏在他们每一个人心中的神。

或许,我这是误读农业。但每次回到马坊,想着祖辈在这里活命,不说刀耕火种,不说荒年饥月,更不说遭遇瘟疫,就是看着现在,感觉这里还是住着一群穷人,我的心里,也就不自觉地开始喊疼。

好像我的喊疼真是有距离的。

而且就是一厘米的距离。

我想一厘米,是我在地里与庄稼的距离,是我在家里与父母的距离,也是我在土炕上吃饭时,我的嘴唇与饭碗的距离。几次在老家,我会在热天里没有顾忌地脱掉衣服,坐在我家的旧屋里,突然就有了一个人要触摸一厘米的疼的冲动,而且是在自己的身上。等到真正静下来,要记忆这里时,我提示文字,不要放大一棵庄稼独立在我身上的疼,也不要缩小一片挣扎着的土地集合在我身上的疼。我要跪在一个人的坟前,拣出土豆的疼,拣出谷子的疼,也拣出棉花,带给乡村的绵软的疼。

那座坟,就在村北的一大块地里。

那里有一大片坟,埋着再也喊不出疼的人。就是一厘米的距离,他们也喊不出来。他们只能静静地躺下,听他们的后人,在不远处一厘米地喊疼。或许,他们中有的还能坐起来,心情复杂地看上一眼他们留下来的村子、田野。因为一年四季,村子和田野上的风,几乎都是从村北吹来的。

起风时,一村人都说,有可能是先人回来了。

我却愿意这样理解:我们还活在先人的呼吸里。

写到这里,我的意识里忽然有了这样的暗示:

记住一厘米,是神在大地上,替万物定下的疼的距离。

也就是说,疼还是真的有距离的。就像我在马坊的那些年月,被庄稼草木划出大小伤口的手指,总能够在一厘米处,触摸到一种植物的疼。比如玉米被晒得叶子拧绳的疼,小麦被霜打得叶子发黑的疼,高粱被霉穗染得枯黄的疼,我都感觉得到。这些病一样的疼,集中在我的身上,就是我在最贫穷的日子里,体验到的乡村的病痛。这是真的,当我具体地触摸到豆子这种蔓状的植物的疼时,一株豆子,一定会在这样的距离上,把母亲的呼吸递过来,把母亲的眼睛递过来,一厘米地,添加我身上的疼。

让我从这么多的庄稼上,把隐藏在心里的这种感觉,回落到一个人身上。

那就是母亲。她在世时,我经常看见她斜靠着门扇,吃力地仰起头,把生铁打制的门环压在自己的额头、腮帮和鬓角。我就明白,要么是母亲心里有了不幸的事,要么是母亲的头疼病真的犯了。等母亲感觉好一些,坐下来时,我看见生铁的门环,在母亲的皮肤上,压出一道道印痕。那印痕里,一定有一种比铁还要生硬,还要冷冰的东西在喊疼。

后来我难过地想,这是穷人医病的民间土方。

它不是巫术。它是穷人在得不到一种治病的药物时,而在另一种物质上,寻求一些对疼痛的减缓。因此,在母亲去世后,我每次回家,都有两个动作必须很虔敬地去做:一是打开家门,一是锁上家门。我以为,这样的动作,会使我从我家破旧的门环上,能够新鲜地触摸到一些什么。

我也认定,一厘米地喊疼,是我在马坊经历过许多人事后,用身上或心上的伤口,记下的人与万物最神秘的距离。

42

  我要向他祭献／左右胸腔的肋骨，我
要用腰／完整地保存好乡村的胃。而吃
着粮食长大／我藏下米香的心里，刻着一
幅／有关收种的年画：雨水向土地低语／
土地向种子低语。而手握／饥饿的种子，
他用一生／向神低语。

  有一本书，我还没来得及打开，就闻到了它散发的米香。
  这是乡村的味道。更确切地说，它像我所知道的马坊的味道。
  这本书就叫《米香》，它的作者是处在西北的高处写它的。我以为，生活在这样的地理位置上，一个人能够闻到的，是真正的乡村的味道。我这里不说他的名字，这不重要，重要的是他挑选的这两个汉字，让我有了从味觉上重新进入乡村的可能。
  在我看来，生长在北方的粮食中，谷子是一种最经典的植物。它带给我们的欲望，是多层次的。它立在田野上的姿态，它裹在身体上的色彩，它藏在米粒里的香味，使它成为庄稼中的王者。在很多时候，走过田野的人，都说闻到了田野的气息。我想那是庄稼在生长的过程中，共同绽放出来的，那是一种带有浓烈的草色的气息。它弥漫过来的时候，能让我们感觉到某一种庄稼，已经成熟到了什么程度。根据这些气息，一个农人会判断着，哪一天该手搭镰刀割麦子了，哪一天该挥舞镢头挖玉米秆了，哪一天该贴着地皮斫谷子了。而我说的米香，它不在田野上空飘浮，它是从村子里，准确地说是从每一家的大铁锅里，或每一个人的粗瓷大老碗里，悠闲地飘浮出来的。

我在马坊的田野里，跟着大人斫过谷子。和其他劳动一样，这是一种很伤身体的农活。谷穗的沉重，谷秆的粗硬，谷叶的凌厉，镰刀必须是锋利的，手必须是有力的，怀抱必须是宽大的。一个会斫谷子的人，他走在哪一条土路上，气宇都是轩昂的。这样粗粝的劳动，是会伤着他的身子的，但同时会在书一样厚重的土地上，放大他的自豪和喜悦。

与累死累活地斫谷子不同，当黄灿灿的谷子，一捆一捆地堆到乡村的场院里，农业自此，会开始放慢节奏，显出它还有悠扬舒展的一面。

这应该是从搴谷穗开始。

这也应该是一群女人的活路。

这样的劳动场面，我已经在别处叙述过。现在想说的是，我从这里感觉到农业的温穆，就是人对庄稼最初的低语。这也是我理解的农业的精神，它一直藏在一棵庄稼、一粒种子的身上。那时，我看着黄灿灿的谷穗，被女人们捧在离眼睛、鼻子和嘴巴最近的地方，一株一株地搴着。在这仅有的空间里，是一束阳光的温暖，反射出我在心中暗藏了很久的一个词语：低语。

是的，农业中的许多细节，都可以用这个词语来表述。

我们要知道，这些搴谷穗的女人们的心里，是很不一样的。大悲，大喜，她们都有过。我看见好多女人，一边很快地搴着谷穗，一边很快地说着心事，眼角的泪珠，是顾不上抹一把的。比如狗娃的母亲，经历了儿子淹死的大难，还得到场院里搴谷穗。这就是农村人的苦处，面对再大的灾难，你不能躺下来，你得自己站着，特别是劳动，再有难处也不能耽搁一天一晌。我看她坐在谷子旁，反复说着养活狗娃的不容易。那些十几年前的细枝末节，说得那样仔细，像烂在心里的一本流水账。

我也明白，更多的时候她是说给自己听的。

没有这种对着谷子的低语，她的心真的要死了。

我觉得人与谷子之间的事情，能用低语来表述的，还有一个场面：碾米。

一般从深秋开始,在村子的一个很避风的角落里,闲置了很久的碾子,就响起了亲切的碾米声。这个场景,在谷子由种子变成小米的全过程中,是极其短暂的。可能是一个下午,一家人都忙在一块石头打制的碾子旁,太阳一圈圈地掉着,碾子一圈圈地转着,谷壳一圈圈地褪着,直至一斗黄亮的小米,倒进白布缝的口袋里,才想在碾米的时光里,这一家人对着铺在碾台上的谷子,都说了些什么呢。

至此,可以说谷子在野外,完成了阳光、雨水对它的塑造,加上村中那个石碾子的碾轧,一把小米,就可以在第二天的村子里,飘出很暖胃的气息了。

这就是我说的米香。一个冬天里,它都弥漫在村子的上空。

尽管这一年的冬天,可能因了罕见的北风,因了罕见的大雪,因了罕见的寒冷,而变得十分漫长,只要有浓浓的米香,从每一家的屋子里飘出来,一村人的心里也就不慌了。其实,各种粮食的气息,一年四季都浸淫着我们的村子,但要闻到粮食的最浓的气息,还是在冬天。

因为冬天的马坊,小米是每天的主要饭食。

写到这里,我想我说过,人是在神的土地上活着。也就很想问自己:

这些最初的低语里,有多少是对神的敬意?

我一直记着,在我们村的西边,遮蔽在庄稼地里,有一孔很浅的土窑,窑里塑着一尊神,村里人叫他爷像。

就是那个在我挖草时,会被突然撞见的地方,还是很有讲究的。它证实着活在村里的人,对神完全有着自己的理解。比如,人不能随便看见神,必须是心里有诉求了,才会走到神跟前去,这样,安顿神的地方就要隐秘一些。村西这条胡同北边的土崖下,延伸着一块庄稼地,正好做自然的屏障,紧挨南边的土崖下,有一条通到沟里去的小路,村里人就把爷像塑在这里了。可以说,神在我们村里,是隔着一块庄稼地,与人紧邻着的,在每一天很长的时光里,都能相互注目着。在我的记忆里,村里人预感到有一些要避的灾事,就会来这里跪上一会儿,自己嘱咐几句,再起身摸着一溜庄稼走出来。

这些人的心里很淳朴。这样做了,就等于诉求给神了。至于最后,灾难躲过躲不过，他们都能坦然接受，心里不会有太多的不安。因为他们觉着，这是神知道了的事情，或许神就是这样安排的。

我说的这样的低语，一生最多地体现在一个农民的身上，恐怕还是在劳动的过程中，随时抬起头来，对着一棵庄稼说上几句话。因此，我一走进父母劳动过的庄稼地里，心里的冲动和愧疚，就像庄稼一样，疯长是必然的。有时会瓷瓷地用目光，一个上午盯住一片谷子，不想说一句话。

我就是掏出一副心肠，又能说什么呢？

比起他们活着的时候，人心还很净吗？

但我还是要说，在马坊的田野上，我也藏下过一些东西。那是我对这块土地的低语，它很像我在那个时候，手握一把刻刀，面对一块纹路鲜活的木板，在心上反复刻下的一幅年画。那是播种者对神的崇拜，是我对播种者的崇拜，还有落日下，细碎地穿过手指的风，把一村人对种子的祈祷，带进泥土。我的脚步里，也有了从身后，追赶一个人的欲望。

我记得在一张破旧的麻纸上，用一根半截铅笔这么写过：

我要向他祭献左右胸腔的肋骨，我要用腰，完整地保存好乡村的胃。而吃着粮食长大，我藏下米香的心里，刻着一幅有关收种的年画：雨水向土地低语，土地向种子低语。而手握饥饿的种子，他用一生向神低语。

现在想到低语这个词，也就想到这几句话。

我把它引到文章里，应该是很好的。也能透露出那时的乡村，贫穷是贫穷，充盈在乡亲们的生活中，还是很有一些神性的。我不能说，这就是一种诗意的栖居，但可以说人与大自然，起码在那时还是呼应着的。

而一片米香，应该还飘浮在一个村子的上空。

因此我想，最初的低语，或许是天空把一盏灯，放在大地的边缘。

43

  一定要像我,低着头抱扶/一坡玉米那样/亲亲槐花,然后从扑面的气息上/领受一座村庄,挣扎在山坡上的一段伤势/也领受羊群,凭什么活着/凭什么,山坡从瘠薄的身体里/为我们生长粮食?也为我们/生长尊严。

  我是一个过于关注细节的人。我想在我的这部零散的《马坊书》里,把多年藏在心头的,那些有关这块土地上的一些细节,尽可能地用文字再现出来,算是我在土地一样的纸张上,为自己种出的一些粮食。

  也可以这么说,有关这里的诸多细节,已在我的心头埋得太久了,必须尽快地用一种方式,把它钩沉出来。否则,它会在时间的灰里,被一一埋没的。到那时,再要找寻它的一些残片,我怀疑我的感觉,会不会还留守在这块土地上。

  按说,我与它是一生通着血脉的。

  但时间会磨损着一切。我不能等它把这些细节都磨损了,再用粗糙的文字去修补。我告诉自己,这双为马坊而敲击着键盘的手,必须要有握着镰刀在田野上割麦子的感觉,也一定要让刺扎过我的皮肤的麦芒,在文字里闪光。

  事实上,由于黄土率直的冲积,马坊自北向南缓缓地降落下来的塬面,造成这里更多的农事活动都是在山坡上进行的。而山坡带给我的直觉,会让人在一个需要低头、弯腰、抬腿的地理中,把身子和呼吸一起往上提升。这种活人的状态,付出远远超过平原上的人。因此,生活的沉重感,会伴随着一个人的一生。我在马坊注意过,活在这里的男人,许多过了五十岁,不是腰驼了,就是腿弯了。他们走路的样子,始终是一种爬坡的样子,也是一种很难看的样子。如果回到村上,见了少年的玩伴,有被生活折磨成这个样子的,我还没有彻底忘掉他们的心里,一定有些不好受。

因此,我很想看见他们,又怕这种看见疏远着我们的过去。

过去,我在马坊缓慢地成长着。

一个人对最初的成长,在心里怀有这样的感觉,是很沉重的。

因为在这里,一切对于我都是特别地不容易。比如一直在胃里,很少有过饱满的粮食就不说了,像一块比土布鲜亮一些的洋布,要买上一块做褂子,也是很难为母亲的事情。我在上中学时,心里一直想着能拥有一双雨鞋和一把油纸伞,可是没有,直到十五岁也没有。

那个时候的少年,身影更多的是在山坡上晃动的。我熟悉的山坡,一处是村南的营里沟,是我们砍柴挖药的地方。一个很长的夏天里,我们都下到沟底,然后沿着一块坡地,干着每天要干的活。我们忍着饥渴,长时间把自己埋没在山坡上,忘记了头顶有一大块盘旋着的乌云。遇到这样的天气,对面坡上的放羊人,就会急喊我们的名字,说白雨快要来了。等我们背着柴捆爬上坡,果然一场白雨,打得眼睛也睁不开。第二天再下到沟里,看见我们白雨前砍柴的地方,已被洪水冲垮了,身上就起了一层鸡皮疙瘩。

转回身,那个喊过我们的放羊人,还在山坡上放着羊。

一处是村北的高岭山,是我们打洋槐树花的地方。

去高岭山,可以说是上到了马坊的最高处,要看多远有多远。一些看不到的地方,还可以爬到树上去看。我是被住在西胡同的朝鲜领着,一路背着笼,扛着铁钩,走上高岭山的。至于在这块坡状的山梁上,一天能打多少洋槐树花,在那时是很重要的。要知道,这是在马坊的麦收前,一种不是农事的农事,很多人家所剩的粮食应该不多了,要靠这些开得白嫩的花,把口糊到新麦上场。

现在觉得重要的,是饥饿之外的另一种沉重。

"我的头低着,思想却在飞翔。"我想那时候,要是能有人指点我,去读西班牙诗人洛尔珈的这句诗,我困顿地坐在高岭山上,所能想到的,一定比我看见的还要远。其实,我那时已经坐在山坡上,开始一种模糊的想象了。我后来提到高岭山,能想到云朵在山坡上大块地落着,能想到云朵一样的羊群,也像从天空赶赴着大地上的清贫,这都是那些雪白的洋槐树花,给我的感觉太强烈了。

在高岭山上栽种洋槐树,是从一个叫张德钧的人手上开始的。

我第一次看见他,是在马坊村的老戏台上,一个公社的人开批斗会。站在台上被批斗的,有社长田帮昌和李玉瑞、张德钧等公社里的干部。我那时十一二岁,跑去完全是看热闹的。挤在台子口上想不明白,批斗者凶狠地推搡着田帮昌、李玉瑞,却给最年轻的张德钧放了一把椅子,让他一个人坐下来。现在想,这块水土在马坊人身上培育出来的善,在任何年月里,都是他们的主要品质。他们能在"文革"中这样善待一个被批斗者,是因为他们记着,这个人让他们光秃秃的山坡上,有了绿腰带一样的洋槐树林。也让马坊人在贫穷的年月里,还有一把开在树上的碎花,可以用来填充饥饿着的胃。

我一直记着这个细节。也记着"文革"在中国是一朵恶之花。

但在马坊的山坡上,不完全是这样。

后来,我在永寿中学教书时,张德钧是永寿县的县长。他的孩子正好在我的班上。想起他当年对马坊人的功德,我对他的孩子就多了一些关注。这些是他不知道的。再后来,听说他到咸阳市当林业局局长,直至退休。

我的感慨是:一个在最荒凉的时代里,心里也装满着绿色的人。

我要写清的是,我一直记着他,并且是他孩子的老师。但他至今不会知道,在他走过的土地上,有一个人正从不安的心里,掏出一些情感的文字,想记下一些东西。他更不会知道,这是一个地道的马坊人。

这样写着,越发领受山坡埋在我的心里的沉重。况且,那是一个漫长的过程,数十年过去了,时间在这里磨损了多少人事,就是不磨损我的这些记忆。它会在某一个我不在意的状态下,突然像一把麦芒,把我的心刺疼。像要我一生清醒地知道,我在小时候,是用伸向庄稼的手,在山坡上坐下触摸乡村的。我现在才意识到:

一朵云的棉花,那时就告诉我,一片饥饿的天空下,还有温暖。

一群羊的棉花,那时也告诉我,一块饥饿的泥土上,亦有温暖。

山坡上,我从赶路的云朵下,除了打下的洋槐树花,还拾到了什么?

现在,这些帮我们度过饥饿的山坡上,有了一个叫槐花节的节日。

看到被山水遮蔽得这么遥远的地方,突然吸引了城里人的目光,还有他们富贵的胃,我的心里,不会全是喜悦。我想外面的人,他们是奔槐花来的,是奔槐花的蜜来的,至于马坊负在我们身上的沉重,与他们没有关系,也不应该拿给他们来体验。

但我这样想,在不刺疼他们游兴的情况下,领受一点沉重,对他们真心地热爱这里是有益处的。因此我祈求来马坊的人,一定要像我,低着头抱扶一坡玉米那样,亲亲槐花。然后从扑面的气息上,领受一座村庄挣扎在山坡上的一段伤逝。

也领受羊群凭什么活着?

凭什么,山坡从瘠薄的身体里,为我们生长粮食?也为我们生长尊严?

我想,如果有一天闲了回到马坊,一定要叫上朝鲜。我也打听到,他的日子过得很一般,经历过几件伤心的事,头发有多一半都灰白了。是的,一定要叫上他,然后再一次从村子的北面走。

还是背着一个笼走。

还是扛着一个铁钩走。

走到高岭山上,我们先问一问当年打过槐花的那些树,身上还有痛感吗?这些话,朝鲜是不会去问的,只能我在心底里,孤独地问上一句。然后看他,在一大片洋槐树的林子里,低着头走路。

44

> 摸着一位给母亲/打棺材的木匠的手,我说不出/木头把多少坚硬,留在他的指骨里/又把多少温暖,从他变形的指骨里吸出来/我在前半生,敬得最庄重的/一次酒,是在我家院子里/让他放下斧锯,从我举过头顶的/手里,接过酒杯。

我对村上的木匠的印象是:没有留下最后的面貌,背着一块解开的树木,也背着斧锯的声音,走进村北的地里。也就是说,这些和树木、斧锯遭遇了一辈子的人,下世时和其他种地的人一样,没有多带走村子里的任何一样东西。

现在仔细想一想,他们又能带走些什么呢?

一个村子里,也总有几个被称为木匠的人,分散在人群的中间,使得一村人的日常生态,有了一种很自然的平衡。比如东边的自然村张家,与我们本村隔了一条狭窄的胡同,就出了一个以盖房为主的木匠张驴。村北的自然村耿家山,也出了一个打架子车打得很有名的老木匠。而更多的木匠,集中在堡子里、西村和南场里。特别在下雨天,斧锯的声音,在村子里很匀称地响着,加着木屑的气味,被风沿着院墙吹过来,很好闻的。这样的时分,我会坐在门槛上,想那些我熟悉的农具,它们是被哪双手打造出来的。

我很理解这些。在这种农耕的生活方式中,人在土地上劳动,没有牲口不行,没有农具也不行。而被如此繁多的农具,除过铁匠之手,大多是木匠们用不同质地的木头做成的。因此,在乡村里,你要看到一个对着一棵树木,正在斜着眼睛,上下打量的人,不需要打听身份,就知道他一定是个木匠。你要是走近了,再看看他的耳背后,会夹着半截铅笔头。再闻闻他的身上,一身都是木屑的土腥味。

最好不要摸他的手,那种粗糙,是想象不出来的。

我对村上的木匠,一直抱有好感。原因很简单,我可能不是一个热爱劳动的人,但绝对是一个热爱劳动工具的人。我家的右边,住着木匠团儿,他的低矮的屋子,是我常去的地方。比如割草的镰脖子坏了,挖药的䦆头把坏了,扬场的木锨头坏了,叫一声团儿大,他会放下手中的活路,很快就会修好的。而等在他的屋子里,满地刨花上的木头味,胶在胶锅里化开的味,还有熬茶的味,弥漫得很是温暖。我的感觉是,他的木匠活做得不是很精细,但什么都能做,属于这个行当里的一个杂家。他活的时间不太长,人们都叫他瘦团儿。我想他长年累月地弯着腰,双手握着推刨,一个人身上的力气,过多地被带着香甜干燥气味的木头,吸髓一样地吸完了。

我家的东边,也住着一个木匠,村里人叫他拐里娃。他的寿材做得好,因此村上的老人都会给他一个好脸色。心想他给自己做寿材时,把缝子合得严实一点,把材档上的花刻得细发一点。一个农民的最后归宿,就是能把自己累了一世的身子,放在一副像样的棺材里。

我在村上时,注意过拐里娃身上的三样东西。他的头上,有一顶黑呢子的毡帽;他的身上,有一件羊羔皮做的皮袄;他的脸上,有一副石头片的镜子。这样的佩挂,在那个年代的乡村里,一定不会多见的。我还特别注意过他的眼睛,长的大不说,向外鼓得很厉害,还经常流着泪。

这或许是一个木匠,一生斜着眼,在看一块木头时落下的眼病。

从他的眼睛里,我看出村上的木匠,是一群把这个村子看得最透的人。

就说给一个人做寿材,往往是这个人咽气了,在往床上抬的同时,木匠才跟脚进的门。在一家人的悲戚之中,木匠要赶着时间打棺材。因此,村上人谁是怎么下世的、谁背的是桐木方、谁用的是柳木板、谁的孝子一大群、谁的灵前没人哭、甚至谁最后是一个什么样的死相,他们都看在眼里了。他们给一些很善良的人打棺材,一定是用着心的。特别是晚上,木匠们在院子忙着干活,一会儿要钉子,一会儿要麻纸,一会儿要胶锅,也在有意无意地减缓着笼罩在这一家人心上的悲哀。

我有时一个人在地里劳动着,突然觉得手握的锄把上,就有某一个木匠的眼睛,还在上面眨动呢。

正如我后来发现,一个种地人,把自己的眼睛留在土地上。

一个木匠,把自己的眼睛留在木头上。

我是一个读书人,也要学着他们,把自己的眼睛至死留在书上。

由于爱在木匠身边走动,我也想过自己的将来,会身背一把锯子、刨子、推刨、斧头,走村串户地做木匠活吗?我想木头干香的气味,一定会包裹着我手握斧锯的日子。一块干裂的木板,会被我端直的目光照亮。一堆刨花,每天都掉在我的脚下,我可以想象它,既是木头身上掉下来的疼,也是我心里的疼。

我看见刨花从刨子的夹缝里,旋转着降落。也看见木头的血液,冷却在木头的年轮里。

可是我没有。我只能在现在,一个人怀念一下他们。

有一个被称为徐师的木匠,应该放在村里的木匠中。我这样说,因为他是外地人,但他在马坊,是被公认的木匠中打棺材的高手。我在农村时,想自己没有能力请他给母亲打棺材,不自觉地就把头低在庄稼地里了。

因为父亲的棺材,是他自己料理好棺板,请徐师打的。

他背着他的棺材走了,母亲以后呢?等我有了工作后,觉得必须把徐师请到老家,给母亲打棺材。我多次说过,母亲做女人的一生,真的不容易,我必须让她看到,她苦了一辈子的身子,会在马坊的土地上,很体面地落地。

棺板是父亲栽下的一棵大桐树,柏木档是我在监军的古会上买的。

把木头摆在院子里,徐师一边用墨斗下线,一边说木质上好。他是一个腰背很硬朗的人,在木头上下好线后,就让两个年轻的徒弟动斧锯,他戴上老花镜,坐在炕桌上,埋头在柏木档板上刻花。这期间,按照乡俗,我一直以孝子的身份,伺候着给母亲打棺材的徐师。我能记住村上的木匠们,并且过了几十年后,在文字里也不忘他们,都因了这几天。

我以为,一个好木匠,在他用双手做农具时,他是在木头上祈福农业。

他在用双手打棺材时,他是在木头上,超度一个人的生命。

整整用了七天时间,徐师把给母亲的棺材打好了。合棺材缝的那一天,我是拉着徐师的手给他敬酒的。我在很小的时候,就想摸这双手,那天我摸到了。那一瞬间,我说不出木头把多少坚硬,留在他的指骨里;又把多少温暖,从他变形的指骨里吸出来。我在前半生,敬得最庄重的一次酒,就是在我家院子里,让他放下斧锯,从我举过头顶的手里接过酒杯。

现在,这些村上的木匠,能被村上的人记住的,应该不多了。

我说过,他们没有留下最后的面貌,他们在村子里的形象,一直是模糊的。因为他们一生都弯着腰,在一块木头上,消耗着他们的生命。村上的人看到的他们,多半是一个拉着锯子,或推着推刨的背影。

我知道他们把自己藏在哪里了。

因此,我要沿着木头干香的气味,在村子里一些陈旧的农具里,寻找他们。也在村子里一些陈旧的家具里,一个人寻找他们。

就是在这样的寻找过程中,我心里有了最好的诗句:农具的眼睛。

其实,那是村上的木匠们的眼睛,还在农具上眨动着。

45

　　这是穷人的屋檐/是劳动着的父亲,用浑身的体力/换下来的屋檐。它在一座村庄里/把我们一家简朴的生活,用土木遮挡起来/白天看着,一村人在他的下面/无情地衰老,藏在夜里的/屋檐,把积蓄在天空中/提升庄稼的力量,从神的手中/给我要下。

　　穷人在我们这里,是一层子。

　　这在我小时候是感觉不出来的。等我一个人在外面走过一些日子,再回头看这片土地时,突然心痛地发现,它离一切像样的事情,原来都是很遥远的。而生活在这里的人,有着一种共同的神色,那就是不管面对什么,都是一脸的茫然。好像头顶的天上,有着一些不敢看的东西,也就轻易不会抬起自己的头。

　　这是穷人的表情,也是乡村的表情。

　　这样的表情,应该从乡村的脸上褪下来。

　　我一直怀着这样的妄想。几十年过后,再看看生活在这里的人,还是先前的那个样子。尽管他们的胃里,比过去温暖多了,他们的身上,也比过去鲜亮多了。但泥土把他们塑造得这么茫然,是粮食和衣服改变不了的。

　　乡村的表情,或许就像天上的太阳,黄铜一样的颜色不会再变了。

它的一切大大小小的事物，都应该放在一种遥远的记忆里来叙说。

而你想近距离地看它，一棵庄稼，就会遮挡你凌厉的目光，使你深入不到乡村的内部，既找不来它的声音，也找不来它的语言。站在一块荒凉的地畔上，才意识到要靠近乡村，根本没有近路可走。

我对乡村的记忆，可能过于细密和琐碎，想起来就觉着很复杂。在那么错乱的事件中，又串联着那么多的人物，他们不一样的性别，不一样的年龄，不一样的辈分，不一样的脾性，使你很难理解一样的粮食，怎么养出这么多不一样的人？

但我觉着，在一个十分具体的场景里，他们活得几乎是一样的。

那就是日子，把他们更多地放在屋檐下。这也是因为生活的简朴，使得乡村中的许多事情，都集中在屋檐下进行着。比如屋子里的光线很暗，从一早上开始，一个乡村妇女的身影，就在屋檐下像阳光一样上升着。你会看见，她手握一把小蒜，一把苜蓿，或一把土豆，在一个泥烧的瓦盆里淘洗着。她的脚下，是从南沟的河里，背回来的石头砌成的屋檐台。可以这么说，一个乡村妇女一辈子，可能没有把日子过光亮，但她的手脚，一定把她家的屋檐台磨得很光亮，因为她要在屋檐下纺一拐洋线，捶一块土布，缝一件衣服，包括饭时赶着砸一铧辣子，这些关乎一家人的吃穿，直到冬天落雪了，才会从屋檐下挪到屋子里。

傍晚时分，一个乡村妇女的身影，也在屋檐下像夕阳一样下沉着。

至于乡村男人，他们多数是在饭时，很不规则地坐卧在屋檐下，一碗面食，一锅旱烟，再打一个盹，身体里释放在田野上的力量，又在屋檐下找回来了。然后，把镰刀磨了，把草绳绾在扁担上，再从屋檐下起身，很精神地走到田野里去。

我对屋檐的关注，是从一个冬天开始的。

有一天起来，推开门，一排透明的冰柱从屋檐口的青瓦上挂下来，快吊到地上了。这是我记忆里的冰雕，它是在开始融雪的过程中，很自然地挂在乡村的屋檐上。这样的景致，在现在的乡村里再也见不到了，因为冬天要下一场雪,对于马坊失去生态平衡的天空,是一件很难的事情。就像我在这里的时候,要在土地里多收一把庄稼,也很不容易。

乡村里长大的孩子,不随便敲打这些冰柱,怕把屋檐口的青瓦打烂了。

这样一来,一个冬天里,都有一排明亮的冰柱,挂在每家的屋檐下。

而在我住着的西村,能成为公共场所的屋檐,就是苏娃家的磨房。

磨房的门朝东开着,屋檐却留在向阳的南面。冬天出太阳了,冰柱融化着,水的响声很有节奏地滴落下来。这个时候,我如果从东巷子进来,远远就能看见冰柱和雪水滴成的帘子后,坐着西村最老的老人。像我叫八爷、十五爷、十七爷的,他们默默地坐在屋檐下,像一些被时间打磨得很粗糙的石雕,一个上午没有几句话。而能听到的,是小他们一辈的石娃的声音。他的个子很高,眼睛很亮,声音也很大,对村上的任何事,都爱说他的看法,但没几个人肯定他说得对,有人还给他起了个"八谝子"的绰号。

在这个屋檐下,我的父亲很少出现过。

我记得的几次,是在这里让别人给他剃头。

说到这里,我想为这种快要失传了的手艺,多写几行字。我家有一个黄铜脸盆,经常被剃头的人借去放热水,也有一把剃头刀子。我老是想不通,我家的镰刀那么锋利,剃头刀子却那么老,父亲的农活干得那么好,却不会剃头。我是许多次,从他很疼的剃头手艺里逃掉的。而被我叫大的章娃,干活没法和父亲比,腿还拐着,胳膊也是弯的,剃头却很叫绝,手轻得没有疼的感觉。农闲的时候,他一个整天都会坐在屋檐下,为村上的人剃头。章娃大去世后,我的第一个反应是,村上最好的剃头人走了。我后来想,父亲是一个下重负的人,农活干得太多了,只知道使力气,怎么也想不到剃头这种手艺,要的是一种轻巧。

我也常常坐在这个屋檐下,和犟娃、朝鲜、联社、抗战用料姜石、土疙瘩、柴草棍搭方。这在那个年月,是一种很普遍的乡村游戏,很像今天的围棋。和他们搭方,我永远都不是对手。但命运让我离开这些屋檐后,却让他们一生死守着。

我不知道,他们在心里恨我不?

我在那时,就注意到西边的一个门口上,坐着中善的父亲,他穿戴得稍好一点,一般不会坐到这个屋檐下。他只是有时间了,向这边多看几眼。许多人说,中善的父亲的眼睛里,有一种让人害怕的光。不知怎么,我一点也不害怕他,还把这个和我同辈的人,叫了几年的干爷,直到长大了,再很少叫过。这是村里人都知道的。我也注意到东边的一个井台上,坐着一个叫槐娃的人,他很想到这个屋檐下坐坐,但他得着一种肺病,怕给别人传染。我只知道他死得很早,一直拄着一根木棍。后来听村上人说,他是死在嫁给营里村的女子家的。这在马坊的乡俗里,是很忌讳的。因此我说,他在村上不只是一个穷人,更是一个可怜的人。

后来,在东西穿过村子的街道中,出现了两个特殊的屋檐。一个是黑英家的房背子,一个是浩德家的房背子,被村上的木匠加上屋檐,再被村上的泥瓦匠用白灰抹了,然后由我的一个堂哥,用红油漆写上"老三篇"。我记得黑英家房背上的那个屋檐,一直很庄严,没人坐在下面晒暖暖,更没人敢在下面拴牲口。有一年初一,一村人站在这个屋檐下,由大队书记天存领着读"老三篇"。

没有几年,村上冬天积肥拆老房子,这个屋檐下的这些文字,也就和屋子一起被拆倒了。只是上过这些土肥的庄稼,不知道这里面,还有没有红油漆写过的"老三篇"的碎片呢。

浩德家房背上的屋檐,在村子里留得最久。

延续到最后,就成了一村人说闲话的地方。

尽管这些屋檐,让我见识了这么多的人事,加上我家的屋檐下,一年四季挂满着各种农具,就像农业中最动人的东西,都集中在这里。但我对屋檐的最深刻的认识,还是在父亲老了的时候。

每次回到家里,见满头灰发的父亲,一个人安静地坐在屋檐下。明显看得出,在他身上,对劳动抱有的那么多的激情,已经从僵硬的四肢,开始向内心退缩着。那一刻,我想到他这样歇着,可以不再与田野纠缠了,也可以与庄稼解脱了,这比什么都好。

但我没有想到,这种内心的纠缠,也一样是很累的。

我由此想,一个乡村人一生的路有多长呢?他可能把一村土地的角角落落,一厘米不剩地走到了。他可能还走得更远,不说千山万水,至少有一些山,也有一些水,他是去过的。其实,他所有走过的路,都没有他家的屋檐长。就像我的父亲和母亲,他们在屋檐下,曾经走得那么快活。

突然有一天,他们在自己的屋檐下,就走不动了。

他们开始像一尊雕塑,被时间打磨得很粗糙。

他们的命,也像自己的屋檐一样长。

我后来回到马坊,一进自己的家门,眼睛被满院子的阳光晃着,就像看到父亲和母亲,还一脸茫然地坐在屋檐下。我不敢挪动脚步,怕惊动了他们的神灵。我发现他们的手,还僵硬地放在双膝上,始终保持着他们在唯一的照片里留下来的那种姿势。

我的心里,由此淤积着更深的疼痛感。

我也只有,再叫它一声:穷人的屋檐。

46

> 我的呼吸,因此而急促/因此背叛,
> 我还剩余的青春/向一些苍茫的事物,弯
> 下幸福以外/不知道喊疼的身子。有谁
> 会从一块残存着/谷物的岩画上,寻找生
> 活/或它的遗迹?马坊沟/我伤痕累累的
> 身体里,日夜/轻拂着你的叹息。

走在马坊的大小沟里,我会悲凉地想起两个词:伤口、绳子。

我被这块土地牵挂着的心里,一直像装满了别人的一些隐痛,也使那双看惯了庄稼的目光,每次靠近一些陈年里的旧影,都有一种被刺疼的感觉。其实,当我把自己的身子,完全埋没在这些沟里,让它在大地的最底层,寻找一个人的过去时,才发现那些沉淀在心里的隐痛,不可能是别人的。

因此我说,沟是一道大地的伤口,至今还缠绕在我的身后。

沟里细瘦地流着绳子一样的水,还在勒索着我的记忆。

沟也是马坊的一种特有的地理形态。这么说吧,一个正在黄土堆积的塬面上行走着的人,他已看到不远处有一座村庄,一棵树木,或一群劳动着的人,他只需再穿过一块庄稼地,就可以把自己置身其中了。他的步伐,可能加快了许多。他想在一个预设的时辰里,进入他要歇脚的地方。

他没有想到的是:脚下的土地怎么就闪开了呢!

一道大地的裂缝一样的沟,突然延缓着他的行程。

面对这样的地理,他必须沿着一面很陡的坡走下去,穿过一条细瘦的水,再沿着另一面更陡的坡爬上去。在这样的过程中,他的背有时是贴着后面的坡,而脸却时不时贴着前面的坡。他要抬头的话,不是被眼前的悬崖挡着,就是被头顶的天空压着。他的胸腔里应该有一种很闷的感觉,也尝到了呼吸的困难。他的心如果再细一点,会发现阳光跌落在这样的沟里,是没有一丝声息的。还有那么大的一群羊,散落在草叶稀薄的坡上,也是没有声息的。

一个人走在沟里,能有多少声息呢?

死寂一样的沉重,是沟带给人的全部感觉。

这样的沟,我是爬了十几年的。有时一个人行走在沟底里,专注地盯着一只大雁,看它盘旋到沟顶上,我能爬多长的坡?偶尔看见它挣落的一根羽毛,从我的眼前飘过去,想它一定会落在那个半坡上,等我上气不接下气地跑过去,它却落在沟底的流水边。突然在那里坐下来,身上的力气,早已顺着这坡滑落完了。再不想抬头,也不想看那掉了一根羽毛的大雁。低头的一瞬间,再看这太熟悉的沟,怎么就像很厚的黄土,被风和雨水饕餮之后,剩下的大地的骨架。

有时也想这些沟,应该是大地的血管,纵横在马坊的塬面上。

要用心数的话,这里有郭门沟、仇家沟、上来沟、木张沟、高刘沟、西何沟、延府沟、马坊沟、东张沟、桥张沟、西张沟,这是跟村的名字连在一起的沟。我们村的西边的洞子沟,是因人和羊上下时,要从一个窄小、陡立的洞子里过,村人就这么叫它的。我每次斫完柴,最头疼的就是背着或担着湿重的柴捆,要从这里爬上来。我身上的许多韧性和耐力,可能都是这个坡给我的。现在想,它就是大雨天里,一面山坡上的水要走的路。

我对洞子沟有这么深的记忆,还因了它的木勺一样的形状。我知道它的来路,是从高岭山中的某一个深渠里起步的,沿着南北直通的桥张沟、东张沟、马坊沟,最后汇入仇家沟。它对一路的许多村庄,是不屑看上一眼的,唯独到了我们村的西边,把它的腹部夸张地凸出来,给这个人口最多的村子,留下一个收集阳光、雨水和细风的大草坡。我说过,我和一个叫旺旺的人,在这个大草坡上放过羊,我的许多有关乡村的故事,都是在这里获得的。我想那时,一坡的青草温暖着羊的眼睛、嘴唇和肠胃,旺旺的故事也温暖着我的青春期,田园里已经不多的诗意,我还是得到过一些。

我从此知道,沟在这里的方向,就是水在这里的方向。也是人和村庄,在这里的方向。

而我能说沟是大地的一道伤口,不只是指它的地理形状。我与沟的磨难和遭遇,使我一见到它呼吸就急促起来,头皮也会发麻,手指一下子僵硬,不知道它们还是我身体上一些重要的组成部分。特别是我的手,这双在沟的陡坡处,扒抠过悬崖,留下许多印痕的手,不知道往哪里放。

我说的是马坊沟。这是进出马坊的一道大沟,它应该从槐山的某一个悬崖下断裂出来,朝着五峰山的方向,斜穿过马坊的南塬。这条沟留给我了许多好处,比如我在它有着一座简易桥的下游,挖过甜草,挖过黄芪,挖过柴胡,也在它没膝的水里,拔过水芹菜。它的北坡上的桑叶,是那么嫩绿和肥厚,我家的那些结出白花花的茧的蚕,就是吃着它长大的。这些我本来要记一辈子的好处,都因一次突然的车祸,被记忆删除了。车祸是在桥上出的,受着致命伤的妻子,休克的女儿,双手骨折的我,一家人零落在一片水草上,成了一条沟里最伤残的场面。等我和女儿活着离开这里时,我对这条沟的情感,已冷却到冰点。

后来每过这条沟,我都是闭上眼睛。

不想看这座简易的桥,不想看桥下的流水,也不想看水边的草木。

我们一家的悲伤,被桥和草木还留在这里吗?

而桥下的流水,又把我们的悲哀,带到哪里去了?

再后来过这条沟,我就尽量想多看上一眼。因为时间在磨损一切的时候,也告诉我有些东西是磨损不了的。我想,我的逝去的亲人的魂,一定还在这条沟里飘荡着。如果她真的能看见我,我就要给她一些机会,以弥补时间在我们之间永恒的停止。

我的细腻的目光，活在这里的草木，以及活在草木之间的风，应该看见了。

有一次从马坊回来，决心让这条在心里暗淡了多年的沟，出现在我的文字里，就不顾一切地对这条有着生死之约的沟，大声地说了许多话：

我不躲避，你在某一个忌日里大声地责问：想从这里带走亲人的亡灵？真的不知道，想至死心存她的恩情，要拥有怎样的怀抱？马坊沟，她在你不会断流的水边，坐着或站着，都会从头发里，梳一些丝绸一样的声音出来，问候我们的女儿。

说出这些封存了多年的话，我的心里要好受一些。

马坊沟再次出现在我的目光里，也可能是另一个模样。

这都是我一个人的情感。我也问自己：真的能从这里带走什么吗？事实上，不管我怎么看这些沟，它对于这块土地，以及对于这块土地上的人，永远都是一个很复杂的存在。

我有时想，一个人能用很长的时间磨砺自己，就是想从一道大地的伤口里爬出来，尤其是我。现在回头再想，我能把自己磨砺成什么？我能从伤口里爬出来吗？确切地说，这道大地的伤口，已被时间更深地移植到我的身体里。我从此知道，一个人身体里的疼，可能就是大地的疼。它被谁添加在我的身体里？这是不需要去追问的。而它的反复出现，神秘地告诉我，与一个地方的牵连，是怎么也剪不断的。

那就好好地在心里，护养着马坊的伤口。

这是我一个人的时候，说给自己听的话。

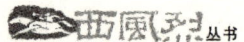

47

　　屋后的葵花/你不诉说,我也知道金色/落在一个人身上的感觉。也知道马坊书里/如果没有你的旋转,我头顶的天空/不会紧跟着一个人/涌现花朵。而我最熟悉的/一座老屋,也不会接受/金色的淹没。

　　我在马坊的原野上,没有看到过大片的葵花。按说,这些在形体、色泽上都十分出众的植物,应该享有土地的最高礼遇,应该傲视万物,在马坊的胸脯上疯狂地燃烧。

　　事实上,它从不去占据五谷生长的原野,它从一切平坦和肥沃的土地上撤退,只把自己金子一样的头颅,埋在某一户人家的后院里。

　　因此,我只能用屋后的葵花,来称呼这些稀客一样的植物。

　　也正是葵花的不择水土,使它在我的记忆里,有了一些神秘感。比如一孔塌陷下去的土窑洞,用不了多久,就被一人高的蒿草覆盖了。白天路过这样的地方,还可以伸头看一看,大不了看到一眼荒凉,至多在心里问一声:这是人曾经住过的地方吗?到了漆黑的晚上,就很少有人的脚步光临了,只有风和一只还没有回家的猫,有可能在蒿草里穿梭着。但也有人家,在这样的塌窑洞里种上葵花,不仅驱走了荒凉,还使它成了一处招人去的地方。

　　这就是兴娃家的塌窑洞,和我们隔了几家。我是看着这孔多年的老窑洞,怎样被风雨一天天侵蚀而塌的。这孔窑洞里安了一台很大的石磨子。最初,窑洞是从中间塌了一个洞,中午阳光能从洞口照下来。我们推着磨子磨面的时候,不断地看着自己从阳光里走进走出,身上的疲劳就淡了些。按说,这样的窑洞补一补,也就好了。可兴娃是个失去一条腿的残废军人,一生都拄着拐杖,也就没有力气修补它,任凭它越塌越大,最后连石磨子都埋没了。好几年时间里,这里都是一个荒坑,兴娃拖着一条腿坐在坑里,很有一种悲惨的意味。

等他的叫新社的孩子,在贫穷中长得有了一些力气,我看见他把塌窑洞收拾平整,先在里边种上一种叶子阔大的中药,再种上一丛葵花。到了夏天,葵花从很深的土坑里跃出地面,很黄的葵盘,使这个一直破败的残废军人家里,有了一丝生气。此后的许多年里,我每从新社家的后崖背上经过,要去庄背后,或去木张沟水库,都要伸头看一看这里的葵花长多高了,开花或结籽了没。

现在在记忆里,只剩下一个画面:

一株开得金黄的葵花下,半躺着一位残废的人。

我们从他的外形上,已找不到任何军人的标志。

他已经沦落为一个村上最贫穷和最可怜的人。

我总以为,葵花能盛开在兴娃家的塌窑洞里,被全村人年年看见,这很有一种象征意味。也就是说,在兴娃活着的时候,不说他被这个时代遗忘了,至少被这个村子冷落了。在那样的年月里,一村人还真不如一株葵花,记着按时节来陪伴他,给他一些温暖。

此后,在这个窑洞很多的村子里,我只要遇上一孔塌了的土窑洞,都会伸头看一看。我的本意是想在这里看见葵花。确实,我看见了一些葵花,也看见了一些白菜、萝卜等菜蔬。我由此想,马坊人对土地的热爱,是一种很实在的热爱。只要是土地还有生殖能力,他们一寸都不会遗弃。

我也知道在马坊人的心里,与小麦、玉米相比,葵花开得再好看,也是一种边缘植物。我在一大片村子里,只见过北胡同、耿家山、南场里、张家村、拐胡同这几处偏远的地方,从一些人家的屋后,偶尔有葵花探出头来,让人睁得了无生机的眼睛,终于在村子里看到了一些亮色。

然而这样的亮色,多在村子的破烂处。

等我后来读完我最喜欢的凡·高的六十幅名画,写成《凡·高书》时,我知道凡·高这样的画家,只能诞生在阿尔。我的故乡马坊的土地上,没有他要画的那么多的葵花,也没有他要还原的那么多的色彩。

这些葵花和色彩,在阿尔是疯狂的,在马坊则是沉寂的。

等我在我家的屋后,亲手种植起葵花的时候,我已长大了,也快要离开村子了。那时我家的院子统一往后移了十多丈,一圈子围墙打起来,还没有盖房子时,我央求父亲顺着围墙种满了葵花。在葵花破土、抽叶、开花、结籽的日子里,我只要闲下来,就一个人走进去,在每一株葵花跟前站一会儿,伸手摸一摸它的秆和叶子,再看看葵盘,是否又长大了一圈。有时候,我会一个人蹲在院墙的豁口上,用一整晌的时间,看葵花在风里摇晃。我那时想说什么,又说不出来,直至双腿都蹲麻了,也不想起来。

我后来的许多想象,就是葵花给我的。

我这样看葵花,也好打发成长的烦恼。

自从屋后种上葵花,我每次从庄背后回来,都要隔墙喊一声母亲,直到她从屋子里走出来,一手扶着后墙,一手遮额看我。这个时候,母亲的身后一定有几株我种下的葵花,依着她的脊背、肩膀、头部燃烧着。后来我读凡·高的十二幅《向日葵》,看着第一幅中的三朵大花,看着第二幅中一朵已经结籽、一朵正开着花、一朵含苞欲放,看着第三幅中的十二朵花与蓓蕾,看着第四幅中的一束十四朵花,我想那时在母亲身后,有多少朵葵花呢?

如果要我画这些向日葵,我画多少朵,才会画到母亲的心上呢?

但我在一首诗里,是这样说的:"屋后的葵花/没有一只握笔的手/在我之前,触摸你沉静在/村庄上空的一头金色。而一座农家小院里/有了一道天上的阳光/有了被众神,突然照亮的感觉/扶着你,探出土墙的身子/母亲的眼角,也有了/金子浑身的亮。"

后来随着我的离开,葵花终止了在我家屋后的生长。

但葵花始终站在母亲身后,留给我的绵长的记忆一直跟着我。就是来到没有一块泥土可供葵花生长的长安,我依然这样怀恋:屋后的葵花,你不诉说,我也知道金色落在一个人身上的感觉。也知道《马坊书》里,如果没有你的旋转,我头顶的天空,不会紧跟着一个人,涌现花朵。而我最熟悉的一座老屋,也不会接受金色的淹没。

确实,葵花在屋后开花的日子,是老屋被金色淹没的日子,是母亲被金色淹没的日子。我到现在还在想:在这么贫穷的地方,怎么拥有这么贵重的色彩?

这么贫穷的人家,怎么活在这么高贵的色彩里?

我知道屋后的葵花早已没有了,母亲也故去多年了。但只要回到村上去,我总想一个人走到庄背后,总想放开嗓子喊一声。随着喊声在风中的传递,我想看见沿着我家的后墙,有旋转的葵花,也有母亲的目光,一起为我上升着。

我会抹去眼眶的泪水,对着我一定能看见的屋后的葵花,这样朗诵:

举着一个人身上的光芒,静守在她的屋后。葵花啊,我看见佛光。

48

　　吹过午休的村庄/一阵风,从临近的麦穗上送来/狼的目光,我握镰的手上/没有一把麦芒,直接刺疼肌肤的那种感觉/我想麦子,在一阵孤独的呼吸里/也闻到饥饿,开始从乡村/威胁到一只狼。

　　一直很喜欢《水乳大地》这样的书名。它让我们与大地的联系,突然密切起来。而大地给予我们的恩情,我在心里想了好多年,想找到一句很能感动我的话,作为献给大地的颂词。我从我熟悉的那么多的汉字里,都没能找到它。

　　我想水乳大地,就是我要找的那句话,也就是我对大地的颂词。

　　现在,我就行走在马坊这块水乳一样的大地上,心里的感动,像风吹在一片连天的麦芒上,是一种铺天盖地的金色的感动。当我一个人停在麦子的这种包围中,身上却被孤独笼罩着。

　　这是我没有想到的,也是大地没有想到的。

　　我知道此刻的我,更想远远地站在麦子的金色以外的人。他们身上没有可以照耀大地、自己和我的金色,但麦子的金色,总是从他们的手中撒出来的。我也想很近地围绕在他们身边的那些动物,比如一只猫,一只鸡,一只狗,我都会像人一样怀念它们。我也从它们身上清楚地知道,在水乳一样的大地上,其实谁的一生都不容易。

包括狼这种让我们的感情始终很复杂的动物。

我在马坊生活时,人们的普遍心理,是不会去怀念一只狼的。因此我想,过了几十年后的今天,突然想起要怀念狼,可见这个世界,已经面临着许多本质性的问题,已经威胁到我们的生存了。现在,我要从记忆里,搜索一些有关狼的残片,以表明马坊这块土地上,过去的生物链是很完整的,人与自然是很和谐的,它在我清贫的童年,确实是一块水乳一样的大地。

马坊以它的很苍茫的自然,从小启示我,人的心里一定要有一种敬畏。这种会使我们活得高尚一些的敬畏,必须由大自然来给予。比如,这里的黄土山,一般都很质朴亲切,可以让我们一步一步地去穿越。但突然有一些山或沟,会是另一个样子,会让我们把自由穿越的脚步停下来,然后想,大自然可以任我们畅游,却不容许无节制地入侵。也就是说,人的脚步不是哪里都可以去,一定要懂得留一些地方,至少把它留给在我们心中一直存在着的神。再比如,牛羊多么温顺,燕雀多么可爱,猫狗多么依人,但请记着,在动物的世界里还有狼。我想早些年,马坊周围的山沟里,所有草木长得那么茂盛,还是狼的出没,阻挡了人的脚步,让草木有了一个安静的生长环境。

我记忆中的狼,很多时候和落雪有关。听大人讲,村北和村西的沟里都有狼窝。到了冬天,忍受不了饥饿的狼,会踩着雪地向村庄靠近。我家的几头猪,就是在落着大雪的夜里,被翻墙而入的狼叼走的。有一次,听见院子里有响动,母亲一把拉开窗子喊叫,我也爬起来向外看。被雪映得很亮的后院里,一只麻色的狼,叼着我家几十斤重的猪,前腿一伸,后腿一收,突然腾空跳跃起来,翻墙逃走了。狼的动作像闪电一样,在我刚睁开眼睛的瞬间,就完成了。此后的好长时间里,我都觉得那只勇猛的狼,还留在我家的后院里,还在那堵很高的土墙上,拼命地跳跃着。

狼这样入侵村庄的事,年年都会发生的。

我由此想到:村人平时是如何对待狼的?

我的记忆中,没有一只狼被村子里的人打死过。就是村里最恶的人,只要和邻家发生口角,就会抓上铁锹开打,就是这样的人,也没有对闯入他们院子的狼动过手脚。为了防止狼的入侵，许多人家在后墙上，只围一些带刺的梢林。据说狼一跳梢，浑身就会腐烂的。大人也教我们，在路上遇到狼，先用土块画一个圈，把自己围起来，再向外撒一把细土。我不知道这些带有巫性的东西，是从什么时候传下来的，到底灵验不，因为我没有与狼遭遇过。我知道我的母亲在路上遇到蛇或狼时，是不会出声的，会在原地跪下来，默默地磕上几个头。事实上，她一生多次遭遇过这样的场景，都被她的一跪化解了。因此，我很羡慕村上的老人们，他们几乎没有文化，但他们那颗很淳朴的心，在接近自然的程度上，后来人是赶不上的。

从雪地上出入村庄的狼，会把它们的痕迹留下来。因此，我们在雪地里，常常会发现梅花一样的脚印，不用说，那是狼在这个很寂寞的冬天，留给我们的一些好看的东西。沿着这样的脚印，一定能找到狼窝，但谁也不会去找，只是看上一阵就够了。

和狼一次最近的相遇，是在村西的高碥坡上。这些被庄稼围猎着的地块里，我因每天的挖草，几个人或一个人，经常经过这里，却没有遇到过狼。一天，我和父亲经过这里，他手里提着镰刀，我挎着草笼跟在后边。前边的土碥上，突然出现了一只狼，站在那里看我和父亲。父亲一生的胆量很正，只见他把我拉在身边，将明晃晃的镰刀举起来，朝狼喊叫了几声。那是一个被苦难和贫穷磨炼得有些苍老的男人的声音，狼也似乎从中听出了什么，不再对视，掉头跑走了。父亲只是象征性地追了几步，回过头继续走路。父亲不是闲散的人，他任何时候出现在田野上，手里都握有一种很锋利的农具。每次遇到狼，完全可以搏斗一番，置狼于死地。父亲说，他一次也没有过。为什么要伤害它呢？老天让它在村外活着，肯定有老天的想法，人是不能与老天争什么的。

这是父亲对自己行为的一种解释。也是他对动物的唯一的看法。

再一个与狼有关的场景，就是在大片金色的麦田里。

在麦子接近成熟的这个时候，大人一般是不允许我们到野地里去的。因为狼藏在麦田里，人是很难发现的。在我们周围的村庄里，发生过一些狼伤人的事情，大多都是在麦田里。因此，在开镰割麦以前，大片大片的麦田，投在我的心里是一种金色的阴影，是一种危机四伏，是一种不安宁。我想麦子的成熟，会不会因此变得恐怖一些？或许，因为狼的出没，阻止了人的脚步的践踏，麦子的成熟更安宁了。

我觉得这时的狼，就是保护麦田成熟的一道护符。

好些时候，我是站在村头的最高处，盼着吹过正午的村庄的一阵风，能从邻近的麦穗上，送来狼的目光。我觉得我握镰的手上，没有一把麦芒，直接刺疼肌肤的那种感觉。我也想临近成熟的麦子，在一阵孤独的呼吸里，也闻到饥饿，开始从乡村威胁到了一只狼。真正懂得乡村的人，会知道麦子越是到了开镰的时候，越是一村人最饥饿的时候。这时的狼，会披着一身金色，在麦田里不停止地穿梭，但它和一村人一样，却是饥肠辘辘的。成熟的麦子，对它没有任何意义，它需要的是奔跑在麦田里的野物，以至村里的猪羊。后来，我知道更多的时候，带着一身的饥饿，狼会远离人群，这就像天底下的农民，把身子始终埋在苍茫的原野上，想让饥饿沿着泥土的气息消失。

再后来，我以一位诗人的眼光，想象在麦穗上开始成熟的乡村，应该知道人活在哪一处乡土上，都要敬畏五谷。

也要敬畏带着一身激情，接近过我们的狼。

狼带着一身激情，接近村庄、人群和牲畜，这是我的直觉。我也很喜欢这样的生态环境，人能与狼遭遇，应该是人的另一种幸福。现在的问题是，狼在我们的村庄里，再也见不到了。

是什么让狼突然远离呢？

有人以为，由于狼群的集体消失，人失去了对抗物，人性中的狼性也消失了。他为此长久地叹息着。我没有这样的感觉和想象，反倒觉得是人性中的狼性，在生活中暴露得太多了，让狼也产生了恐惧，也要躲避人群。

对狼的怀念，仅有文字是靠不住的。我们只有在内心里，彻底退回到几十年前去，看看那时的村庄里，人在什么时候出没？牲畜在什么时候出没？狼会在什么时候出没？那时的男人和女人，又是怎么对待他们以外的万

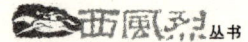

物的?

还是我开头说的,要有一片水乳大地,要有一颗敬畏的心。

狼也是很有灵性的动物。

当它有一天闻到这些,像气息一样在大地上弥漫,在人的身上逐渐恢复,狼会带着一身激情,重新回到人群的周围来。如果有那个时候,我会把我的这些写狼的文字,焚烧在马坊的一块金色的麦田里,或一个落雪的冬夜里。我要让狼从此知道,在我的《马坊书》里,它是我写到的第一个野生动物。

49

> 这也是一份/青春的悼词,它告诉泥土/我在这里,种了几年庄稼/面对一片玉米,没有亲吻过一位乡村女子/也不知道爱情,开放在凄迷的原野上/有多么灿烂?但我带着/一个人的背影,荒凉地离开时/谁也不知道。

我在马坊乡间劳动的那几年,正是青春开始萌动的时候。村西和村南的大部分田野里,都有我惶恐不安的脚印,把一个青年人成长中细微的烦恼,踩放在庄稼的根部。因此,比起那些情感粗糙的村民们,这么多在田野里生长得有血有肉的庄稼,或许更懂得我一些。

记得那时候,露水还挂在豆子的叶蔓上,我已经在田野里走了一圈,裤脚上全是泥巴。手摸着似醒非醒的土豆秧子,我想着一个村子的泥土下面,究竟能埋多少土豆?中午了,阳光把大地烤得很干燥,玉米都卷起了叶子,缨子也失去了水红的色泽,一大片地里,找不到一只还在走动的动物,只有我头顶烈日,在庄稼的身边盲游。许多夜晚,我也是一个人站在村口,目送着一群牛羊从碾子坡上下来,回到弥漫着干草和膻腥味的圈里去。

和村民们一起,我能下到任何一块田地里去,也能干最累的活路。

就是脸上和心里,没有他们的那些轻松。

有一年夏天,在村子的南边修梯田。混在一群男女社员之中,我浑身都觉着别扭。我没有他们的语言，也没有他们的经历，更没有他们的心情，就尽量用过重的劳动，缓解自己的孤独。一个夏天下来，我累得黑瘦黑瘦，出的汗很多，但说的话，没有一个妇女一上午说得多。

有时正劳动着，大队的喇叭就响了，人群会蜂拥着走进一个有着绒线花树的院子里，挤在阴凉下，看书记天存今天又要批斗谁。我对这些活动，有一种本能的恐惧和抵抗。因为十年前，大队长彦龙拥有批斗一村人的权力时，我的父亲就经常被批斗着。现在，他的继承人天存，比他更有批斗人的激情。除过村上的"四类分子"，经常被天存批斗的人，有大学、民娃、鳖子、龙县。他们的罪行是什么，我一条也没记住，只记着他们弯成九十度的腰，被推来掀去，头上尽冒冷汗。

一个处在青春期的人，面对生命被这样摧残，他只想着逃离。

其实，逃离是件更难的事情。我背着铺盖，随村上的年轻人，去了木张沟水库、延府沟水库、高刘沟水库。那是青春的一段流浪，白天在土崖上劳动，晚上躺在麦草铺里，还是想着逃离。

直到高考制度恢复后，我才走出了这个村子。

对于葬送着我的青春的马坊，我不知道该不该记恨。

但要回忆这段岁月，我的内心就不会轻松，就一再告诫自己，要像一个铁匠对待一块铁那样，猛烈地加温，猛烈地锻打，猛烈地冷却，由热到凉，要撕心裂肺地记住一段隐情。也要像一粒种子，从发芽到死亡，记住一个痛苦的过程。

提起逃离，我想起一个下午，在村西的碾子坡下，遇到进村的乡邮员。他拿出一份油印的资料，是介绍当时的一些大学。我很激动地看着，把目光全部停留在纸上。那一夜，我没有睡着，想着一个乡里已经进入大学的那些人的名字：赵桂芳、来富强、张宾县。他们有一个很时尚的称呼：工农兵大学生。睡到半夜，我的心被想凉了。我问自己：一个没扛过枪的人，你是兵吗？一个没开过机器的人，你姓工吗？此时的我，每天都在人民公社的田野里，不是掮着铁锨，就是扛着䦆头劳动，应该是属农啊。但一想起父亲多年被批斗过,也就怀疑自己在这块土地上,有没有一个被承认的身份。因此,我只有一个人想了一夜,天亮从土炕上爬起来,又下田劳动去了。

我想以此逃离这里,但我没敢找天存说话。

我有一种无名的害怕,也就心痛地放弃了。

没有逃离出去,也没有就此安心。我后来在一首诗里写道:"在乡村里长大/我的粗糙的青春,像一些草木/躺在犹豫的墙角里,不想接受春风的吹拂/也不想跟随,遍地起身的麦子/一块儿醒来。我知道劳动/会让我站在村庄的身边/用一身粗大的骨节,换取/一份清洁的精神。"那时候,我很像一个另类,喜欢一个人躲在田间地头,或割草,或锄麦子。歇息时,也喜欢一个人躺在地上,很无聊地看着云朵。好像一村的风物,都打不起我的精神。只有偶尔抬头,看见远处的那匹栗色的马,我的血液会一下子沸腾起来。

由那匹栗色的马,我会模糊地想到女人。

想到她们一身素朴地,出现在这么贫瘠的土地上,最终意味着什么?

这个时候,我尽量在紧张跳动着的心里,很美好地安排自己的场景:一个人在嫩绿的玉米地里,正在弯腰锄草。突然抬头,会看见从前边的小路上,走过来一位很好看的女子。她可能是邻村的,她可能知道我,她可能要停下来。这么多的属于青春期的想法,就这样悬在空里,悬在一个想象中的女子的身上。其实,我那时还不如一棵玉米。玉米站在田野上,会自由地随风舞蹈,会自由地随风发声。我选择玉米这种植物,是因为我觉得它有一种人的性情在身上。在这么无遮无拦的乡村,要为进入青春期的我们,营造一个密不透风的场,谷地不适应,麦地不适应,荞麦地更不适应。只有玉米,能遮住我们的身体,并能以它高挺的样子,在天空下愉悦我们。我在那时,很欣赏它红色的缨子。它挂在玉米嫩绿的腰身上,就像乡村的一些欲望,不高也不低,有一种很平衡的感觉。

遗憾的是,我在这样的玉米地里,除了劳动,就是想象。

那些厚实得城墙似的玉米地,好像是为我一个人生长的。在里面锄草的时候,会想起一些有模有样的人。在周围的村子里,有几个女子的名字,在我心里一直很美好。我那时对女人形体的理解,包括对生理和情感的,都是很混沌的。这并不妨碍我,把她们想象成苜蓿花一样的新娘。

我对她们,只止于想象。

在青春期的躁动里,这让我更加悲伤。但我清楚地知道,在这片乡土上,一个经常被批斗的人的儿子,无法带给她们幸福。我不能伤害她们,我必须逃离,带着我无法开花的青春期,逃离她们的清纯和善良。

逃离的过程是很悲壮的。

我从这里彻底走出来,是在痛失了几位亲人之后。现在生活在没有泥土的长安城里,我说不出这是幸福还是不幸。有时也发狂地想,我应该回到马坊去,甚至回到我的青春期去。

写一写没有青春期的青春期,这在我的《马坊书》里,或许并不重要。但我在写它的时候,还是莫名地冲动着。我不想一个男人最需要爆发的那几年,竟然是一片人性的死海和黑夜。我想黑夜能给顾城黑色的眼睛,也会给我一双的。今天,我就要用它,看看那些年里,我死寂的生命里,有没有青春在躁动。因此,我要把这些文字,当成一份青春的悼词,自己对自己念出来:"它告诉泥土/我在这里,种了几年庄稼/面对一片玉米,没有亲吻过一位乡村女子/也不知道爱情,开放在凄迷的原野上/有多么灿烂?但我带着/一个人的背影,荒凉地离开时/谁也不知道。"

只有玉米地会知道。只有那匹栗色的马会知道。

它们知道我生命中的一切,都应该在这块土地上发生。

包括我要爱的人,应该在这里生长。

50

> 我被这样的劳动/激荡起来的身体里/也涌出一些伤感,像一棵庄稼/看见土地上的伤口,就裂开自己的根部/才知道牲口,替大地承受着/五谷生长的力量。我的胃里/有一把疯狂的粮食,也想返回到/一匹马,如何低头/如何吃草?

牲口这个词,猛听起来有点粗野。

其实,从那些一生跟在牲口后面,在田野上作务庄稼的人口里说出来,就有许多温顺在里头。就让你觉得,这么大的一个村子里,人是不重要的,庄稼也不重要,房屋更不重要,顶重要的就是这些依傍着人、庄稼和房屋,在天空下驾车拉犁的牲口了。

我离开马坊好多年了。我熟悉的那些人,尽管有一大群已经回到土里去了,但在土上继续活着劳动的人,还是大多数。而我熟悉的那些牲口,连影子都找不到了,全部消失在村子的记忆里。如果硬要追问,有些细心的人,会指着他们家的一盘井绳,说这是哪些牲口的皮做的。

这就是一头牲口的命运。

它们挺着那么巨大的骨架,在大地上驾车运送过多少东西,拉犁耕种过多少土地,这是谁也说不出来的。等它们被繁重的活路磨到老死后,它们包裹过太多力气的皮,还在我们的日常生活中,继续显示着牲口一身的柔性和

韧性。因此,我在村上的时候,只要看到一截皮绳,心里就要紧缩一下,然后一定要用手摸一摸,再问自己:

这会是哪头牲口的皮呢?

在马坊人的记忆里,都有一根鞭子的阴影。那是用死后的牲口的皮拧成的,是用来抽打活着的牲口的。有一种高脚鞭子,是赶大车、碾场的人用的。一根细软的竹子,系一根细软的皮绳,鞘子是马的鬃毛。这种鞭子,甩在空中是一串炸响,落在地上起一阵土雾。它在挥鞭人手中爆发出的力量,常常使牲口细软的皮毛上,隆起一道血痕。一村人中,有几个人鞭法很好,我们也就常常围上去,听他们讲述在赶车的路上,或在碾麦的场里,一鞭子挥下去,牲口的耳朵是怎样被撕裂的。那些撕心裂肺的痛,制造者感觉里没有,我们的感觉里也没有,只有不会说话的牲口,用自己的皮肉承受着。

我在那时就有一种感觉:农业绝对不是一首田园牧歌。

我们从大地上要获得一把粮食,就要付出皮肉之苦。

这样的苦,既出在人的身上,也出在牲口的身上。

还有一种牛皮鞭子,很短的,从手里甩出去,也就几尺远,刚好能打着犁地的牛的头。我是用这样的鞭子,打过村上的几头牛的。那是在犁地的时候,由于我喊出的吆喝,不通牛的习惯,牛总是踏不到畔子上,犁出的地歪歪扭扭,被背着手走过来的队长彦英骂了几句。我心里很窝火,就用手里的牛皮鞭子,狠劲地抽打着那头黄牛。

牛不会出声骂我,牛转过头来看我。

我在那时突然发现,牛的眼窝里是噙满泪水的。在这以前,我只知道人的眼窝里,常常会流出泪水,压根儿就没想过,这些从心底里涌出的东西,牛也像人一样拥有着。我那时忍受着许多委屈,能想出的话就是:有泪水的牲口。

我也从此发现,所有的牲口眼里,都噙满了泪水,只是牛眼里的泪水更多一些,更能引我心中的悲哀。真的,牛的眼泪是止不住的,它带着泪眼犁地,带着泪眼拉车,带着泪眼吃草,它就是站在树荫下反刍,也是带着一双泪水汪汪的大眼。一头牛看到的世界,万物都是带着泪水的。就像我那时,看到一个村子里的人,除过那些识几个字的村干部,脸上都有一种犹豫。

这是一种集体的表情,最先在牛的眼里,被我发现了。

村上的夜晚,是最困倦和最痛苦的。我想更多的劳动者,是最困倦的一群,他们倒在夜晚里,是一架大山的倒下,他们第二天站起来,是一架大山站起来。因此,对于乡村进入暮色和走出黎明,我始终是抱有一种神秘感的。在那两个时刻,我会把自己变得十分安静,想以一个聆听者的身份,虔诚地进入乡村巨大的内心。到后来我才发现,在那样的时刻,所有的牲口和我一样,都没有入睡,都睁着一双泪眼,在夜色里聆听。只是它们的嘴唇,还在一刻不停地吃着草料。它们清楚,白天要释放的力气,必须在每一个夜晚积攒。

那些最痛苦的,就是我和我的同学。我们读了十几年的书,还不如一个整日熬着酽茶,喝足了,在地里走上一圈,回去接着喝的队长彦英。想到这些,我一摸自己睁着的眼,里面全是泪水。我想那头牛的泪水,就是我的泪水,我不敢在白天的劳动中流,只能在一个人的夜晚里,这样悄悄地流。

我由自身知道,有泪水的牲口,是有悲伤的牲口。

我从此在劳动的前后或间隙,都要在牲口的眼睛上摸一摸,让它的长流不止的泪水,能浸润一下我的手心。这算是对跟我一起下到田地里的牲口的一种安慰,其实,这里的安慰很重要。因为在夜晚,我知道自己无处抓摸的手心里,还有我白天摸到的牲口的泪水。

我也想这些有泪水的牲口,哪来那么大的力气?

一村人都知道那头高大的脖子牛。在每年从玉米地里,往出拉一车装得满满的玉米时,拉梢的牲口再出劲,也动不了陷在泥土里的大车,只有驾辕的脖子牛一发力,大车才会吃力地挪动起来。

我清楚地记得,脖子牛发力的原因只有一个,就是在它的嘴唇前,有一个金黄色的玉米棒子在晃动。挤在激动的人群中,盯着这头有泪水的牲口的眼睛,我想为了生存,一头牛和一个人是一样的,生命中的高贵和屈辱,是同时存在着的。

　　这头牛后来是怎么死的？死时一村人怎么用土埋葬它的？我不得而知。我只知道，它面对金黄色的玉米棒子，眼里也是有泪水的。现在，我最想知道的，就是这些有泪水的牲口，身上怎么有那么大的力量！

　　我想到了它们的胃。

　　这是属于田园的胃。这是属于农业的胃。这是属于乡村的胃。

　　这样的胃，在一头牲口的身体里，为了聚集劳动所需要的力量，日夜不停地蠕动着。这样的胃里，装着一座山的颜色，装着一座山的力量，而你真正看清它，就是一把青草。这样的胃是疼痛的，因为我看过，村上人从一头牛的胃里，用吸铁石吸出了那么多的铁丝和铁钉。那时，我觉得自己的胃也很痛，我知道有泪水的牲口，也是为自己的胃，而无言地流着泪的。

　　我也在诗里写道："而活在一地的／青草里，我在马坊的原野上／看见的牲口，没有一头不拉着木犁或耧耙／深入土地的心脏，把一身骨架／山一样耸立起来。不要说青草在野／也不要说青草贫贱，在牲口毛色／发亮的身上，我看见乡村／正一寸一寸地生长。"事实上，我们和一头牲口，和一株庄稼，和一棵草木一样，都在乡村里生长。

　　只是要记住，我们更和有泪水的牲口一样，也是在自己的眼里，噙满了泪水，在乡村里生长的。

　　我后来听村上的人说，那匹栗色的马，是在一个日出的时分，在奔向东沟的路上，前蹄踏空，摔到沟底里去的。按活着的时间推算，它一生噙满泪水的眼睛，在那时是接近失明状态的。要是有一天，我从一串很响的鞭声里，能听出是那匹栗色的马的皮发出的，我一定要将它珍藏。

　　回到马坊，我很想听到，这样沾血带泪的声音。

　　尽管这些有泪水的牲口，已经在这里很稀少了。

51

> 一座歇在,高岭山下的村庄/也伸出手,要触摸棉花/一直藏在身体里的火焰。这让我想起了/母亲的怀抱里,有棉花的温暖/也有大地的温暖。我穿得很旧的/土布衣裳,有她从心里/带血抽出的棉绒。这个世界上/只有我懂得,要替棉花喊疼。

棉花曾经离我很近,也离我很远。

离我很近,是它一个冬天都附着在身上,通过一件棉衣,用暗藏的发白的火焰,温暖着我;离我很远,是在马坊这块万物都能开花的大地上,很少看见棉花这种植物生长过。因此,我在很小的时候,只要能见到雪白的棉花,就想把手伸上去,就想把脸贴上去,就想呵着一口气,把头抵在棉花的怀里。

现在,走在长安城里,突然抬头,我会有一种连天的忧伤。

我问自己:这是你贫困温暖的家乡吗?这里有你守望过的麦田吗?

而我最想问:这里有你贴身体验过的棉花吗?

确实,棉花从我身上走下来,已有好些年了。现在想来,我在故乡脱去的不只是一件棉衣,是把母亲一心的温暖,也随着那个我要离开马坊的日子,毫无疼爱地脱去了。

我是穿土布衣裳长大的。这也是棉花,经过母亲的一双手,在很多日夜的纺织、裁剪之后,以衣裳的形式,走上我的身体。而我最为念想的,是每个冬天都要穿在身上的棉衣。

那时的马坊,冬天是很寒冷的。记着飘雪,是每天的事情。一个冬天里,只要出门,都会走在无边的雪地上。就是坐在家里的炕上,把目光从窗户放出去,也会被从瓦沿上挂下来的冰柱,割裂得横七竖八,看不到一块完整的院落。但穿着母亲一手缝的棉衣,我很少被冻过。就是一直处在雪地里,脸是冰冷的,身子上的每个关节里,却被棉衣释放出来的温暖,一处一处地滋润着。要是双手冷了,抬起来往棉衣的袖子里一塞,也会热起来。

我清楚地记得,等到麦收后的忙罢,也是一年最热的时候,母亲就开始收拾我们的棉衣了。先是把上一年的棉衣拆了,把里外的土布洗净晒干,再在门口的捶布石上,一棒槌一棒槌地捶平展。最难的是收拾棉花,这是让母亲最费心的事。因为我们是一些穷苦人家,棉衣里的棉花,少说也是穿了几年的,除过少数新一些的外,大多像一把破絮。我看见母亲把它们搭在院子里,一遍一遍地弹着里面的土。有过乡村生活经验的人都知道,那是在一个冬天的时光里,一个穿着棉衣的人,要在黄土里穿行多久,那些细密的黄土,被风吹着,一部分打在脸上,更多的是打在身上,顺着土布的纹路,被密织进棉花里。因此,一个冬天里,可以说我们是穿着棉衣在行走,也可以说我们是背着黄土在行走。现在想来,才明白了我的每一件棉衣怎么越穿越重,重到临近春天要脱下来时,母亲在手里掂量着,总是心疼地说:"沉得像一块土。"于是,她站在那么大的太阳下,要把这些压过她儿子身骨的黄土,一粒不漏地拍打出来。

这个过程很漫长。

就这样,一个夏天的阳光,全被母亲搭在院子里的棉花吸收了。

而在那么冷的冬天里,棉花里才有这么多的温暖释放着。

我那时常常是抱着一本书,看着母亲这样劳作。真想走过去,从背后亲亲母亲,也亲亲棉花。但我往往在要抬脚的时候,会突然抬头,向村后的高岭山望去。因为我们一村的风和土,是从那里吹来的,我们一村的雨和雪,是从那里飘来的。我很想知道,看见母亲这样收拾我们的棉衣,下一个由高岭山主宰着的冬天,会减少一些寒冷吗?后来,我在一首诗里这样写道:"一座歇在,高岭山下的村庄/也伸出手,要触摸棉花/一直藏在身体里的火焰。这让我想起了/母亲的怀抱里,有棉花的温暖/也有大地的温暖。我穿得很旧的/土布衣裳,有她从心里/带血抽出的棉绒。这个世界上/只有我懂得,要替棉花喊疼。"

真的,我更懂得要替母亲喊疼。

那是在土炕上,母亲要装棉衣了。每年的第一件棉衣,都是给我装的,用的都是最干净、最绵软的棉花,而且在后背、肩胛、膝盖部分,要装得更厚一些,生怕我被冻着了。第二件是父亲的,棉花要次一些,但细心的程度是一样的。第三件是她的,全是剩下的破絮。有的破絮,是蓝一块,黑一块,红一块,是我在衣服上擦漏水的钢笔时,留下的痕迹。

唉,在那些年我真粗心,在自己身上暖和时,竟忘了问母亲身上暖和不。

到现在,在我舍弃了所有棉衣,把被母亲一手缝的棉衣保养着的身子,交给机器制造的羽绒服后,才突然意识到,这样的新生活,不一定很幸福。因此,一个人的时候,我一定这样问自己:我的母亲,她用一生的时间,握有棉花的沉重和操守。映在我身上,那些雪白的东西全是棉花吗?

我不想在这里回答。

我想把母亲留在棉花上的叹息,再多写一些。

我说过,棉花也离我很远。其实,那是棉花离马坊很远,离母亲很远。在那些很贫穷的年月里,吃饱肚子很重要,穿暖身子也很重要,因此,父亲的叹息多在粮食上,母亲的叹息多在棉花上。那些年,母亲为我们家添置棉花,从没敢用斤论过,只是用两来计划,今年添置几两,明年再添置几两。那一两棉花,就是用我们的很多粮食,从乾县、礼泉客人的手里换来的。等到我在常宁中学读书时,看到我们班上有乾县、礼泉的同学,想到的第一个词就是:棉花。

为了棉花,母亲经常是一个人叹息着。

为了棉花,母亲从口中要省一些粮食。

为了棉花,母亲的头发也白成了棉花。

记得有一年,村上在村南最好的地里,试着种了一些棉花。母亲和村上的女人一样,一直在棉田里忙碌了一季,到头来,每家只分了一捆能当作柴火烧的棉秆,上面稀稀拉拉的几个棉蕾,就是不吐棉絮。一村人,特别是女人们,对于棉花的希望破灭了。走在地头上,许多村人说,这么好的土地,能种小麦,能种玉米,能种高粱,能种谷子,能种洋芋,能种西瓜,怎么就种不出棉花呢?

我第一次在土地上见过吐出棉絮的棉花,是在我们村南隔着一条沟的滚村。那是大姐嫁过去的村子,是一个吃着窖水的村子。奇怪的是,在她们村的河滩上的沙土里,能种出花生,也能种出棉花。有一次,母亲带我去大姐家,正赶上村里分棉花。多大的棉桃,有炸裂的,也有没炸裂的,我们坐在烧得很热的炕上,把剥出来的湿棉絮,一把一把地往炕席下面放。那个时候,母亲和大姐的脸上,堆满了和棉花一样的笑。第二天一早,我揭开炕席,满炕都是洁白如雪的棉花,激动得我把手、脚和头埋在棉花里,不想出来。

母亲和大姐,剥了一夜的棉桃,也没有多少瞌睡。只见大姐对母亲说,她要用这些棉花纺多少线,织多少布,缝多少衣,有多少是母亲、父亲和我的。

那时候,我才感觉出:善良的女人,天生都是爱棉花的。

我的印象里,棉花不仅洁白、软和、温暖,棉花的身上,还散发着一种超越洁白、软和、温暖的气息。这种气息,我是从母亲用来放棉衣的柜子里闻出来的。记得每次打开放在炕头上的柜子时,都有一种异样的气息,让我把头深深地埋进去,翻着自己的衣服。

这个时候,母亲总会站在我的身后,叮咛我小心一些,别把柜子翻乱了。

我知道母亲在一些衣服里,还藏着一些简单的银首饰。不知道她年轻时戴过没有,而我从未发现她戴过,也很少取出来看看。好像这些东西,比她身上的岁月,还埋藏得深。今天,我想起在母亲的柜子里,还藏有一些简单的银首饰,对母亲一生的遭遇,在难过之余,也有一丝高兴:至少,作为一个女人,母亲在贫穷的年月,也有过她的拥有。

因此,我会告诉你,棉花的气息,就是母亲身上的气息,间或,也有那些简单的银首饰的气息。

这些气息,应该还在母亲留下的柜子里,浸淫着每一道木纹。

现在,在马坊的大地上行走,面对大块的云朵,我很想见见棉花。

看它在母亲一直清贫的身体里,如何藏下温暖。

这是我对这块土地,仅存的一种要求。只是到现在,这里也不曾种过棉花。特别是今天,在这里生活的人,谁还像我一样,对棉花心存痴情呢?

没有了,绝对没有了。

高建群有一本小说,叫《最后一个匈奴》。我想,我应该是最后一个怀念棉花者,至少是在马坊。所以,我要亲亲棉花。

亲亲棉花,就是用我温暖的唇齿,亲亲母亲。

52

落在我身上／二胡的声音,把一个盲人的／黑暗世界,从他很小心地抚摸过的物体上／一一传递过来。我也不敢想象／他明亮的手里,如何握得下／一村人的快乐？透过深陷的眼眶／音乐,不会在他心里／失去逼真的光芒。

我对二胡的声音很敏感。特别是对二胡拉出的苦音,有一种撕心裂肺的敏感。不管哪一天,只要听上一板二胡的苦音,这一天人总像失了魂似的,遇见什么事情,都是一脸的伤悲。

这一切,都因了村上的一个盲人。

小时候,作为一群不谙世事的孩子,我们只知道在村上没天没地的疯野,根本不知道对一些事情,是需要保持一定的善良和敬畏的。比如在那时,对村上唯一的盲人,我们出门遇上时,应该要想着能帮他什么。事实上,我们不但没有帮过他,反而变着法子糟践他,经常惹得他满街道追我们。

奇怪的是,在到处都是墙头、树木、粪堆的街道上,他没有绊倒过一次。

反倒是我们,不是碰在这里,就是倒在那里。

等我多少懂得些事了,就觉得这个盲人很不一样。

他一生只有一个名字,叫秃子,村里人给前边加了一个与他的残疾有关的字,就叫瞎秃子。从村人对他的叫法上,我很早就懂得,不存在恶意的歧视,浸淫在乡土中国的每一个细节里。也懂得在乡土上活人,是很不容易的。你只要有些许的缺陷,特别是生理上的,一定会被村人喊叫着,直到你离开这个村子,走进一堆黄土里,村人站在你芳草萋萋的坟前,喊的还是你生前受到歧视的名字。

这是一种乡村习惯,谁也不会介意的。

他的家,就住在我家的东边,中间隔着四五家人。

他的家境也是很不错的,住着满院的瓦房,门房是那种很高大的样子。因此,每走到他家的门前,我都有些羡慕。也就想:这么高门大厦的人家,咋就出了个瞎子呢?

他的父亲叫满营。在我家的西边,也有一个叫满营的。村人为了区分,叫他的父亲大满营,叫另一个黑满营。大满营确实个子大,黑满营也确实黑。

他是大满营的长子。在这个子女很多的家里,他可能经常被忽视,但在一村人的心里,他一直被惦记着,因为他拉得一手好二胡。村里人在农闲时,都想在他的二胡声里,打发乡村寂寞的日子。

他是怎么学会拉二胡的,我一直不清楚。在村里的那些日子,从没想起过问他,等到想知道的时候,已经离开村子好些年了,很难再有打听这些事的悠闲。这样也好,让他在我心里从小就开始的神秘,一直保存着吧。我也粗略地算过,村上能拿起各种乐器的人,没有几个。而在这些稀疏的人群中,偏偏就有他这个盲人。现在,想起乡土的朴素和神秘,我就认定,他能来到我们这个村子,并且残疾着,就是和一村人都能接近,能在一村人过得很苦的日子里,由他增添一丝快乐。

而这样的使命,是以他的失明做代价的。

如果他不是盲人,像拉板胡的牛娃一样,像吹唢呐的里娃一样,像打板的票娃一样,这些长得基本上端端正正的人,谁都能叫拉就拉、叫吹就吹、叫打就打吗?只有他能做得到。经常的事情是,村上任何一个人说:"瞎秃子,拉一个!"这个时候,他行走在田野上,就在田野上拉;他站立在水井旁,就在水井旁拉;他要是睡在土炕上,会一骨碌爬起来,坐在炕沿上拉。

可以说,在一个村子里,他是唯一一个和谁都没有仇恨的人。

现在,我就想把这个怀抱一把二胡,一生守着我们村的盲人,唤作乐神。

我由此想,我和我的村子,从那么苦难的年月里活过来,一村的悲音,都纠结在他的一把二胡上。只要他的二胡响起来,特别是在夜半,我没有翅膀的心,在水一样冰凉的夜里,会独自飞动着。也是他的一把二胡,跟着他犹豫的脚步,把我们身边的土地,拉得不停地颤抖。我那时能够一眼看见的马坊,被他的二胡声包围着。吹过不平静的田野,一阵风告诉我,一棵椿树独立得太久了,也要从身上流出泪水。我不敢抬头,陷入他的每一个秦腔的曲牌,我的面目一脸悲哀。

我也想,一颗诗的种子,就在那个时候,埋在我成长着的心里了。

落在我身上,二胡的声音,把一个盲人的黑暗世界,从他很小心地抚摸过的物体上,一一传递过来。我也不敢想象,他明亮的手里,如何握得下一村人的快乐?透过深陷的眼眶,音乐,不会在他心里失去逼真的光芒。

写到这里,我又带着一身的悲喜,回到"文革"中的马坊。

在我们村耿家,"文革"的痕迹是很重的。在我的同龄人中,没有一个人,像我那样伤心过。我在前边的章节里说过,我的父亲,一个与"文革"无关的农民,却被推在"文革"的风口浪尖上,遭受"文革"的折磨。因此我说,"文革"在我们村里,对遭难的一方而言,是我父亲一个人的"文革"。对于施难的一方而言,是彦龙一个人的"文革"。这么些年过去了,我没有要追究什么的意思,再说,彦龙在很早的时候,就离开这个村子,在地下歇着了。我顺带提起来,是要告诉读者,我有伤心的一面,也有快乐的一面。

那伤心中的快乐,就是这位盲人带来的。

那时候,我们村兴排样板戏。八大本样板戏,被一群在土地上劳作的人,一本不落地排出来,在村里上演。好多天晚上,我们坐在挂着汽灯的土台下,等着开演。我很喜欢宝宝扮演的杨子荣,也很喜欢碎狗扮演的李玉和,还有旦旦、秋歌扮演的李奶奶、李铁梅。其实,我坐在台下,醉心的还是拉二胡的这个盲人。

他的看不见的眼睛,在扑闪着。

他的有光亮的手指,在抖动着。

他的不出声的嘴角,在抽搐着。

八本样板戏的台词和曲牌,铁一样砸在他心里。

跟着他的二胡声,许多场次的戏词,我都能背诵下来。

因此,在很多人数说样板戏时,我只有怀念。

这么些年了,我不知道那把二胡还抱在他的怀里没有,但我断定,如果失去他的二胡声,像我这个年龄以上的人,活在这个村子里,总觉得缺少了什么。生活的味道,就很寡淡的。

有几年,我从学校里回到村上劳动,和他在一起的时间,还是很多的。白天,我在大队当文书,坐在办公室里写材料。他抱着二胡,一个人悄悄地走进来,坐在会议室的台阶上,漫不经心地拉着,好像是要给我一点快乐,以消磨我想从这里走出去的烦躁。

其实,在靠劳动吃饭的乡村,这个盲人也是一个好劳力。我经常从大队里出来,看见他架着车子的辕,拉着一车庄稼,或一车土粪,正在上坡。他的旁边,只要有一个弱劳力牵引着,多陡的坡路,多重的车子,只要他一发力,就会拉上去。

对于这位盲人,我有一句话——"他明亮的手指"。

我觉得我的这个感觉既是诗意的,也是很真实的。就像他眼睛里的光,全部通过他的血液,传递到他的手指上来了。要不,一个大字不识的盲人,怎么手摸到什么,就会什么?

有一年夏天,我去他家找他弟银学,刚一进门房,从房梁上传下一个声音,吓我一跳。抬头一看,是他在房梁中间搭了几块木板,在上面睡觉。下面有过道的风,上面有天窗的光,过一个夏天,他真会找地方。而且上下没有人照顾,全凭自己摸索。

我瓷瓷地站在门口,抬头看了好长的时间。

更坚信他的手指是明亮的,就是他的眼睛。

他父亲大满营是一个粗喉咙大嗓子的人,到了中年以后,腰斜着走路,看起来很难受。他的一群孩子中,最聪慧的还是会拉二胡的盲人。但这个盲人一生没成家,农忙了,是他们家的好劳力,农闲了,是一村人的好乐子。到现在,我不知道他在村上活着没有,我想他的父亲,一生最对不住的人就是他。包括一村人,听了他那么多的二胡声,但帮扶过他什么呢?

或许,能听他拉二胡,就是对他最大的帮扶。

因为在他的生命里,除了二胡,需要的很少。

我没有忘记他的另一个原因,是他的叔父天宝。他们两家的关系一直不太好,但天宝是我在村上最尊重的人,不因为他是我的老师,主要是他的学识好。他的眼睛高度近视,在一个县也是拔梢的老师。我在他跟前读的高中,看过他家的不少藏书。他母亲在世时,经常给人说:"我天宝要是有了卵卵的那口才就好了。"卵卵的大名叫俊良,是村上能倒背三国的秀才。可见天宝,是一个话语不多的人。

因此,我一直惦记着他的这个盲侄子。

这次回老家,我在村口和乡亲们说着话,突然听见一个声音,是从麦草垛下传来的。我一回头,这不是他吗?怎么变得这么瘦小?我的第一反应是:他还活着!

我下意识地在他的身上搜寻:带没带一把二胡?

什么也没找到。

僵在他面前,我说不上一句话。

我的耳膜里,只有二胡的声音,在颠来倒去。

回到城里,我在日记里这样写道:"一把二胡的弦上,藏下失明扎在他身体里的刀子。粉碎一座乡村的黑暗,他要用众多的悲音。"

53

> 黄土落在马坊/也像我,落在一户人家/耕种或促织的清贫里。我黄土漫漶的身上/谁是生命的救星?一辆沿着村道/运送庄稼的马车,挡住夕阳/从村后迅速降落/背叛着腾出,埋藏祖先的心/我要接受黄土,带有/年轮的覆盖。

这些年里,我们的生活一直被一个词袭击着。

这个词就是沙尘暴。

每年的开春,我们都要与这个词遭遇,不是在天空下,就是在文字里。以至于成为一个梦魇,或一种宿命,步步紧逼着我们,怎么也摆脱不掉。因此,在这个季节里,我不敢朗读或相信海子"面朝大海,春暖花开"的诗句。更让人难以接受的,我是在远离黄土以后,在一个万物开花的平原上,却连年被沙尘暴骚扰着。确切地说,我是从黄土的腹地,向南后退了很远的路,从一个黄土漫漶的塬坡地带,来到平原舒展的长安。

我以为生活在这里,一生也不会与沙尘暴遭遇。

然而我错了。就在我来到长安的第二年,沙尘暴也在这里着陆。

突然地刮风,突然地起尘,突然地燥热,突然地昏暗,加上少许的雨滴,我对沙尘暴的感觉是:天空、大地、村庄、城市,都变成了一个模样,都有一个黄土裹着的壳。人更是一样,像一群灰头土脸的俑,在大秦帝国以后的土地

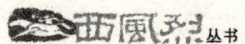

上，没落地行走着。

谁在一部小说里说：白天不懂夜的黑？

我是闻着漫天漫地的土腥味，眼睁睁地在白天懂得了夜的黑。

怎么会有这么多的黄土，落在长安的天空里？我一直埋头在唐诗里，阅读这座我热爱的城市。被诗意里的唐朝陶醉着，我很少抬头张望。等我有一天无意识地抬起头，唐诗里的天空不见了，只有漫天黄土，等待着收留我的泪眼。

谁让天空变成现在这个样子？我怀着很深的失望，想回到马坊去。我不知道此时此刻，那里有没有沙尘暴。但我清楚地记着，马坊的天空，也落过黄土，只是与这些沙尘暴很不一样，不会在我的那群乡亲们的心上，留下天象里的任何一丝的恐慌。

我出生的马坊，是天下黄土最多的地方。

我从小到大，生活在贴身的黄土里，对它没产生过半点憎恨，有的只是热爱。因为我从马坊这块土地上站立起来，开始一个新生命穿越生活要我们接受的众多艰辛时，从父母最原始的教诲里，我懂得能保证我们吃穿的所有东西，都来自黄土。

我细数了一下，在我们身上，从吃到穿的东西，说不上富有和贵重，但它的数目，却是很繁多的。一个人每天的吃住行，需要多少物质的支撑？这样一月一年累积起来，一个在黄土上至少活过七十岁的人，一生要消耗多少东西呢？没有谁算过，也算不清楚。就是这些算不清的东西，黄土在每一个年月里，或丰盛或贫瘠，都为我们准备着。就是人死后，要给棺材里放的柏朵，黄土都会在每一个村子最不引人注意的地方，散漫地生长上一两棵柏树，供一个村子里的人，为死去的亲人上路时，送上一把柏朵，好让他躺在劳动了一生的土地上，不再遭受虫子的侵害。

在我们村子里，只有在庄背后与耿家山的埝地上，生长着几棵柏树。

我每次看到它们，都有一些敬畏。

并从它们树冠的旺盛与衰落上，判断村上逝去的人的多少。

我说黄土落在马坊时,心里是喜悦的。不像说沙尘暴落在长安城,心里是恐惧的。事实是,黄土落在马坊,是一个漫长的创世纪的过程。你想想,这么厚的黄土,需要多少亿万年的降落和堆积!

不仅因为是诗人,我才一直把黄土落在马坊的过程,想象得很美。

事实应该如此。尘埃一样的黄土,还在落着,而且永远没有尘埃落定的时候。只是我在猜想,第一粒落在马坊的黄土,它的遗迹在哪里?从考古学的意义讲,这一点很重要。

当它落下来的时候,碰到的是岩石,还是水波?

它遇到的第一株植物,会是什么?这些问题,恐怕上帝也说不清楚。我的意思是,它至少在后来的《诗经·豳风》里应该找得到。因此,我每读《诗经》时,都注意到在祖先的诗句里,亲切摇曳的每一种植物,猜测哪一种是最先与黄土遭遇的。我没有答案,但我看每一种都有可能。特别是麻和莼菜,它们在大地上的高古、珍惜和另类,让我觉着它们的可能性更大一些。为此,我在写诗时,始终不忘用一定的笔墨,多写写它们。

我更想知道的,是它遇到的第一个人。黄土从天空里落了多久,才落到了人的身上?那第一个被黄土抚摸的人,一定感觉到黄土的温暖了。我知道马坊人的皮肤特别黄,是因为我的祖先在这块土地上,最先触摸到的尘埃,是天空中落了很久的黄土。他的新生的皮肤,就在那时,被黄土染黄了。

因此,黄色在马坊,永远是高贵和神圣的颜色。

过年了,我的乡亲们,搬一块黄土,用水化开,把家里的墙刷上一遍。在我家里,这是母亲每年都要干的事,而每年用黄土刷墙,最先是从祭灶的地方开始。

家里有病人了,要用一沓叫表的黄纸,点着了,在他的身上绕来绕去,以此驱邪。再穷的家庭里,都有一些这样的黄纸,被随时放在手边。记得母亲多病的那些年,我家的炕席背后,压着许多黄纸。冬天夜长,我睡醒了,会把手伸到炕席里,摸一摸黄纸,希望母亲的病好得快一点。

这一切都告诉我,黄土落在马坊,是一件很幸福的事。

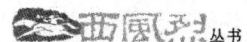

就像我在农村时,身上每一天都被黄土落满了,但用手拍几把,什么都没有了,还是一身的干爽。衣服里的黄土,也是弹一弹,原来的黑白颜色,还是黑是黑,白是白。就像在农村里,你能说出很多很脏的东西,但你绝不会说:黄土很脏。

就是黄土落了你满脸,你也不会说。

因为黄土的亮色和细腻,你在马坊这样的乡村之外,再也看不到。

在我们村子里,用黄土建筑的最高大的物体,就是村东的土城。那是一村人躲避战乱的地方,是用黄土夯筑起来的,是可以抵挡枪炮的。站在每天的第一缕阳光里,土城的身上,泛着白里透黄的光。现在想起来,它站在我们这个没有宗教,却很有信仰的村子里,就像画家凡·高笔下的教堂,它泛起的黄土一样的金色,就是藏在一村人心里的光和亮。

而我在这里成长时,由于寂寞和烦恼,有很充足的时间,一个人坐在村子的田野上,低头想很多事情。那样的过程中,我注视得最多的,是黄土一粒一粒地,在周围的空气里游动。最后,它们都悄没声息地,落在身边的草叶上。有相当一部分,落在我的身上。最亮的一些,落在我的眉棱上。这些都是风吹的痕迹,它让黄土,在我游移不定的目光里,挽起一道忧伤。多年后,我才知道,第一个发现我的青春躁动的,不是我的亲人,是落在我身上的这些黄土。

马坊有一句很有经验的话,说人年龄大了,是黄土快要埋到脖子了。可见黄土落在马坊的过程中,是要让我们像庄稼一样,一天天在它里面成长。而最后,又要被它埋葬。这是生命的规律,马坊人很懂得,也就直接往出说。我生活到现在,也不忌讳这句话了,也就在诗歌文本的《马坊书》里写道:"把天空留给云朵/就像神把大地,留给我的手指一样/云朵在天空,触摸到了风/我在大地上,触摸到了/腰间的黄土。"

是啊,黄土已经落在我的腰间了。

到了这个年龄,我意识到在生活里,必须让吹落黄土的风,先吹走我们一生的泪水。就是在长安城里,面对年年遭遇的沙尘暴,也要明白,人的这一生，就是用灵与肉迎接各种各样的袭击。

这个时候，我想得最多的，是黄土落在马坊，也像我落在一户人家。

那是乡村精神极度贫困的1958年，我的生命，也注定带着这些贫困，降落在我父母的贫困里。事实是，我的出生，在他们渴盼儿子的心里，是老天落在马坊的最金贵的黄土。尽管在以后的好多年里，他们的贫困，因我的降生加深着，但他们的精神，却因一个儿子，在一个由亲戚、邻里组成的熟人乡土社会里，开始恢复着自治。

因此，在父母的生前就听见他们说，我是老天落在他们身边的一把黄土。我很喜爱这个由父母说出来的，带有马坊的乡土气息的话语，我也把它反复地写进了我的诗歌里。

我是躲在长安城里，目送走了今年的沙尘暴后，开始写这篇文章的。

我想明年，如果沙尘暴还来袭击我们的生活的话，我的心会变得平静一些，会伏在自己一生写得很苦的《马坊书》上，谦卑地写道：

"一粒沾有，一身黄土的种子／被风吹着，在马坊的原野上／要以死赶赴，一场／生的磨难。"

54

> 我与一种农具/每天接近庄稼的时候/总要抬起头,事先熟悉周围的一切/看看玉米,还站在那块地里么/看看豆子,裂开的身子还能被夜晚缝合么/也看看我坐过的,那些坟地/还在庄稼拥挤的中间/晴朗地打开,一片让阳光/呼吸的天空。

我把头埋在书本里,正在读迈克尔·波伦的《植物的欲望》。对于土豆这种很普遍的植物,他说了五个字:"它是地府的。"读到这里,我一直对土豆抱有的敬畏感,突然在心里滋生出来。

合上这本外国人写的书,我问自己:为什么要写《马坊书》?

也有这样的感觉:要用文字记录吗?

我由他说土豆,想到了云过马坊。只是当时看着天空,我没有像他那样说:"它是天堂的。"这种很壮观的天象,在伏天的马坊是很常见的。大朵大朵的云,说来就来,说走就走。一会儿把天空挤得满满的,一会儿又不留一丝痕迹,把天空空洞地丢在我们的头顶。

尽管常见,但在那个时候,在我们劳动着的大地上,还是会引起一阵沸腾。

人们会停下手中的农活,或手拄锄把,或手握镰刀,或扶住车辕,向天上看一会儿。就像凡·高在暮色中看到聆听钟声的劳动者,迅速把他们定格在画布上一样,更多的人,从此知道一群虔诚的人,一群有信仰的人,在大地上要保持怎样的姿态。也就是说,虔诚和信仰,已成了他们日常生活中,一个不能忽略的细节。因此,打开凡·高的油画,我每每感觉得到:人与天空很近,人与土地很近,人与劳动很近,人与神也很近。

在我们马坊,你住到一定的时候,也会有这样的感觉。

别看这块土地离长安很远,就是离乾陵,尽管坐在高岭山上能望到,也是隔着很多深沟的。但这里离云和天空的近,你在其他大的地方,很难感觉得到。真的,我们住在马坊的山河里,总被一些不起眼的土坡抬到一定的高度,我们的房屋,出现在一面山坡上,就像落在云要歇脚的地方。比如细雨天,我站在村子的东边,把目光放在五峰山上,那些把家安在半山坡的人家,此刻,一律像悬在云雾里。特别在他们的屋脊上,云雾一直在走动着。

这个时候,我发现唐诗消失在长安的意境,被浮云全部藏在马坊了。

因此,云过马坊,是我在这里劳动着的时候,最想看到的天象。现在想来,我的身上,能过多地带有一种很内向的性格,都与云离人很近有关。是云的抚摸,让我在贫穷的大地上,一直变得很温顺,就是有着坚硬,也会藏在温顺的背后。

云过马坊,也总会伴随着一阵雨水。

可见那时,我们的劳动,是在干旱的大地上进行的。要我说,人类所有的劳动,是没有诗意可言的,都是对皮肉和精力的摧残和掏空。我盼云过马坊,是我比土地还干渴的身体,需要得到一些雨水的滋润。否则,在我无言地伺候大地的时候,我要倒在大地的怀抱里,成为最早的失败者。

事实是,大地不拒绝失败者,但大地拥戴胜利者。

我说的胜利者,就是能在大地上多打粮食的人。

我一直敬重他们,也想把自己变成这样的人。那时站在土地上,我感觉云带来的雨水,落到我的身上,像泪水一样。那些年,我没有多少奢求,甚至对生活的愿望,没有一个真正的农民那么强烈。我在马坊的劳动,是被动的，总想着怎样离开。因此，就不像我的父亲一样，想着如何在这里种地，如何在这里盖房子，如何在这里娶妻生子。这些事情，我压根儿没去想，只是跟着时间，简单地在大地上劳动。所以，我对马坊的熟悉和理解，主要集中在一些我所亲近的庄稼身上。

我以为，大地上的粮食，都是上帝的粮食。是上帝把它握在手中，每年通过土地，给我们按季节分发。比如在马坊，夏天主要分给我们小麦、油菜；秋天主要分给我们玉米、谷子、豆子、土豆。在一年里，如果上帝的心情很好，我们的劳动也很卖力，上帝一定会多分一些粮食，以奖赏我们这些劳动者。这样的年月里，我们不会遇上天灾，更不会遇上人祸，一切都显得风调雨顺。

反之，上帝一定会用粮食，先惩罚我们的胃，再惩罚我们的灵魂。

我说我只熟悉庄稼，是由于在农村那些年，我尽量躲避与人接触。只要是白天，就把自己埋在庄稼地里，闷着头干活。我想，我的许多对于农业的想象，就是那时被不知不觉地打开的。我很清楚地记着，从村庄抽象的背后，我清贫的目光，被田野里的庄稼一路牵引着。那时，我对农村的所有景象，都没有情趣，只对地里的庄稼，怀有一种说不出的好感。甚至觉着，一村人都不能理解我，包括我的父亲和母亲。能理解我的，只有这些或高或低的庄稼。

我也不理解：一个不离村庄一步的人，怎么长到有一天，突然就没有了依恋这里的心情呢？反倒是天空里的云，地面上的庄稼，那股依恋人的心情，一直不会变。

那时候，我对玉米地的眷恋，到了一种疯狂的程度。一个下午，我会一片接一片地从玉米地里穿越。我发现在玉米地里，埋藏着村庄里的许多秘密。比如许多送病的草人，被放在玉米地里，有些被雨水打烂了，有些还很新，像昨天晚上丢在这里的。由这些草人，我能判断出谁家有病人了，回家路过时，就想躲避一下。但村庄的逼仄，有些人家是绕不过去的。

穿越玉米地，人有时很憋闷。因此，能遇到一座老坟墓，一定会在那里待一会儿,目的是在它空出来的一片天空下,喘息一会儿。说来也怪,我在农村的时候,对地里的坟墓,没有一点恐惧感。而更多的时候,希望从一块坟地上,能找到我需要的柴火和野草。

最感兴趣的,是在玉米的遮蔽里,能发现野生的西瓜。

我一直梦想着玉米地能赐予我一株野生的西瓜苗,然后由我一手侍弄,直到开花,结出成熟的西瓜。我没有得到过这些,和我同龄的朝鲜,总能找得到。这让我对玉米地的情感,多少有些丢失。

但我不会因此把自己从玉米地里移出来。直到玉米成熟了,直到一地的玉米被斫倒,我还在玉米地里要游荡好些日子,直至霜降,我才会告别一年的玉米地。但在我的记忆里,永远记住一地的玉米,在我跟着它时,竟懂得把肌肤一样的叶子,细碎地递过来,并且磨出一手的声音。

而在玉米地里穿越,就躲不开豆子这种植物。

在马坊,豆子很少是单种的,一般都套种在玉米地里。可以想象,玉米地里的花,是双重的;玉米地里的气味,是双重的;玉米地里的燥热,也是双重的。我知道玉米的叶子,是细腻光滑的,我也知道豆子的叶子,是厚实绵软的。我经常把豆子的叶子反过来,把带有绒毛的一面,放在我的脸上摩挲。这样的感觉,我在长大后恋爱了,在一个成熟的女孩子手上,重新找到过。因此,我一见她,就想起豆子。后来,我总爱用豆子,比喻我们的爱情。甚至在生活里,遇到叫豆子的女人,都觉得很好看。

其实,豆子作为一种蔓状植物,外形的柔软,在吹风的时候,感觉最为真实。但它结出的豆子,颗颗都是响当当的。我觉得,用豆子比喻乡土上的女人,再恰当不过了。你看一地的豆子,成熟时,会把自己的身子裂开,也要向大地表现穷人的真心。因此我说,豆子在马坊这块土地上,很像一种象征女人的植物。包括豆子在阳光下,成熟得炸裂的声音,是很好听的。

在这些植物之外,我对劳动中的农具,也心存感激。

每一天,我接近村上的哪块土地,或土地里的哪种庄稼,都是与一种农具一起接近的。一个在土地上生活的人,只要他出门,手里或肩上绝不会空着,一定有一种农具放在那里。对于农具的感觉,我觉得小说家迟子建说得最好:农具的眼睛。就这一句话,让我敬重她,认为她在当代中国,是一位很有诗意的小说家。她的这种感觉,唤起我对农具的许多意识,也就顺手写下这样的诗句:"我与一种农具/每天接近庄稼的时候/总要抬起头,事先熟悉周围的一切/看看玉米,还站在那块地里么/看看豆子,裂开的身子还能被夜晚缝合么/也看看我坐过的,那些坟地/还在庄稼拥挤的中间/晴朗地打开,一片让阳光/呼吸的天空。"

还是一片云,在我踏上我熟悉的土地后,从头顶告诉我:

马坊,还用那些熟悉的庄稼,记载着我走后,土地在这里依恋人的心情。

只是我,还能像当年一样,从一地玉米的叶子里,或一地豆子的叶子里,把这些一一找出来,放在我的文字里,让它们继续像玉米一样开花,也像豆子一样开花。

而我最终想听的,是豆子在阳光下,成熟得裂开身子的声音。

55

  我也在大地上/收获过庄稼,高粱的
颜色/应该最像我那个时候的脸色,身上
的肌肤/也亮出玉米的光泽。而一片庄
稼秆/突然倒地的惨景,没有撞疼/我迟
钝的心。这是泥土的/一次灿烂的死亡,
被劳动者/毫无悲哀地忽略。

  马坊能给予我的,首先是五谷。如果没有那些歉收的五谷充饥,我在那么贫穷的年月里,还能跟着父母活过来,是绝对不可能的。

  我出生的1958年,是中国大饥饿的前夜。

  等我从母亲怀里走下来,需要一把五谷喂养的时候,饥饿像一场大瘟疫,降临到每一块土地上。我的父母怎么也不明白,突然之间,土地就不打粮食了。那个时候,他们在马坊已经生活了四十年,虽然土地上的出产很少,但不至于养活不了人。

  然而饿死人的消息,已经传到马坊来了。

  我父母的第一个反应:饿死自己,也不能饿死孩子。

  于是,他们赶在大饥饿之前,从瘠薄的土地里,收拾起所有能吃的东西,藏在屋子的一角。几年后,我知道我家的屋角里,那时堆着一些少得可怜的玉米和谷子。围在这些粮食的周围,是从地里捡回来的各种野菜的叶子。

  再后来,听说我们的邻省甘肃饿死了几十万人。

父母更是恐慌。他们不知道一个甘肃省有多大，处在天地的哪个方位上，离我们的村子有多远。但他们去过泾河，知道这条河就是从甘肃流过来的。按照河流的自然启示，父母知道这个饿死人最多的省，就在自己的头上边。如果饥饿像流淌的泾河一样，很快，不就流到我们这边来了吗？

事实上，饥饿很快从甘肃的一些地方，把一些逃荒的人赶来了。

我们的邻居狗娃的媳妇，就是一个逃荒的人，村里人一直叫她武都客。应该说，她是无目的地沿着那条破旧的陕甘大道，向着她认为的一个可以活命的方向，走到我们村的。

这是地理的缘故。这些从甘肃过来的逃荒人，越过泾河后，再翻过一架大山，最早出现在他们面前的，就是槐疙瘩山下的马坊。尽管那时的马坊，也进入饥饿的边缘，但土地的平展，村庄的集中，还是让这些逃荒的武都女人，下了把自己交给这里的决心。

她们也走不动了，只有向马坊认命。

无父无母的狗娃，就有了一个武都客媳妇。后来，他们有了一个叫陕西的儿子。等我能理解马坊的世事了，我知道这个被我叫过嫂子的女人，很有些不一样。她在心里感激马坊，但她最终不会埋骨这里，她要留下个什么念想。于是，就把儿子叫陕西。果真，饥饿过去几年后，她被原先的男人领回甘肃去了。

我清楚地记得，她是从我们家走的。

因为母亲的为人，许多人都信得过她，包括这个逃荒的女人，她在临走时，嘱托我的母亲，照顾她年幼的陕西。我母亲一边应着，一边从我家的面缸里，挖出两碗白面，让她带上。这在母亲的经历里，应该是为上最远的路的女人，用白面的一次送行。此后，直到母亲去世，也不知道这个和她在马坊的泥土里，劳动了数年的女人的音信。

但她走的那天下午，阳光很好，只是我觉着身上很冷。因为我在墙角里，看到狗娃和他还不懂事的陕西。后来的很多年，我在村里见到的陕西，都是在狗娃的背上。

而对于整个马坊,这次饥饿好像只擦伤了人们身上的一点皮。

但泥土的隐痛,在那次饥饿之后,就被泥土感觉出来了。

就是我现在坐在长安城里,写我记忆中的马坊,对许多人和事的判断,也是以那次饥饿为依据的。甚至对众多事情的思考,都是从那次饥饿开始的。

面对马坊,要说大地的丰收,这只是近年的事情。自从那次影响我一生情感的饥饿过后,十几年里,在马坊的土地上,庄稼都是歉收的。我们的中学时代,就是我们与饥饿的漫长对抗。要供一个星期的伙食,我们背在背上的吃食是什么,恐怕我们的胃到现在也不会忘记。因此,我在用文字雕塑马坊的时候,能够立体地想象得到:泥土的隐痛。

泥土是有隐痛的。我们由地球缩小到中国,由中国缩小到陕西,由陕西缩小到永寿,再由永寿缩小到马坊,泥土的隐痛,就是这块泥土在养活人的过程中,日积月累下来的伤疤。我说不出泥土在马坊的隐痛有多少,但我可以肯定,每一个人在这里一生的遭遇,都会成为泥土的一种隐痛,被悄悄地记在每一个人的姓名下。

我在马坊生活了近三十年,我的许多遭遇,都在加重着泥土的隐痛。如果现在能打开泥土的身子,一定能看得到,我在四年之中,是怎么痛失四位亲人的。这一切,或许被我身边的人忘记了,就是吹过马坊的风,也不再记得了。但我相信,泥土一定在我的姓名下,带有隐痛地记得一清二楚。就是一些细节,都有可能通过某一种庄稼的生长,放大到地上或者天空里。所以,每次回到马坊,我都希望一个人默默地低头走路,总想在大地或天空的某一处,看到我的过去。

因此,我知道一块土地承受的东西,远远比一个人一生要承受的东西多。而且,人在承受不了时,可以喊疼,可以逃避。而泥土能喊疼吗,泥土能逃避吗?包括庄稼的隐痛,草木的隐痛,牲口的隐痛,农具的隐痛,还有动物的隐痛,都集中在泥土的身上。有时我想,泥土在每一个日子里,就是以自己的隐痛,在消除万物的隐痛。

我也问自己,有多少隐痛,要泥土帮着消除呢?

其实,我在马坊那些年,对众多草木是一往情深的,也就很注意每一种草木的生长。我粗略地算过,大地上一般有的草木,在马坊都能见得到。它们大多在河沟、荒坡和硷坂上。土地的贫瘠,不妨碍它们的生存。没有雨水,它们很难旱死,只要有一点雨水,它们就会疯长。也就是说,我看见的草木,没有一种,不在大地上丰盈,也没有一种,不打破泥土的生命界碑,随时向大地,演绎一颗种子漂泊时的能量。但在更多的时候,它们被风雨反复折磨着,它们折成几截的腰身,绕过云朵,也向天空大声地喊疼。

这样的喊声,我不止一次地在心里听到了。

然而,我帮不了它们。我还要用镰刀,把它们连根砍断。

这个时候,我感到我握着镰刀,虽然在大地上行走着,但不是一个劳动者。我有了一丝羞愧。为了生存,我暂时无法放下镰刀,我要继续砍伤草木。只是在我的意识里,第一次感觉到铁的撞击,一直从我的手心里涌出,不仅向着草木,也向着我的胸膛。

那些年,我也像一个本色的农民一样,在大地上收获庄稼。

当我的镰刀,向着成熟的高粱的穗子挥去时,我的手会轻微地颤抖。这样的动作,在一旁的其他劳动者觉察不出来,只有我的心能感应得到。我的手的颤抖,是因为我觉着高粱的颜色,应该最像我那个时候的脸色,就是有两坨红,被太阳晒印在左右颧骨上。因此,镰刀触摸高粱的一瞬间,就好像在我的脸上触摸,镰刀的锋利,似乎把我脸上的毛细血管,一一往外挑。

我一下子感到了心的隐痛。

这样的隐痛,应该迅速地往泥土里传递。

我身上的肌肤,也亮出玉米的光泽。

但一片庄稼秆,突然倒地的惨景,没有撞疼我迟钝的心。真的,在马坊的那些年,被我们看着一天天长大的庄稼,突然被我们成片成片地砍倒了,怎么就没有一点怜悯和叹息。为了在大地上收获,就不知道顾及一下庄稼倒地的感受吗?那时,一个乡土诗人应有的基因,应该在我身上成熟了。我也读过艾青的诗句：为什么我的眼里常含泪水？因为我对这块土地爱得深沉。

那时，我的眼里也像他一样，常常含满泪水吗？

我后来坚定地认为：这是泥土的一次灿烂的死亡。

这样的死亡，每年在马坊至少要经历两次。一次在夏天，具体的死亡者是麦子、油菜；一次在秋天，死亡者更多，我不想一一列出它们的名字，就让它们在我的胃里，继续温暖着，一个从它们身边逃离出来的人。

而这样庄严的死亡，被我们毫无悲哀地忽略了，只留给土地去承受。

现在想来，每一块土地，都是用自己的死亡，在养活着人类。具体在马坊，就是南咀梢、高硷坡、门岭上这些做过我家自留地的土地，用几十年的几十次死亡，养活着我。这么多年，我只知道把它长出来的粮食，心安理得地放在自己的胃里。压根儿不知道，一个人还要为土地做些什么？

我在回马坊的路上，突然醒悟到：泥土的隐痛，就在那些倒地后，还被秋风吹打着的庄稼的残枝败叶上。

56

> 我从小知道/在泥土里,长得旺盛的庄稼/就像在劳动者粗糙的身体里,拼命地吸取/一个人在肺部,浓缩得精细的呼吸/我替神舞蹈着,一双飞天的手指/沿一地失落的苦荞麦/摸索日子,在哪里闪出/一些穷人身上的亮光。

一个人的时候,我经常低下头来,抚着胸口追问:马坊在哪里呢?

我只能这样自己追问自己。在我离开这里之后,在父母相继去世之后,没有人能回答我这个问题了。就是现在回到村上,能有几个人知道,我就是在这里出生的?所有的陌生感,都会突然包围着我,都会让我在这块自己的土地上,站得很不自然。

到了这个时候,我才恍然大悟:一个人的故乡,就是他的父母。

父母在的时候,故乡就在。由于他们带着生命的气息,时刻与万事万物的亲近,故乡就很具体和温暖,就是他们脚下的那块厚土,就是厚土上生长着的庄稼,就是庄稼围起来的村庄,就是村庄里的一片瓦房。说得再细一些,一声鸡鸣,一声鸟啼,一声狗吠,都是故乡的声音;一片云彩,一片落叶,一片炊烟,都是故乡的风物。

由于父母心存的爱,它们也就熟悉地围绕在我的身边。

现在呢,故乡走得比父母还遥远,遥远到需要来追问。

也是这种遥远,迫使我换了一种角度,或打开另一种思想,来追问马坊在哪里。这个时候,我一直问自己:父母在哪里?确实,在这个物质的世界上,我再也看不到他们的身影了。我知道他们就在那一块黄土下,安宁或不安宁,都成了一村人心中的鬼魂。这块黄土,接受过多少耕耘和播种,比起我痛断骨头的泪水,犁铧留给它的,都是一些肤浅的外伤。我以为每年的某个日子,我能悲悯地来到这里,一定是我在心里,听到了一些呻吟。

而每来一次,我都有一种带走了他们的感觉。

我由此安慰自己,父母就在我的心里,一起跟着我呼吸,也一起跟着我延续他们的生命。写到这里,我想起陈忠实的一本书,有一个很好的名字,叫作《家之脉》。我们常说的家脉,到底是一些什么呢?我们看见过吗?

我以为,能在自己身上看见父母的人,就是能看见家脉的人。

村上人也说,我在褪去年轻时的相貌后,越来越像我的父亲了。事实上,父母身体上的一些生理现象,也越来越多地在我的身体上出现了。比如我的胃,就像母亲的胃一样,对一些凉性食物特别敏感。比如我的声音,就像父亲的声音一样,在更多的沙哑中,透出一些刚硬。有一次,我取出父亲的照片,与他默默地对视着。我没有多少悲伤,因为时间已经把一切换成一种比悲伤更深层的东西了。我正看得出神,弹钢琴的小女儿走过来,依偎着我,呼吸紧张地看了一会儿,很懂得尊重地说:"爸爸,你老了以后,一定像爷爷。"

我听了很欣慰的,因为他们确实就在我的心里。

我对女儿这样说:"爸爸现在就很像爷爷。"

合上父亲的照片,我想出这样一句话:身体里的马坊。

是啊,父母都走进我的身体里了,他们一生走过的马坊,能不跟着走进来吗?它们集体映照在我的身体里,就是一片家之脉,就是始终支撑我的一种精神。我也至此承认,一个很物质的故乡,已经背离我了,只有一个精神的故乡,还被我背在身上,一刻也不敢放下。况且,我在物质上丢失了那份本该属于我的土地、房屋和粮食之后,再不能从精神上丢失它们了。如果在我贫瘠的身上，还富有地拥有一份非物质的文化遗产，那就是精神里的故乡。

这些年，我也突然感觉到了一种沉重。仔细一想，并不是长安这座城市带给我的。现在明白了，是我身体里的马坊，在沉睡了好长时间之后，突然从每一个部位上醒来了。而我在心中，还能喊出名字的草木，已不是单一地生长在田间地头，随风摇曳的那些草木，更不是在我的草笼里，曾经散发出一路清香的那些草木，它们都像是父母一生俯仰天地，而精心为我编织的一个花环。

这不是高山下的，那一束英雄的花环。

这是在我的身体里，为我招魂的花环。

它天长地久地，为我要招回的，就是被我丢失了的马坊的魂。或者，它这么亲近地贴着我的肌肤，就是让那片滋养我的家之脉，在我的血液里，永远流淌下去。而我此刻的感受是，失去什么都不重要，重要的是必须一生惦记着：在越来越陌生的大地上，我还有一个身体里的马坊。

有一天夜里，我在睡不着觉的时候，从枕下抽出纸和笔，半躺着身子，快速地在纸上这样写着："身体里的马坊/你应该知道，用五谷的/姿势和气色，从内部燃烧/我藏在目光深处的火焰，就像浑身裸着/把一群人，放在隐秘的天空下/有风的灵犀吹拂着/我印满苍生的身上，有没有/一块土布的遮蔽/并不重要。"

什么重要呢？我想，如果我身上真有印满的苍生，那是最重要的。我想任何时候，不管我漂泊在远离马坊的哪个地方，只要能从我被马坊的风雨反复吹打过的皮肤上，闻到马坊的一点气息，找到马坊的一丝影子，我就觉得我在这里，没有白活过。而我以前吃过的那些苦头，受过的那些屈辱，都算不了什么，都可以让风一次吹拂去。

有时候走在大街上，看到一个文身的人，就想停下来多看上几眼，甚或想拍拍他的肩膀说："兄弟，我也是一个文身的人，你能看得见吗？"

我绝对没有，也不会有他身上那些刺眼的图案。

我想我身体的每一寸皮肤上，都被岁月的刻刀，刻满了马坊的过去。如果把它一寸一寸地撕展开来，就会看到一个乡村几十年黑白分明的历史，不写在土地上，不写在天空里，也不写在纸张上，是写在他的每一个村民的身体上。因此，我一直从一些乡亲的表情里，阅读我的马坊。

从我的身体里，我想到马坊的山，想到马坊的水，想到马坊的土地，想到马坊的庄稼，它们以各自的形体、气质和秉性，对应着我身体的某一个部位。有时以为这些很神秘，有时也以为这些很自然。比如我写过的高岭山，一个被蓑草和洋槐花覆盖着的黄土山，在我们这块有着秦岭山脉的大地上，确实算不了什么。但我觉得，就是这座极不起眼的黄土山，以它不高的身躯，给了我一个最初的高度。我在它的视野里，第一次看到了一座唐朝的陵冢，使我在以后的日子里，一直梦想用文字回到大唐去。我在离开它，从乾陵的东侧离开它的数十年后，终于从一个冬天开始，悲欣交集地写出了系列组诗《纸上长安》。高岭山，你在我心头埋下的这个欲望，我在完成的那一刻，抬起了伏案太久的头。我那时觉得，马坊的这座山，就对应着我在平常的日子里，抬得并不太高昂的头。

比如马坊的五谷，都装在我的胃里。这不仅因为在那么饥寒的年代，是这些五谷，简单地填充过我空荡荡的胃。而是在我微寒的胃里，那么温暖地装着的食物，是一些原本粗糙的粮食，经过一位女人的手，变成十分精细和贵重。应该说，我性格里细腻的一面和崇尚高贵，是一位女人用手里的五谷，先从我的胃里营养出来的。

这位手握五谷的女人，就是我的母亲。

我抚摸我的胃里，都像有五谷的花朵。

而一个完整的马坊，就珍藏在我的身体里。因此，我在那一夜的纸上，最后记下这样一列汉字："等我从夜色里，伸出／醒来的手，要抚摸马坊时／听见一些招魂的歌声，正在身体的／每一个部位响着。"

57

> 我突然的伤心／来自那些，落地后依然凄美的叶子／它们失去血脉的筋脉，被眼睛误读成金色／也被泥土，要不带病菌地腐化着／谁能说出，挺立在霜降的／原野上，我硬朗的身体／要裂出多少，由于一年的／劳动，而留下的伤口。

在长安城住久了，对节气的反应，不是迟钝，而是彻底地遗忘了。

真的，城里人对许多东西，已不再关心了，包括对影响我们生活的二十四节气。从立春开始，城里人就不问花开花落。至于雨水、惊蛰、春分、清明、谷雨，这些让春天成长的日子，真正关心的人应该很少。到了立夏，城里人只知道怎么让自己不受酷热。至于小满、芒种、夏至、小暑、大暑，这些让庄稼逐渐成熟的时令，根本与他们不沾边。到了立秋，城里人只记着张望天空。至于处暑、白露、秋分、寒露、霜降，这些让大地灿烂着冷寂的细节，被他们置若罔闻。到了立冬，城里人就只管自己冷不冷。至于小雪、大雪、冬至、小寒、大寒，这些让万物死而复生的情景，被他们关在屋外。

我心里很明白，再诗意的节气，到了完全物质化的长安城，就只有冷热两种感觉。季节在城里人心里，只是记住热冷，记住换衣就是了。你要问衣着很时尚的人，雨水、谷雨、秋分是什么节气，能一口答上来的，恐怕不多。

而在马坊，一个生活在土地上的农民，会给你说得很清楚。就像我的母亲,把每一个日子,记得不差毫厘。她是一生用农历计算日子的人,所有的节气,都烂熟在她的心里。因为误了节气,就等于误了生活。特别对一生种庄稼的人,靠的都是一本记在心里的农历。

我因此认为马坊人是一群活在农历里的人,特别是我的母亲。

现在,就允许我坐在与季节无关的长安城里,回忆二十四节气中,一个告别寒露后,很快就要进入立冬的节气。

它叫霜降。

这个节气,在大地进入真正的冬天时,它是最后一道门槛。

在马坊的时候,只要季节一迈入秋天,我们就时刻提防着霜降的到来。谁都知道,一个村子里的人,必须赶在这个季节里,把一冬的事情安排好。就像这个时候,你走在田野上,会看见很多动物,一趟一趟地往窝里转运着大地上还剩余的粮食。这是神的旨意。他要万物,都要躲过冬天的寒冷和饥饿。因此,我们在秋天的地里,再怎么精心地捡拾,都会有遗漏下来的庄稼,供动物们过冬。

有时,我会走到一棵树木的身边,突然停住脚步。因为有一群蚂蚁,正把一粒一粒的粮食,往一个不大的树洞里运。沿着它们储藏粮食的道路,我能在渐渐冷寂的天空下,窥视万物的心理。

比如一只黄鼠,从谷子成熟的一刻起,就往洞里运谷穗。我感动的是它的劳动态度。只要在霜降以前,只要大地上还有遗漏的谷穗,它们就不会停止储藏。其实,一只黄鼠一冬吃不了多少,但藏粮的意识,并不比人差。知道了这些,在冬天里,就有人扛着镢头,在苜蓿地里挖黄鼠的洞,从中夺取粮食。当时,我和一群孩子跟在他们的后边,看着挖出来的金黄的谷穗,有些兴奋,根本想不到,这是人的一种残忍。

而在谷穗挖出之前,黄鼠早沿着四通八达的洞子逃掉了。

再看看这些挖洞者,多半是村上的一些懒汉。

每年的霜降之前,从土地里走出来的父亲,一定会把一年的农事,收尾得干干净净,不让土地和自己的内心,带着丝毫的遗憾过冬。这个时候,我眼中的父亲，是一位终于能坐下来的人。他在庄稼都进了草编的粮囤以后，在地里的麦苗探出身子以后，在我家的核桃落下树以后，静静地一个人坐在院子里，能用一个上午的时间，收拾一把农具。

对着农具，他不会说一句话。但充盈在内心的敬畏和心疼，肯定是很多的。作为一个种庄稼的人，他对农具的感激，只有在农具也要歇下来的时候，用自己的手，再摩挲上一阵子。

等到父亲把所有的农具，整整齐齐地挂在素净的屋檐下，他坐在台阶上，点着手里的烟锅，一种内心的满足，一定赶在霜降之前，在我家的院子里上升起来。这时，我会走过去，坐在父亲的身边，像他一样，也不说一句话。但内心的幸福，会从所有供我们过冬的粮食上走下来，也坐在他的身边。

等到收拾好这一切之后，父亲背着他土布织的褡裢，装上一些玉米，从门里走出来，沿着庄背后的一条小路，翻过木张沟，到一个叫韩家山的村子，换回一褡裢柿子，往院子中的玉米架上一倒，就等着霜降以后，玉米和柿子被雪埋住，在寒冷里一点点变软变甜。我们坐在炕上，想起了下去摸一个柿子，在被窝里暖一暖，香甜就弥漫了一个屋子。

有一天，看见地里的庄稼突然被收净了，显出从没有过的空旷。我们走出去，也像没有了事情。这个时候，在一村人的眼里，我们是一群大地上的游手好闲者。我不想让更多的人指责，就一个人溜出村，在孙家门前的一片空地里，看一些虫子从残存的植物的叶子上下来。我不会用手捏死它们，只想看它们下到地上后，要往哪里去。我所具备的常识，让我知道它们大多要钻入地里，在泥土的深处冬眠。当我清楚地看到一些我热爱的虫子，钻在一块土的背后，准备继续往深里钻时，我会捡起一些落叶，盖在它们的身上。

我对众多虫子的情感，就是在我无所事事的时候建立的。

我还看见它们中的一些，爬过青泥里的辙印，一寸或一厘米地，像在大地上移动思念。我的担心是，再过不了几天，它们就不能移动了。其中的一些，可能在半路就赶上季节的死亡。而我最担心的，是这些穿越青泥里的辙印的虫子，有可能被一辆走过来的马车，毫无声息地碾碎。

我那时不懂得，对于所有生命的死亡，如果你看见了，都得有个仪式。就像对这些虫子，我要是能做出某个哀悼的手势，我想，这些虫子在简单的一生中，会因此获得一些尊严。

这是在霜降以前，我在大地上应该做而没有做的事情。

那时，我也不会跟随庄稼赶赴死亡。但我应该关心每一棵庄稼，在我们身边茂盛地生长着，怎么就突然去接近死亡呢？现在，每到霜降的时候，不管长安城里反常的气温，会不会有一种进入冬天的感觉，我都知道在马坊，一地的白霜，是要显现大自然的肃杀的；要从村庄的某一个最高处，用浓重的白色，开始涂抹一年的寒冷。这时，我就尽量这样想想：我还在马坊生活着，我的父母还活着，我要记住，为他们加一件衣裳。

因为好多年里，是他们记着，为我加一件衣裳。

而我突然的伤心，还来自那些落地后依然凄美的叶子。

我能数上来的，有桐树的叶子，有柳树的叶子，有楸树的叶子，有槐树的叶子，有椿树的叶子。这些在马坊很普遍的树木，很舍不得脱去一身的叶子，尽量和西北风较着劲。

它们失去血液的筋脉，被我们的眼睛误读成金色。也被泥土，不带病菌地腐化着。

那些天，我会把成堆的叶子，从大地上打扫回来。在诗人们歌唱这些金色的叶子的时候，我和我的乡亲们，会躺在叶子煨热的土炕上，打发冬天在乡村的漫长。

偶尔，从一地的落叶中，金黄色地抬起左右都很茫然的脸，我问自己：谁能说出，挺立在霜降的原野上，我硬朗的身体，要裂出多少，由于一年的劳动，而留下的伤口。

这些伤口，也是一个乡村的伤口，大多留在我们的双手上。这很好理解，劳动者的手，常年伸展在风里，被工具摩挲和震动着，手心的皮肉是坚硬的，手背的皮肉是松弛的。凌厉的风的最先到达地，一定是我们裸着的双手。有时候，我们真能听出，风在撕裂皮肉的声音。我在十多岁的时候，一越过每年的霜降,手就开始皴裂。很深的口子,浸渗的血水,告诉我乡村的疼痛,全在我们的一双手上。

霜降之后,这种疼痛,就会大块地显露。

有一天,从老家打来的电话说,昨夜霜降。并且一再解释,在这些年,这是最大的一次霜降,一个村子都白了。

我闭眼听着。这个时候,我怎么不在马坊呢?

58

> 我也有隐痛/这在泥土,宣布用黑暗/催生种子的时候,就埋藏下来/而马坊的带有元气的呼吸,唤醒或丰富着/大地身上的表情。我的思念里/只记住:人类的全部经验/就是从简单的饥饿中/认识上帝的粮食。

当我有一天,从高岭山上一个人走下来,就要进入村子的时候,看看身边也将要进入黄昏的田野,我突然意识到:庄稼在土地上的生长,其实也是一件挺悲哀的事情。

就说小麦,一粒红丁丁的种子,带着多少温暖或寒冷的气息,这其中有阳光的,有风雨的,有雪霜的,也有劳动者手里很坚硬的暖意,被撒播进泥土。在马坊,这是一年中最重要的农事,这也是针对劳动者而言。但对一粒种子,彻底意味着,从此要踏上一段生命的暗途。

一粒小麦进入泥土的时间,是在白露前后。

这个时候,地皮作为中间层,隔开了两个热冷不一的世界。在地面上,温度一天比一天低,太阳落在飘零的叶子上,泛出惨白的光,没有一丝金色。在地面下,泥土正在打开各种软组织,分布在热天里从地面上收藏的热量。

我说的这一粒小麦,在脱离一个农人的手心后,被地面的风扫荡着,急切地钻入泥土里。它知道,这是一张生命的温床,这张温床是劳动者、牲口、农具和阳光,赶在时令的节骨眼上,共同打制成的。写到这里,我想起种子落地的一个月前,我们合力打磨着这块土地。跟在一张木犁的后边,看着泥土被翻起波浪,我随时都准备着倒在犁沟里,让泥土埋住我黝黑的身子。那时的热气,都集中在泥土的表面,不像现在这样,泥土已在表面冷却下来,开始在内部,为就要到来的种子,积聚着热量。

我在倒向泥土的时候,发现另一种种子,被裸在翻开的地面上。

它叫小蒜,是马坊的一种很好吃的野菜,辛辣得人满头出汗,还想再吃一口。有一年,我到了甘肃的庆阳,看见街上整把卖的小蒜,就买了好多带回陕西。这事一直被"石油诗人"第广龙记着,他由庆阳的山沟里,搬到西安好些年了,见面还提这件事。真的,这是我吃到的外省的小蒜,由此知道,小蒜在整个丝绸之路上,是一种很普遍的植物,不择泥土,在哪里都能生长。

再看那一粒小麦,它的浑身,被泥土里藏得太多的热量和水分,营养得必须沿着来时的路,以另一种身份或形象,回到大地上。至于这粒小麦,在后来经历了多少磨难,我不想多写。我想写的,就是它回到大地上时,一切都变得冰凉。它不能把一身的绿色,背过这个冬天去,必须把它脱下来,让干黄的叶子,匍匐在大地上,用根部挤出地面的一抹绿,告诉世界,自己正在艰难地活着。

我知道,北方的小麦的品质,是在寒冷的环境里磨炼出来的。正像我去年到了俄罗斯,在新西伯利亚的大平原上,看到遍地的麦田,就想起关中的麦子,这些属于寒冷的地方的植物们,有时就像我的亲人。

为了抵御寒冷,小麦只有把根须往泥土里狠劲地扎。我在马坊劳动时,对所有庄稼的根都很熟悉。玉米和高粱那么高大,其实根就被一块土包了,方圆大不过尺八。在它们的生长期里,地面上那么多的阳光,到处都是充足的养料,也就用不着艰难地扎根。小麦不行,它一出生,地面不但没有多少能被阳光化合的养料,而寒冷带来的死亡的威胁,正在一天天地加深。因此,在马坊的土地上,所有植物的根都可以不去想,唯有小麦的根,不仅要想着,还要敬着。

村上的人都说,一棵小麦的根有一丈八尺长。

尽管没有谁去量过,但我相信他们的感觉。

岂止一丈八!你翻开马坊的大地,各种植物的根是重重叠叠的。更多的都浮在表层上,庄稼成熟后,就被收割的人连根收走了。只有小麦的根,永远在泥土的深处埋着,它绝不跟成熟的穗子一起死亡,它要在泥土的更深处,等待另一年的小麦的根,一起变成根的化石。

因此,在小麦的品质里,有更多的元素,来自地层深处的暗物质。

在我的一生中,什么时候终止享用小麦,我不知道。

但我知道,对生长得艰难的小麦,人要抱有什么样的心肠。

到今天我才明白,沿着庄稼的高度,泥土,也是借用种子一身的力量,向头顶的天空倾诉内心的隐痛。就像我写的这一粒小麦,泥土的隐痛,应该成了它的某种基因,在挺悲哀的生长过程中,不断地延续着。就像我有时一个人埋头走路,身体的某一个部位,会突然抽搐一下。我想,这可能是我吃下去的小麦,有一粒的隐痛,正在通过我的肌肤向外发散。

如果是这样,我甘愿我的身体,是小麦传递隐痛时的导体。

通过这一粒小麦的一段成长史,我知道泥土有隐痛,也知道自己有隐痛。

我的隐痛,是在泥土宣布用黑暗催生那一粒小麦的时候,就埋藏下来的。本来庄稼的生长,在很多人眼里,是没有多少可思索的。不就是一粒种子么?不就是一块泥土么?埋进去,遇到好的雨水滋润,不就生长了么?问题是,上帝在马坊这块泥土上,有意要拨动我的另一根敏感的神经,有意要我比其他人的内心多一些隐痛。因此,在马坊是更多人物质上的故乡时,更多的,却是我精神上的故乡。

尽管这两个有所不同的故乡,都很贫穷。

但我更大的隐痛,并不来自它的贫穷。

在那一粒小麦,染绿一块泥土后,我在内心这样看待,这是马坊用带有元气的呼吸,唤醒或丰富着大地身上的表情。

然而,那一年的第一场雪,就把村庄埋得疯狂地喘息。那是我和那一粒小麦,遭遇的一个最残酷的冬天。不仅地里的小麦、油菜,被大片地冻死了,就是许多牲口,晚上还嚼着草,第二天起来,就倒在圈里了。那一年,我们家收了不到一斗的小麦。我不知道我写的那一粒小麦,死了还是活着。据父亲说,那一年的马坊,小麦的种子都成了问题。但我始终看见,在我家的炕后边,有一个白布袋子,有一升多一点的小麦,那是细心的母亲,从我们口里省出来的当年的种子。

我的这些有关土地、庄稼的黑风景,让我在很早的时候,就记住:

人类的全部经验,就是从简单的饥饿中,认识上帝的粮食。

我有些认识,我就有些隐痛。

其实,我在马坊,只是用这样的文字,在记录着一种经历。在这种经历中,我很不重要,甚至算不上一个配角。和我的父母一起,把身骨埋在地下的那一群人,才是马坊的主角。

我也相信,我的许多乡亲,一生在胃里填充得最多的,并不是粮食。他们一生守着土地,但他们最缺少的,就是上帝手中的粮食。不是他们不想获得,是这种获得,在中国的某一个时期,代价太惨重了。

我也知道,他们被过多的野菜,填充得落下疾病的胃里,用出血记录着乡村的植物。因此,马坊有什么样的植物,这些植物的物理性质怎样,我的乡亲们,会用他们被贫穷的岁月撑得很粗大的胃,给你细述清楚。

写到这里,我觉得马坊在我的笔下,太让人心怀隐痛了。

我要换一种思维,写我离开乡亲们饥饿的眼神后,一个人在田野上游走。我说不出,那时在我的心里,是有了一丝快乐,还是有了更大的隐痛。我只是感觉到,一地的打碗碗花,就开在心的左边。而一群灵性的羊,像在心的右边,替我啃啮着,一些没有被一个乡村的胃,消化完的乡野之草。

我还能在饥饿中,一眼看到打碗碗花,使我觉着,这是穷人的花朵。

这是不泯灭人性的大地为他们开出的花朵。它的形状,就像一群劳动者,每天吃饭时端在手中的碗。他们知道,有没有其他并不重要,重要的是手中的饭碗不能被打破。因此,打碗碗花就成了乡土教材中,一朵被经常用来叮咛小孩的花。

是啊,在马坊的乡土生活中,碗怎么能被打破呢?

但我们每天到地里去,手都会触摸到这种花朵。于是,回家吃饭时,就格外小心。更细心的孩子,会用衣襟擦擦自己的手,再去触摸饭碗。

这样多得说不完的细节,让我始终记着马坊的亲切。

尽管现在,我不能翻开泥土,去细看那一粒小麦的种子再活一回的过程。也不能面对,在内心平静和躁动时,写下的这些汉字,就交出心里的隐痛。

我说过,到任何时候,我都要把马坊带给我的这些隐痛,像泥土为那一粒麦子收藏更多的阳光一样,往心的深处收藏。

59

风已经把马坊/吹成一个空巢了。
望着越来越老的人/我认不出来,他们只
留下一个背影的后代/就像望着,一座残
败的院子/我认不出来,母亲在哪块血地
上/把我生下?用一生的时间/背叛一块
后土,我因此/背上一生的疼。

不只是我出生的马坊,在所有还很贫困的乡土上,村子,寂寞得像一个空巢。

这样的感觉,是我在一次仓皇的回村中,很仓皇地获得的。我至今还很心痛地记得,站在马坊的一棵大槐树下,望着苍狗一样的白云,我空洞的目光里,剩下的全是泪水。

真的,村子在大地上,沦落成这个样子,我的心里很难过。

因为大地上能知道我的童年的,只有一个叫马坊的村子。

如今,它藏在我记忆里的印痕,全被一个空巢抹去了。

那一刻,我有一个强烈的愿望:让时间能倒流到1958年。天空是那一年的天空,土地是那一年的土地,村子是那一年的村子。那一年,父亲和母亲,正以中年农民的身份,在自己家乡很瘠薄的土地上,清贫地劳动着。

那一年,我用一个男孩子十分贫贱的诞生,为他们化解了所有的不幸。开始在他们的怀里,感知大地上一个村子,还能给予生命的那一丝温暖。

走在我的前边,有三个姐姐。那一年,她们的胃里,充斥着野菜的味道,她们的脸上,也涂满了野菜的枯黄。只有我,在一个男人和四个女人很饥饿的呵护中,摇摇晃晃地,在马坊的大地上生长着身骨,生长着言语,也生长着表情。因此,等我长大后,懂得1958年是一个什么年份的时候,我对这块土地,怎么也投不出犀利和批判的目光。

我只有一个行为:一生要弯下腰去,向这块土地鞠躬。

那时,一个村子稀薄的温暖,就像一把稀薄的粮食,填充在我稀薄的胃里,那温暖,是每时每刻都能感觉得到的。每一个早晨,村西的学校的铃声,会把熟睡的乡亲惊醒。他们的眼睛,在睁开的一瞬间,感觉到这个村子的命运,就一直响在这样稔熟的铃声里。

我的父亲,在我出生后不久,就置下上学用的所有东西。一瓶很大的墨汁,在我家炕上的窑窝里,像一个静物,用了好几年的时间,等着我的一点点成长,等一个长到七岁的男孩,在走进村西的学校里,第一次用它在白麻纸上,歪歪斜斜地写下自己的名字。

现在回想起来,村子里再贫穷的人家,也要把孩子送到学校里,亲手交给先生开化。就连西村被称为贼头的人家,不仅送孩子念书,还出了几位先生。小时候的我只要路过他们的家门,看到那巨大的青石凿出的门墩石,一想起村里人对他们的称呼,头皮和心里直发麻,就加紧着步伐,想赶快走过去。他们家的园子里有一口水井,一西村的人都在那里打水,可我很少进去,哪怕去再远一些的地方,让身体受些苦,也不情愿在这口井里打水。

很奇怪,他们家的先生回村后,我的这种心理突然就消失了。

再看看他们家的院落,也就是村子里一户普通人家。

再和先生打上一声招呼,自然就到他们家的园子里打水去了。

再感觉自己的脚步,一点也不紧张了。

由此可见,铃声和读书声,对于每一个贫贱的村子,都是千年活过来的一种灵魂。站立在乡土上的村子,能这么长久地被维系,能让文化人感觉出一种田园诗意,都是因了这两种声音,在每一个时辰里的存在。

往后倒数几十年,乡土上再小的村子里,都有一所乡村学校。

在炊烟升起的地方,铃声和读书声,让每一个贫贱的村子,都有了一种尊严。

我在马坊劳动的时候,经常看到的一个画面,就是一群村妇,一上午都在田野里弯腰劳动,很少见到她们伸直过腰。匍匐在土地上,是她们一贯的姿势。只有村西学校的铃声,会让她们抬起头,望一望村子和天空。

后来,我看到凡·高的油画《晚钟》,突然萌生出这样的感觉:在所有的乡土上,不分南北,无论东西,不同地理,不同乡俗的农民,对铃声和读书声,存在的一种敬畏是一样的。

或许,这就是隐藏在他们心里的宗教。

而从乡下来的亲戚说,这几年,农村突然兴起一股撤校风,让许多村子里存在了几辈人的学校,一下子消失了。许多孩子上小学,就要跑到远离本村的地方去。春夏秋冬,早晚移动在山路上,是一群很小的孩子。

那个下午,我站在书房的窗口,一直盯着夕阳,一直盯着它跌落。

第二天,我就仓皇地回到马坊,我就看到了眼前的这一个空巢。

还好,我们村子里的学校还在,没有被撤掉。但周围的许多学校,我曾经进去过,看望过我在里边教书的同学,记忆里很熟悉的地方,已经没有铃声和读书声了。

我一直以为的乡村里的灵魂,映照在眼前的,是一片破败。

我难以置信:一个村子里,怎能没有读书声呢?

空手在大地上,这样的村子,还叫村子吗?

这些年,我很少接近乡村,很少用我的脚步,像当年丈量马坊一样,把我身边的乡村丈量丈量,然后用自己的眼睛很真实地发现,在这些年里,它们失去的是什么?它们得到的又是什么?

然而我没有。包括我的文字,也很少亲近过。

我在庆幸村上的学校没有被撤掉时,还是发现了它灵魂内外的失落。我从村东走到村西,几乎没有见到和我同龄的人,只见一群老者站在门前的阳光里,用一脸苍茫的表情,加重着一个村子的荒芜。

我打听过村里的几个年长者,都说他们已经下世了。

而围在这些老者身边的,是一群像从土里刨出来的孩子。

看着他们,我想要是自己的孩子也被上苍丢弃在这里,我的一颗心要疼痛到什么程度,才能平静下来?我回答不出来,只能在这群孩子的身上,找我童年的影子。我敢肯定,几十年前的我,一定比他们穿得破烂,一定比他们吃得粗淡,但亲人的爱,一定比吃穿还重要地围绕着我。

他们呢?父母在哪个城市里卖苦力,他们根本不知道。

只能等到收庄稼的时候,只能等到大雪纷飞的年关,很短地相守几天。

剩下的漫长的时间,他们像乡村地头上的野草一样,漫无边际地疯长。

我这样写着,不是我在嫌弃乡村,更不是我离开这里了,就什么都看不起眼。只是在我的感觉里,乡村怎么就不像乡村了?而且这种不像,还在快速地加剧着。真的,现实里能映现的一切,彻底颠覆了一个在三十岁以前,一直生活在乡村里的人,对于乡村的最准确的认识。

回西安的路上,我想了很久,想出了这样几句话:"风已经把马坊/吹成一个空巢了。望着越来越老的人/我认不出来,他们只留下一个背影的后代/就像望着,一座残败的院子/我认不出,母亲在哪块血地上/把我生下来?用一生的时间/背叛一块后土,我因此/背上一生的疼。"

一个空巢。这就是马坊几十年后留给我的唯一的印象。

现在,从村子里望过去,在一片屋脊青黑的房舍间,确实出现了一些很漂亮的小楼房。但一个村子的整体衰败,是几座小楼房无法遮掩的。特别是站立在阳光里的老人,更像一个村子整体衰败的符号。

真的,我在接近他们的过程中,看到的每一张面孔,都是表情十分模糊的,都是让我开始揪心的。

写到这里,我胸闷地问自己:

现在的马坊,就是喊出我的乳名,又能怎样?

60

> 我是父亲身上的／一块灵石，被粗糙的日子／反复磨砺着／我懂得一棵野草／生长在身边的全部隐语。开花的原野之上／我不要花朵，我只要粮食／只要父亲从残破的手上，递过来的／一把圣者的粮食。皈依马坊／我的目光，最先抵达／五谷的内心。

我不喊故乡。

这是我把故乡贫穷地揣在心里，一个人在外奔波了很长的时间之后，很真实地告诫自己的一句话。这不是矫情，也不是无情。我总觉得这些年，不仅我自己奔波得有些疲惫了，就是依附在我身心里的马坊，也应该有些疲惫了。

这个时候，我们是一路搀扶着，很想自觉地往回走。

这个时候，我想得最多的，是一对比大地还要无言的父母，在人到中年之后，在贫困交加之年，在生命绝望之时，把我生在马坊的一座很平凡的村庄里。而我身上很热的血液，也因他们前半生的所有慈善和苦行，而一生拥有泥土的芳香和高贵。

尽管这血液，是一个贫穷家族在大地上传递了很久的血液。

从1958年开始，真实地由父母那里贫穷地传递到我的身上。并且开始奔流，并且像河流一样，贫穷地在我身上奔流。

这么些年,我一直这样认为:不管父母活着还是去世,我都是在他们输入的血液里成长。如果切开我身体的任何一个部位,能够饱满地流动的,一定是父母的血液,而伴随着我的每一次呼吸,它庄严地燃烧后,能释放出维系一个生命所需要的能量。

这样的能量,在马坊的任何一种庄稼的身上,也都能找得到。

因此,我几十年记得最真切的,还是大地上那些灿烂的庄稼。

它们在任何季节,站立在任何一片田野上,都像父母等着我回家。

而现在回想起来,我的出生,或许是一个美丽的错误。谁都知道,1958年,是一个被历史和现实反复记忆,又被反复思考着的一年。这一年,在中国的大地上,人是不缺乏激情的,但人缺乏的是粮食。一个叫"文化大革命"的运动,也蔓延到黄土高坡上的马坊。如果有可能,翻开那一年的天空,天空是红色的,但这红色是恐怖和空洞的;翻开那一年的土地,土地是红色的,但这红色是恐怖和空洞的;更具体地说,翻开那一年的马坊,马坊也是红色的,这红色也是恐怖和空洞的。

那一年,没有人能够回答你:

庄稼,怎么就没有好收成呢?

炊烟,怎么就不升上屋顶呢?

人心,怎么就不贴着大地呢?

我的母亲,在艰难地生下我之后,不知道还能用什么来喂养一个嗷嗷待哺的小生命。那些养活人的麦子呢?那些养活人的玉米呢?那些养活人的高粱呢?多少岁月了,它们在大地上站着,为了养活在马坊走动着的人群,它们一定记住按季节让自己成熟。可到了今天,怎么就稀稀拉拉,比饥饿着的人群还没有精神呢?

她想着菜叶、树叶,也能填充饥饿的胃。

只是我太嫩的胃,能不能接受这些?

我在长大之后,能想象出那时的母亲,处在绝地一样的年月里,会把一个乡村女人对于生命而特有的一身智慧,发挥到极致。事实上,对于每一个女人,只要怀里有孩子,她绝不会让他饿死。而人到中年的母亲的这种愿望,或许更为强烈。因此,我在极度贫穷的年月里,却躺在母亲的怀抱里,享受着并不贫穷的生活。

也正是这样,在母亲在世的时候,我只要在她的身边,总是寸步不离,总想黏着她,把她能够给予我的幸福,再幸福地榨取着。

在母亲去世的时候,我一个人在那个落着大雪的长夜里,守在她的灵前。那时,世界是空旷的,也是恐怖的,但我从来害怕黑夜的心里,那时却没有了害怕。

在母亲去世以后,我每次回到马坊,都要在我家空着的老屋里坐一会儿,我希冀在某一个瞬间,母亲能够从老屋里走出来,不需要说话,只要能看上我一眼,也就满足了。

我知道这一切绝对不可能发生。

但我对马坊终其一生,还要一个人去怀念的死结,也就打在这里。

几十年后,我游离到南方的泉州,在一块石头上,看到弘一法师手书的"悲欣交集"四个字,被很深地刻凿着。我以为能亲眼目睹它,并且远在千里,这绝对是一种天意,是苍天要我在远离马坊、远离母亲的地方,体验在我出生的1958年,母亲真的是悲欣交集。

而我站在这里的时候,母亲已离开我十年了。

我不喊故乡。

因为我的父亲,在我出生月余后,就被赶到羊毛湾水库去了。因此,我一直对父亲的形象,都是十分模糊的。就是他活着的时候,这种模糊就存在着,直至他的突然去世,我一下子想不起父亲了。那时,是我一生最痛苦的一段日子,我羞于向人提起,特别是当着母亲的面,我更不敢承认我对父亲失忆了。

我不知道这是不是一种大逆不道!

但我用了很长的时间,迫使自己从这种状态中走出来。这也是我背负了好多年的痛苦。随着年龄的增添,父亲在我的记忆里,才被重新冲洗出来了。

有一次,我路过羊毛湾水库,真想跪下去,为我的父亲,也为像我父亲一样的农民。几十年了,对于整个关中平原,这座困难时期用最原始的人力修筑起来的水库,依然是一个最大的福祉。

可谁会想象得到,那时的他们,胃里没有多少粮食可以填充。

尤其是我的父亲,不仅自己胃里没有粮食,就是他刚出生的儿子,胃里能有粮食吗?他应该知道,但他远在百里之外,为了那个被集体捆绑着的时代,一个农民,他没有一点办法。

我出生的那一年,早已有了历史性的定论。

而我出生的那月那日,却在几十年后,成了人类的一个忌日——5月12日。

1958年5月12日,我是带着苦难出生的。

2008年5月12日,我却举不起生日的酒。

那一天,我在阳光灿烂的长安城里,被来自西南方向的大地震,定格在它的大南门外。那一刻,我浑身是天塌地陷的感觉,我几十年也不能逃出的这个日子,注定要用一次更大的灾难,逼我目睹灾难。

第二天,我因职业的缘故,穿越秦岭,向紧邻大地震发生地的陕南宁强、略阳挺进。一个月的时间里,白天在灾难现场穿梭,夜晚在帐篷里面记录。

我在我流泪的文字里,直接追问灾民:

你们口里,有没有粮吃?

你们身上,有没有衣穿?

你们心里,有没有哭诉?

一个月后,当我从秦岭的南面,回到北面的长安城时,我淡定地告诉自己,抹去自己出生的5月12日,记住万众离去的5月12日吧。

现在,站在马坊的大地上,望着像父母一样亲切的庄稼,我会对它们垂下手臂,低下头颅,直至跪地,轻轻吟出:

我不喊故乡。生在马坊

一座很平凡的村庄里,我身上的

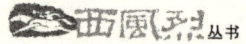

血液,一直有泥土的
芳香和高贵

我是父亲身上的
一块灵石,被粗糙的日子
反复磨砺着,我懂得一棵野草
生长在身边的全部隐语。开花的原野之上
我不要花朵,我只要粮食
只要父亲从残破的手上,递过来的
一把圣者的粮食。皈依马坊
我的目光,最先抵达
五谷的内心

我也是母亲身上的
一脉灵水,我必须流动
但不会流出,她一生都在瞭望着我的视野
让她看看,在她的大地上
我如何活着?我身上少有的快乐
是她的快乐?我身上富裕的疼痛
是她的疼痛?而要塑造
我的一生,众神也要
参考她的善良

我不喊故乡。生在马坊
一直很温暖的怀抱里,我要趁着
年轻,皈依泥土的
芳香和高贵

后 记

1

  我对马坊的很多朴素的记忆，在今天看来却是一种精致和珍贵，是一种生命成长所必需的营养和供给。因此，我对马坊的记忆将是长久的。长久到我不能用文字表述的那一天，它还会清晰地活着，活在我意识的各个角落里，直至与我一同呼吸着，走到一个人最后的时刻。我也承认时间会消磨很多东西，但对马坊这样一个地方，能够在我心里留下来的细节，它一定会用滋养庄稼和人们的方式，为我完整地滋养着它。

  那也是一种很有震撼力的滋养方式。想象我成长的全部细节，想象我写下的许多文字，就能想象这样的震撼力，是存在和表现于我的每时每刻的。因此我说，我个人或许没有资格领受新散文奖，但我有资格代替我的出生地马坊，代替它的万事万物，代替它的一群人民，领受这个我很热爱的年度奖。

  而我对马坊的热爱在哪里呢？确切地说，就在一棵庄稼的根茎里，在一只虫子的嘶鸣里，在一面山坡的陡峭里，在一条流水的细瘦里，在一阵大风的吹拂里，也在一个人的呼吸里。我能如此热爱这些具体得有些琐碎的事物，表明我对马坊的热爱，绝不是一种很模糊的东西。这块土地在我心里的生长，就是它的大小事物的生长。可以说，我是用着几十年的时间，痴情地把一个人有血有肉的胸怀打开，只对着一块很小的土地，让它的凡是有生命的东西，都来扎下自己的根。而在这个悲欣交集的过程中，我始终坚信我像一个上帝的孩子。

  但我无法回答自己，面对一片贫穷的土地，面对一群在贫穷的土地上，终日面无表情,却又内心复杂的人,特别在我饥饿的时候,面对他们递过来的一个土豆,我能肯定或否认他们是上帝吗?

这就是我的写作:自信和疑惑。

这也是我从内心,写作的姿态。

2

我在这么些年里,一直心存着这样一种感叹:马坊要我从众多的苦难中理解它,然后再托付我以文字,把这种理解很忧伤地描述出来,使之成为我在土地上的另一种记忆或收获。因此,我以为我的写作,本质上也是一个人在土地上从事的劳动。而这样的写作,手法并不重要,重要的是要有我一个人的感觉。就像马明博先生写的授奖辞:"以贴着地面飞翔的方式写作。"

其实,贴着地面的飞翔,是一种很沉重的飞翔。

我也以为我的身体和灵魂里,堆满了这种感觉。这就是我用众多的苦难,为自己换来的写作资源。这不是我有意要为的,这是命运的选择和支配。如果当初能逃脱的话,我也愿意逃脱,愿意让自己活得轻松一点。

然而马坊用疼痛,一直纠缠着我。

我首先承受的是体外的疼痛。这种疼痛是最早的,延缓的过程也很长。我在描述它的时候,能够真实地感觉到,许多年前的许多疼痛,至今还在我的体外攀附着。那都是一些外物的撞击,也是一个人成长的重要的痕迹。比如我伸出我的胳膊,伸出我的腿,伸出我的腰,所有木质或铁质的农具在上面的撞击,我都能找得到。我清楚地记着,我在三十岁以后,还要回到父母的村子里,种着他们遗留下的土地,我的双手还伸在干裂的麦田里,被锋利的镰刀撞击着。

而我承受的体内的疼痛,是我生命中最深重的疼痛。我不能简单地回答,最终没有被它击倒,是苦难后的幸运还是不幸。我在描述这些疼痛时,我的心是痉挛的,我的手是颤抖的。我想我的文字,一定跟着我的心和手,一块儿痉挛和颤抖着。特别是写几位亲人的相继去世,我像在自己的体内,一个人挖着一块结痂的伤疤。写到最后,我才意识到我的写作,不会让我获得一种轻松。

现在看来,这些在我体外和体内的疼痛,一直沉睡着。

都因和文字的一次遭遇,而突然醒了过来。

因此我的写作,是用文字叫醒我身上的疼痛。

3

我一直不知道有关马坊的写作,要从什么时候开始。但我在心里认为,这是必须进行的一次写作。没有谁能够为我暗示,我就自己判断。好些时候,我是手抚自己的心脏,一个人问自己:可以动笔了吗?

对于马坊这块地方,我一直把它放在心的最高处。我想让我的心,一直能感觉到它的存在,也感觉到离它最近。有时半夜醒来,心里有一种隐隐的痛,我清楚心在此刻为什么要痛。但我不能排除,它也会为马坊而痛。我从马坊出来的时候,可以说什么都没有,就只有一个精神上的马坊,被我带在身边。我在咸阳的那些年,用想象把马坊放在渭河边,一直想它的日出日落。我没敢轻易为它动笔,怕因一次准备不足的写作,而糟蹋了我的马坊。

由此看出,对于马坊的写作,在我看来是一次神圣的写作。

等我到了长安城,我的心反倒不安了,它为马坊的跳动,让我看出这块土地,带着很重的伤逝,在我心里接近成熟了。现在回过头来看,在我离开马坊后,庄稼已在这里成熟了几十次,树木的年轮也放大了几十圈,几茬人都走了,几茬人也来了。我处在他们中间,想着我和他们的事情。我想,几十年孕育的一次写作,应该有些成熟了。

我动笔的那天,取出父母的遗像,一直注视着。

我想,他们就是我藏在心中的真正的马坊。

我还想说,写作中我没有去想,我在这块土地上到底像什么。我只想充当一个叙述者,一个把苦难和欢乐,像搅进细白的麦草的泥巴一样,抹平自己心灵的叙述者。等我无意识地把记忆中的那匹栗色的马,写进很多文字里的时候,我才想到我就是那匹栗色的马。

  我在马坊的嘶鸣,不是因为快乐,而是因为疼痛。

  我要说的是,每当它出现的时候,一定是我写到很疼痛的地方。

  我让它在那里,替我嘶鸣上几声。

  或许,它在我心中的嘶鸣,才是一部真正的《马坊书》。

2013 年 5 月 28 日于西安